cHaT-pIe-TrE -1

Bonjour ! Oui, vous qui êtes en train de lire ces lignes ! Oui vous !! Avez-vous entendu cette histoire ? Celle d'un monsieur ordinaire qui a une singularité remarquable ? Vous risquez d'être étonné ! Permettez-moi de vous la raconter. Tout débute avec un homme employé dans une usine spécialisée dans les jouets traditionnels… Il travaille sans relâche, jours et nuits, du lundi au vendredi **jusqu'à 20h45**, jamais plus tard. Passionné par son métier depuis de longues années, il conçoit avec énergie des jouets en bois issus de son imagination. Cet homme talentueux, âgé de plus de quarante ans, vit dans un immeuble charmant, très convoité et difficile à trouver. L'immeuble dont il est question s'élève sur plus de cinq étages et semble mesurer environ dix mètres de long sur dix mètres de haut. Mais revenons à l'histoire principale. L'homme, toujours élégant, porte chaque jour un costume onéreux qui lui confère une allure remarquable. Résidant dans cet immeuble, il suit chaque matin un rituel bien précis. Ce lundi, son réveil indique 6 h du matin. Il se redresse, retire sa couverture épaisse d'un geste de la main droite, puis s'assoit pour se frotter le visage et bâiller. Ensuite, il se lève et avance tranquillement, contournant le lit pour rejoindre la salle de bain. Tout en avançant, il s'appuie sur le mur avec sa main gauche et allume la lumière de la main droite afin d'éviter tout déséquilibre causé par un réveil brutal. Soudain, la lumière vive l'incommode et agresse ses yeux. Il appuie alors sur l'interrupteur pour passer à un éclairage tamisé, car ses yeux ne sont pas encore pleinement éveillés. Entre le sommeil léger et l'éveil, il protège ses yeux en plaçant sa main

P.2

Gauche devant son visage pour éviter d'être ébloui. (Il souffre de photophobie.) En se dirigeant vers la douche, il s'empare du savon placé à droite du levier, puis ouvre le robinet avec sa main gauche, tournant le poussoir vers la gauche pour faire couler l'eau froide. Le savon est aussitôt mouillé. Mais soudain, il réalise que l'eau est trop froide. Il ajuste alors la température en ajoutant de l'eau chaude, fait mousser le savon entre ses mains, puis le repose sur son support. La mousse entre ses doigts, il l'approche de son visage et se frotte en effectuant des mouvements répétés pour se laver. Il prend quelques instants devant le miroir pour observer son apparence, puis laisse libre cours à son imagination : il se voit tour à tour en clown ou en Père Noël. (Un peu de sérieux !) Après une à trois minutes, il se penche pour rincer son visage. Une fois cela fait, son visage est éveillé et plein d'énergie. Il retourne ensuite dans sa chambre, s'approche de son lit pour s'habiller calmement tout en jetant un œil à l'horloge murale, qui affiche **6 h 45 minutes**. Comme à son habitude, il commence par enfiler son pantalon, saisit d'abord le côté droit du tube, puis celui de gauche, avant de se relever pour remonter le vêtement jusqu'à la taille. Après avoir enfilé son t-shirt et sa chemise avec ce geste unique dont lui seul a le secret, il se retrouve soudain devant son miroir et réalise qu'il a oublié de se coiffer. Sans traîner, il arrange rapidement ses cheveux avant de se diriger vers le séjour, où l'attend une chaise. Son regard tombe sur sa veste bleu nuit – toujours aussi éclatante – qu'il ne cesse d'admirer. Il se motive alors : « Allez, je vais déjeuner sinon je vais être en retard au travail. » La cuisine n'est pas loin ; quelques pas suffisent pour

Índice

INTRODUCCIÓN	7
CAPÍTULO 1. EL BINOMIO FREUD-JUNG	13
La forja de un Jung «profundo»	13
Desencuentros teóricos entre Jung y Freud	14
El enfoque de Jung hacia lo onírico y paranormal	16
CAPÍTULO 2. JUNG Y EL DESARROLLO DE LAS CATEGORÍAS DE ANÁLISIS DE LA PSICOLOGÍA ANALÍTICA	21
Una mirada histórica al desarrollo de la Psicología Analítica de Jung	21
La importancia de la Psicología Analítica en el pensamiento moderno	24
Sobre el vínculo mente-alma	27
Psiquismo y realidad	31
Realidad psíquica	33
Los arquetipos	41
Vida simbólica	53
La función trascendente	60
CAPÍTULO 3. APORTES AL MODELO JUNGUIANO	67
Jung y las neurociencias	67
Teoría general de los complejos	74
Inteligencia artificial y Psicología Analítica	80
Tarot terapéutico	99
CAPÍTULO 4. OCULTISMO, RELIGIÓN Y ESPIRITUALIDAD DESDE LA MIRADA DE JUNG	107
Psicología Analítica y el mandala	107
Alquimia, unión, creación y transformación	119
Astrología y psicología desde la perspectiva junguiana	128
Teoría del desarrollo de la personalidad	134
CAPÍTULO 5. CONCEPTOS FUNDAMENTALES DE LA PSICOLOGÍA ANALÍTICA DE CARL GUSTAV JUNG	139
Mapa de la psique	139
Definición y complejidades en torno a la libido	154
La fuerza de los opuestos	158
Tipología de la personalidad	164
El proceso de «individuación»	170

CAPÍTULO 6. ANÁLISIS JUNGUIANO ACERCA DE LOS PROCESOS «MÁS ALLÁ DE LA CONSCIENCIA» 175
    Interpretación junguiana de los sueños 176
    La imaginación activa 183
    El espíritu de la época/profundidad 190
    Teoría sobre la sincronicidad 197
    Sobre los mitos 205
    La noción de comunidad 214

REFLEXIONES FINALES 219

REFERENCIAS BIBLIOGRÁFICAS 223

Una antigua leyenda hebrea afirma que el esperado Mesías no será un hombre, sino un día en el que la humanidad estará iluminada. No son las revoluciones políticas las que salvarán la Tierra de la destrucción, sino un cambio de consciencia, este cambio ya se anuncia y el espíritu de la profundidad comienza a hablar a través de los individuos, aun sí que ellos sean conscientes de ello; los sueños, poemas y canciones comienzan a resonar con un futuro en el que la humanidad podrá sintonizarse con una meta en común, por ello no hay motivo para competir ni dañar, dado que la dirección que todos compartimos es hacia la unidad, llegará el día que la empatía humana será una onda expansiva de tal magnitud que transformará para siempre aquel espacio vacío cósmico a través del cual se propagó la luz mediante un estallido unísono otorgando la posibilidad a los astros de consolidarse como unidades conscientes, sincronizando y potenciando la totalidad de la que estamos destinados a formar parte.

Una neurona es útil en la medida que ha establecido conexiones; un cerebro es desarrollado en la medida en que sus neuronas le permiten evolucionar; un humano es evolucionado en la medida en que se relaciona con sus semejantes; una consciencia es útil al cosmos, en la medida en que se ha transmutado a sí misma; y un espacio cósmico es recompensado cuando sus inteligencias son capaces de unificarse.

El astro rector es la sucursal de Dios y el paraíso para los seres vivos del sistema planetario que lo circundan, y van evolucionando a medida que su consciencia se amplía en el entendimiento de la inteligencia colectiva. Es la propia consciencia del universo quien busca conocer su esencia a través de cada ser individual, en realidad nada nos pertenece; el arte, la religión, la ciencia y todo acto creativo es tan solo un medio por el cual la creación puede percibirse a sí misma. La piedra filosofal capaz de transmutar la realidad es la propia mente, en ella existe el elixir de la eterna juventud, la vida eterna y nuestra naturaleza inmortal como consecuencia de permitir al cosmos ser consciente de sí mismo.

Sinuhe Ulises García Reynoso
Asesora metodológica: Diana Beatriz Perozo Álvarez

INTRODUCCIÓN

El objetivo del siguiente trabajo es estudiar el modelo teórico desarrollado por el psiquiatra suizo Carl Gustav Jung (1875- 1961), en aras de facilitar una visión profunda de la mente humana, desde el abordaje terapéutico se busca encarar los retos globales que afronta la especie humana. Metodológicamente, esta investigación se realizó analizando las obras de Carl Gustav Jung con un eje temático basado en las categorías de la Psicología Analítica.

El presente trabajo surge ante el interés de indagar en las causas que han moldeado el destino actual de nuestra sociedad; específicamente, en los factores subyacentes en el deterioro de la convivencia humana, la desigualdad social y la contaminación del medio ambiente. Ante la emergencia social que se enfrenta y la falta de responsabilidad frente a estos hechos, se intenta correlacionar este fenómeno social con una dimensión de salud mental; la cual, a su vez, tiene una estrecha relación con la desconexión de las raíces culturales.

El olvido gradual de la realidad del alma ha creado una sociedad que oscila entre el salvajismo irracional y la automatización robótica, el individuo vive inmerso en las proyecciones del Ego en un estado de compulsividad donde percibe que el «éxito» en la vida solo es posible a través del desarrollo externo (dinero, fama, poder, etc.) apartando la mirada del desarrollo interno.

Contrario a la visión moderna, la cosmovisión de los pueblos antiguos concibió en la unión de opuestos mediante símbolos un camino hacia el desarrollo de la consciencia. Hoy existe una cuestión fundamental que nuestra sociedad debe priorizar si queremos equilibrar el mundo y cambiar el rumbo errático de la civilización, la razón sensible del corazón debe integrarse con la razón analítica de la mente.

Si queremos encontrar una salida a la irracionalidad actual es necesario armonizar el logos con el *pathos*, el ánima con el *ánimus*. Los grandes problemas que afrontamos como especie son de naturaleza psicológica. No de la psicología entendida como una dimensión exclusivamente de la psique o como un simple enfoque teórico, sino de la psicología entendida como la totalidad de la vida, por lo que se comprende que el ser humano debe recuperar su lugar dentro del cosmos. Y en este sentido Jung escribe:

> *Es mi convicción más profunda que, a partir de ahora hasta un futuro indeterminado, el verdadero problema es de orden psicológico. El alma es padre y madre de todas las dificultades no resueltas que lanzamos en dirección al cielo.* (Cartas de C. G. Jung III, p. 243)

Lo que se opone a la espiritualidad no es el ateísmo, sino más bien la incapacidad de encontrar una conexión con la creación, la comunidad y el propio *Self*. Hoy las personas están fragmentadas, divididas, vacías, desconectadas de la Tierra, del ánima. Jung siempre tuvo preocupación por el futuro de la humanidad. Previó, en sus visiones, el inicio de la Primera y la Segunda Guerra Mundial. Tales sucesos ocurrieron tal como él lo previó. Aunque Jung no habló específicamente sobre la alarma ecológica actual nos dejó una pista: una semana antes de su muerte, el 6 de junio de 1961, tuvo una terrible visión que reveló a Marie-Louise von Franz: «Gran parte del mundo sería destruido». Pero añadió: «Gracias a Dios, no todo».

Esta visión es lo que grandes científicos actuales prevén en el caso de que no cambiemos el rumbo de nuestra cultura materialista. El hecho es que la Tierra está enferma porque nosotros estamos de igual modo enfermos. En la medida en que nos transformamos, transformamos también la Tierra. Jung buscó esta transformación hasta su muerte. La sanación interna es el único camino posible para evitar la destrucción de gran parte de nuestro mundo.

Las visiones del mundo hoy nos muestran guerras, hambrunas, escasez de agua, inundaciones, migraciones masivas, pandemias. El informe Planeta Vivo de WWF (El Fondo Mundial para la Naturaleza) alerta que el sistema alimentario es insostenible y reclama cambios en las pautas de consumo para preservar el sustento biológico de la humanidad. De acuerdo a pronósticos en 40 años desaparecerán la mitad de los animales salvajes, se estima que para esa fecha ya no existirán 60 mil especies de plantas. Si la población mundial no modifica su forma de consumo voraz, se pronostica que para la sustentabilidad de la humanidad en la Tierra se necesitarían cerca de tres planetas. Por lo cual evolutivamente nuestra especie está forzada a tener un cambio de paradigma respecto a lo que concebimos como «éxito».

La humanidad ha existido quizás por millones de años con escasez material relativa, y solo ahora aproximadamente a 100 años del comienzo de la revolución industrial, el dinero ha tomado un papel central en la concepción de la felicidad. Como consecuencia el consumo de recursos naturales ha superado por mucho la capacidad de sustentabilidad de los ecosistemas terrestres, poniendo en riesgo la continuidad de nuestra especie en el tiempo. El futuro de todo aquello que consideramos valioso nos obliga a reflexionar sobre nuestros hábitos de consumo.

En el eco del tiempo, dejamos de ser los guardianes, perdimos los símbolos ancestrales que nos guiaban, ya no somos hijos del sol, sino mariposas deslumbradas por las luminarias de los templos de consumo. Hemos confundido el brillo de la luna entre luces deslumbrantes, como polillas que buscan afanosamente la verdad, vagamos sin rumbo, ni guía, en la encrucijada de ser parte del espíritu de la época.

La sociedad actual necesita despertar del letargo y encontrar una sensibilidad imaginativa capaz de captar sus sentidos y dirigirlos hacia temas de mayor relevancia para el progreso de la civilización. Esto plantea un desafío, para equilibrar el mundo es necesario tanto del desarrollo externo (conocimiento, inteligencia, tecnología) como del interno (sensibilidad, imaginación, intuición), la sabiduría colectiva es un camino posible.

Científicos en el planeta consideran que nos encontramos en la era del «Antropoceno», un término que popularizó el ganador del Premio Nobel de Química en 1995 Paul Crutzen, quien utilizó esta expresión para designar una nueva época geológica, caracterizada por el impacto de la arrogancia del ser humano en la naturaleza, la cual se ha visto reflejada en el cambio climático, la pérdida de las especies y la contaminación. No obstante, aunque se tiene este conocimiento desde la década de 1950, no existe aún la voluntad necesaria para generar un compromiso colectivo hacia acciones contundentes que permitan asegurar la continuidad de nuestra especie, dado que los mayores intereses actuales de nuestra sociedad se centran en aspectos más banales de la vida, se hace urgente encontrar mecanismos culturales que permitan evocar un estado mental reflexivo sobre los temas que tienen mayor relevancia para el futuro de la humanidad.

Preservar la civilización a través del potencial espiritual de la humanidad es una respuesta clara a los grandes retos que afrontamos como especie. Desde que existe el hombre, la historia del ser vivo fue moldeada por su conciencia. Considerar de nuevo la vida que nos rodea, renovar con atención el cuidado de la creación aún puede cambiar muchas cosas, reflexionar sobre la compulsividad material a la que nos ha conducido la publicidad es un paso necesario para lograr cambiar el destino de nuestra especie.

Se tiene el deber histórico de restablecer el vínculo perdido entre el individuo, la comunidad y el ecosistema, esta conexión yace latente en la profundidad de la mente de cada persona. Por ello, el eje temático de este trabajo intenta dar respuesta a las siguientes interrogantes: ¿Se puede restablecer la conexión con las esferas más profundas de la mente a través del análisis de los productos culturales de los antepasados (alquimia, astrología, arte, historia, arqueología)? ¿Dentro de las estructuras de la psique, prevalecen los mitos y símbolos como un lenguaje universal? Los cuales no solo aparecen a lo largo de la historia en todas las culturas y tiempos, sino que, además, se manifiestan como restos arcaicos en la mente de los individuos; por tal motivo ¿cuál es la causa de que se encuentren dentro del análisis de alucinaciones, delirios y sueños?

Por ello, el eje temático de esta investigación se enfoca en definir un modelo teórico que confiera al ser humano una visión holística de la realidad. La Psicología Profunda de Carl Gustav Jung emerge, precisamente, como un enfoque teórico capaz de lograr tal tarea. El modelo junguiano no solo busca curar los síntomas y adaptar a los individuos a un contexto social, sino que es en sí mismo un camino evolutivo que pretende llevar a un individuo hacia el desarrollo de todo su potencial humano mediante una transformación personal que potencialice a su vez la inteligencia colectiva de nuestra época.

La autorrealización del ser permite elevar el nivel de la consciencia, posibilitando al Ego tener un movimiento dinámico desde lo individual hacia lo colectivo, estableciendo un centro de la personalidad capaz de tejer una imagen del propio Yo y el mundo más congruente con el beneficio personal y social. Se asume el problema de investigación, hipotetizando sobre la falta de propósito y sentido actual del ser humano; lo cual conduce a la falta de voluntad para profundizar en la propia realidad, evitando el encuentro consigo mismo. Por lo cual, se propone una cura a este mal social en la cosmovisión de las comunidades que pueden mostrarnos una forma de vivir más armoniosa con el espíritu humano y la propia naturaleza.

Si se logra conectar con las raíces que formaron parte de nuestro pasado será posible sanar el presente y construir un mejor futuro. En tal sentido, se plantea en este trabajo el objetivo de estudiar las principales teorías de la extensa obra de Carl Gustav Jung, en los ejes temáticos referidos a la conexión latente entre alma y mente, relacionándolo con la mitología de los pueblos originarios y su simbología, en búsqueda de proponer una metodología basada en el desarrollo del *Self* a través del proceso de individuación.

Desde este enfoque se establece una necesaria correlación entre personalidad y espiritualidad, en pro de la resolución de los retos globales de carácter existencial que se afrontan en la actualidad. Consecuentemente, este trabajo utiliza una metodología de investigación de tipo documental, para el estudio de las principales teorías de la extensa obra de C. G. Jung, en los ejes temáticos referidos.

La ruta de este trabajo documental se guía por las siguientes partes, temas y subtemas: capítulo 1. El binomio Freud-Jung, iniciando por el subtema: La forja de un Jung «profundo», un análisis sobre los desencuentros teóricos entre Jung y Freud, como un momento clave para el surgimiento de la Psicología Analítica, todo lo cual se centra, principalmente, en la mirada de Jung hacia lo onírico y paranormal.

En el capítulo 2 se explica el punto sobre Jung y el desarrollo de la teoría junguiana. Seguidamente, se da una mirada histórica al desarrollo de las categorías de la Psicología Analítica; el vínculo mente-alma, psiquismo y realidad, arquetipos, vida simbólica y la función trascendente.

El capítulo 3 busca hacer un aporte al modelo junguiano con una propuesta personal sobre la aplicación del modelo teórico de la Psicología Analítica dentro del contexto actual de las neurociencias y la inteligencia artificial, así como una propuesta sobre el tarot como una herramienta terapéutica de gran utilidad dentro del ámbito clínico. Por su parte, el capítulo 4 aborda la mirada esotérica de Jung sobre temas relacionados con las ciencias ocultas, un tema de gran relevancia para comprender la teoría analítica de Jung.

El capítulo 5 se dedica al abordaje de los conceptos fundamentales de la Psicología Analítica y las teorías que de ella se derivan, tales como la libido, la fuerza de los opuestos, tipología de la personalidad y el proceso de individuación. Seguidamente, se encuentra en el capítulo 6 las teorías referidas a procesos «más allá de la consciencia», interpretación junguiana de los sueños, la imaginación activa, el espíritu de la época/profundidad. Y al cierre de este punto, se desarrolla la teoría sobre la sincronicidad, sobre los mitos y noción de comunidad. Finalmente, se realizan reflexiones de cierre, producto del análisis desarrollado en este trabajo de investigación de tipo documental.

CAPÍTULO 1. EL BINOMIO FREUD-JUNG

La forja de un Jung «profundo»

El desarrollo de la Psicología Profunda está definido por las experiencias personales de Jung. La historia de vida del autor está marcada por grandes retos que tuvo que afrontar desde edad temprana, dado que creció inmerso en un entorno familiar adverso, marcado por la soledad y la dificultad para integrarse plenamente en la sociedad. Desde su infancia, fue percibido como una figura apartada y reservada. Su temprana experiencia de vida estuvo impregnada de la presencia de clérigos vestidos de negro, así como de la frecuencia de decesos y ceremonias fúnebres, eventos que moldearon su perspectiva del mundo. A lo largo de su existencia, Jung se vio inmerso en un universo de sueños y visiones enigmáticas, las cuales despertaron en él un profundo interés por desentrañar los misterios del inconsciente.

Jung pasó parte de su vida desvinculado del mundo exterior, de la realidad consciente. Gracias a esto su interés por descubrir un mundo de sueños, visiones y fantasías creció, a tal grado que sería un factor decisivo para elegir su propio camino. El primer impulso vocacional de Jung fue por la Arqueología; no obstante, por presión familiar finalmente decidió dedicarse a la Medicina, formándose como médico psiquiatra. A partir de ese momento, su vida cambió y logró establecer vínculos con amistades que compartían el mismo interés por temas religiosos y filosóficos.

Jung se desarrolló como una psiquiatra excepcional, llegando a ser considerado como el principal heredero del psicoanálisis freudiano; sin embargo, su interés por estudiar la parapsicología lo llevaría a tener un fuerte distanciamiento con Freud, produciéndose una separación que marcaría una etapa de crisis en la vida de Jung. A pesar de la contrariedad de su maestro, Jung ha sido uno de los pocos autores que se han atrevido a estudiar el alma, el espíritu y la mente con rigor científico, dejando un legado que rescata y unifica el conocimiento desde el inicio de los tiempos.

El modelo establecido por Jung es uno de los pocos en que convergen la alquimia, la astrología, la mitología, la filosofía, la física, las matemáticas, la biología, la sociología, la antropología y por su puesto la psicología. Por lo tanto, se podría definir la Psicología Analítica como un método único en el cual su objeto de estudio aborda de manera integral distintas esferas del conocimiento para lograr dar una explicación no solo de la conducta humana, sino también de todos aquellos procesos inconscientes que escapan a la comprensión racional. Ahora, con los nuevos descubrimientos en neurología, epigenética y física cuántica, sus aportes toman una mayor relevancia para formular teorías que permitan establecer una respuesta a las interrogantes que plantea la ciencia actual sobre: ¿Qué es la realidad? Y ¿cuál es el propósito de la vida?, entre otras.

Desencuentros teóricos entre Jung y Freud

El primer encuentro entre Freud y Jung tuvo lugar en Viena en 1907 en una conversación ininterrumpida que duró 13 horas, a partir de ese momento hasta 1913 existirá una estrecha colaboración. Freud estaba convencido de que Jung podría ser el heredero del psicoanálisis, por su parte Jung admiraba profundamente a Freud y llegó a verlo como la figura de un padre. Sin embargo, ambos tenían posturas particulares que finalmente los llevarían a tomar rumbos distintos. Freud centró su teoría en el instinto sexual como origen de todo conflicto psicológico, por su parte Jung se sentía atraído por la numerología, la alquimia y parapsicología.

Entre 1906 y 1913 ambos autores intercambiaron cerca de 87 cartas, se dice que el período más complejo de la controversia entre Freud y Jung fue sobre el año 1912. Freud trató de rechazar de diversas formas las teorías de Jung, al no estar de acuerdo señalaba las aportaciones de Jung como innecesarias. Jung inició su debate en una carta en la que expone sus críticas sobre el carácter simbólico del «tabú del incesto» de Freud. Este inmediatamente le responde, descalificando sus críticas y aportes, considerando la innovación como regresiva. Ante esto, Jung responde indignado y entristecido, afirmando que había comprobado que sus respuestas se basan en motivos afectivos.

Freud veía en el deseo de incesto un impulso sexual, Jung, por su parte, interpretó el deseo incesto simbólicamente como un anhelo por retornar al estado urobórico, es decir, es un deseo por regresar al estado de dependencia infantil, a la niñez e inconsciencia; para Jung este deseo era simbólicamente significativo, no biológicamente deseado, esto quedaba representado en el mito del viaje del héroe.

Las discrepancias de sus colegas respecto a las posturas culturales de Jung frente a los planteamientos biológicos de Freud condujeron finalmente a que Jung fuera expulsado de la Sociedad Psicoanalítica Internacional de aquella época. Así, la controversia existente entre Freud y Jung es de gran importancia histórica y afectación para el psicoanálisis. A partir de ese momento el análisis de la psique tomó un rumbo distinto buscando ampliar los conceptos propuestos por Freud.

Una de las decisiones más intrépidas de Jung fue rechazar su puesto como heredero del psicoanálisis freudiano, pese a que tenía todas las posibilidades de posicionarse en el ámbito internacional del psicoanálisis. Cabe recordar que Jung, desde muy pequeño, se sintió atraído por los temas ocultos, desde que a la edad de 4 años soñó que descendía por un agujero negro donde se encontraba con un monstruo parecido a un árbol rectangular; lo que él consideró como el inicio en el mundo del inconsciente. Es muy probable que su decisión por formular su propia teoría fue motivada, tanto por estos sueños, como por el contexto familiar (en especial la influencia de su abuelo) así como por el gran interés personal por descubrir todos los enigmas que rodearon su vida.

Es de destacar que, principalmente, las diferencias mayores iniciaron respecto al concepto de los «tipos psicológicos». A Jung le era desconcertante reconocer las distintas definiciones sobre la neurosis, que se generaron desde las posturas teóricas de Freud, Adler y de él mismo. Por ello, hizo énfasis en desarrollar una teoría para comprender la complejidad de la personalidad humana y de ofrecer criterios de clasificación para su comprensión. Jung, desde su mirada socio-antropológica, consideraba que los individuos más allá de los impulsos reprimidos tenían a su disposición una fuerza de voluntad capaz de vencer la tendencia narcisista del Ego.

En tal sentido, ambos discrepaban en puntos centrales, como la concepción del inconsciente o el origen de los problemas emocionales; sin embargo, en el marco del psicoanálisis, Freud y Jung opinaban bastante diferente. Freud centró su atención en los impulsos biológicos mientras que Jung puso hincapié en la naturaleza espiritual del ser humano. El concepto de sueño de Freud fue ampliamente enriquecido por Jung, quien logró encontrar en los símbolos una conexión que iba más allá del propio inconsciente individual descubriendo lo que denominaría como el inconsciente colectivo.

Aun cuando estas posturas generaron polémica y diferentes corrientes de pensamiento, se reconoce a nivel de las ciencias de la psicología y la psiquiatría que Freud y Jung han dejado un legado que se mantiene vigente hasta hoy, independientemente de las discrepancias, dados los aportes de ambos, se considera que han ofrecido una invaluable contribución a la comprensión de la psique humana.

Así, en resumen, en 1916 es cuando Jung comienza a utilizar el término «Psicología Analítica» por primera vez, diferenciándose así de la escuela freudiana. Los principales fundamentos de la Psicología Analítica se basan en las mencionadas posturas contradictorias, en temas como la autorregulación de la psique, y su modelo dinámico de la psique, los complejos, el inconsciente personal, el inconsciente colectivo, la libido y los arquetipos.

El enfoque de Jung hacia lo onírico y paranormal

Para Jung, la psicología tenía un serio problema, el cientificismo de la época a partir del siglo XIX había convertido el concepto milenario de «alma» en una simple creencia superflua. Varios factores diferenciaron el modelo junguiano de la teoría clásica del psicoanálisis; entre ellos, el descubrimiento del «inconsciente colectivo» y el de «las imágenes arquetípicas», del significado de los sueños, todo lo cual emerge de la profundidad de la mente. Mediante la asociación del sueño y los síntomas, logró establecer un estudio científico sobre las manifestaciones del alma humana.

Ciertamente, Jung se venía interesando en el «fenómeno místico» desde hacía mucho tiempo. Su tesis doctoral para 1902 había analizado algunos experimentos con su prima, una «médium» espiritualista. Más adelante en la vida, continuó con las exploraciones subjetivas del inconsciente, leyó textos esotéricos sobre misticismo y alquimia y construyó una torre en Bollingen, en el lago Zúrich, lugar donde reportó varias experiencias personales del fenómeno psíquico, el cual entendió como manifestaciones de un «inconsciente colectivo» amplio y transpersonal.

Consecuentemente, Jung teoriza que todos estos sucesos serían la proyección de remanentes de energía psíquica ocultos en el inconsciente, que escapan al control del Yo y retornan al exterior en forma de ruidos, fantasmas, posesiones, etc. Posteriormente, en su labor clínica, Jung realizó investigaciones experimentales donde, a través del «método de asociación» y «método de constelaciones familiares», logró desarrollar un test de asociación de palabras. De este modo, descubrió que las perturbaciones existentes entre un estímulo y una respuesta solo se podían explicar por la existencia de «complejos».

En el año 1906, Carl Gustav Jung experimentó un enigmático encuentro con un paciente esquizofrénico de treinta años. Este individuo, observando por la ventana del pasillo del hospital, atrajo la atención de Jung y lo invitó a acercarse. Le reveló una peculiar percepción: al entreabrir los ojos y dirigir la mirada hacia el sol, afirmó ser capaz de visualizar una representación del falo o pene solar. Además, mencionó que al mover la cabeza lateralmente, esta imagen también se movía. El paciente concluyó su extraño comentario con la afirmación de que el movimiento del falo solar era el origen del viento. Jung descartó este episodio como otra manifestación alucinatoria o fantasiosa, típica de la esquizofrenia.

Por otra parte, en 1910, cuando hacía una investigación en el campo de la mitología, Jung se encontró con un libro que reproducía los rituales del antiguo culto del Mitraísmo Griego. El profesor Albrecht Dieterich, autor del libro *Eine Mithrasliturgie*, abordaba con gran precisión temas mitológicos expresados por las alucinaciones de sus pacientes.

En consecuencia, Jung quedó convencido de que parte de la mente inconsciente, tal como lo ejemplificaba la fantasía del falo del sol, trasciende las experiencias personales del individuo. Este subsistema inconsciente, al que denominó «inconsciente colectivo», incluye algunas de las experiencias pasadas de toda la humanidad. Este suceso impactó a Jung por la semejanza entre este antiguo mito precristiano y las visiones alucinatorias de sus pacientes. Jung razonó que la idea del falo del sol era un tema común en muchas culturas del pasado, lo que le hizo preguntarse cómo podía explicar la presencia de este mito en la mente inconsciente y consciente de un esquizofrénico contemporáneo, si jamás había leído ese libro o viajado al extranjero. Esto fue un factor clave para el desarrollo posterior del concepto de arquetipos.

Otro de los pacientes que trató Jung fue un joven oficial del ejército que padecía de una neurosis histérica. Se destacaba entre sus antecedentes que este paciente había experimentado una herida emocional y humillación debido a una relación amorosa que terminó abruptamente cuando la mujer involucrada decidió comprometerse con otro hombre. Aunque él mismo había negado que este evento hubiera afectado a su autoestima, en el nivel inconsciente, sentía que su corazón había sido destrozado y le resultaba difícil aceptar la ruptura del romance. Como Freud había sugerido, esta experiencia dolorosa se manifestó en forma de síntomas corporales.

La neurosis del militar estaba caracterizada por tres síntomas: primero, tuvo ataques de dolor en el pecho; segundo, pasó por varios episodios de asfixia; por último, sufrió de un dolor agudo en el talón izquierdo, lo cual le impedía caminar. Por lo cual, Jung decidió hacer un análisis de los sueños del hombre. En el sueño del paciente era mordido por una serpiente en el talón y al instante quedaba paralizado. El análisis del sueño reveló las asociaciones con la muchacha con la imagen de una «serpiente», simbolizando la traición; de una madre que lo había sobreprotegido y, por consiguiente, lo había «lisiado», todo esto había desplegado un mecanismo de «sobrecompensación» con su decisión de unirse al ejército.

Pero Jung pensó que había detectado algo universal en el sueño del hombre. Era como si el dicho del Génesis; «Y pondré enemistad entre tú y la mujer, y entre tu semilla y su semilla; lastimaré tu cabeza y tú herirás su talón…» hubiese sido transformado por la mente inconsciente del hombre en un símbolo mítico. Jung especuló que el militar, que no era religioso, debía tener en su mente inconsciente algún conocimiento de la Biblia. La historia bíblica expresaba un conflicto personal, de algún modo el inconsciente del soldado eligió un mito universal para expresar su dolor.

El mismo Jung, más tarde en su vida, pasaría por una etapa de confrontación con sus propias visiones y alucinaciones. En el otoño de 1913, fue presa de una serie de sueños vívidos, visiones, fantasías y experiencias místicas, muchas de las cuales habrían reunido las características formales de alucinaciones. Particularmente experimentó una visión impactante de una «inundación monstruosa» que arrasaba gran parte de Europa, alcanzando las estribaciones de las montañas en su Suiza natal. Observó multitudes pereciendo ahogadas y la ciudad temblando bajo el impacto. Posteriormente, esa corriente se transformaba en un torrente de sangre.

Jung sabía que podría estar al borde de la locura por verse abrumado a causa de los contenidos inconscientes de su mente, pero estaba determinado a aferrarse a su cordura. Sin embargo, el 1 de agosto de ese mismo año, estalló la Primera Guerra Mundial por lo cual interpretó este evento como una conexión entre su experiencia individual y el destino de la humanidad, en general descubrió una conexión con la colectividad que no podía explicar racionalmente. De esta manera Jung se da cuenta de que hay algo en el ser humano que no puede ser explicado mecánicamente, por lo cual decidió estudiar las experiencias extrasensoriales con rigor científico.

Jung decía: «Hay cosas en la psique que yo no produzco, sino que se producen por sí solas y tienen vida propia». Algunos dicen que veía sombras, fantasmas, y otra serie de fenómenos paranormales, que decidió mantener ocultos al público. Ciertamente, a Jung nunca le pareció convincente la imagen de la realidad construida por la ciencia tradicional, que solo reconoce como verdad objetiva los datos de la experiencia.

Dentro de la biografía de Jung se tiene registro de que en el año 1942 fue contactado por los servicios militares alemanes para que atendiera a Hitler y, aunque se negó, se le acusó de simpatizar con los nazis. A pesar de que su discípula y última secretaria, Aniela Jaffe, desmintió tales conjeturas, los rumores persistieron y se cree que estas suposiciones provienen de algunos textos sacados de contexto. Años más tarde una serie de documentos desclasificados y publicados por la revista *L'Hebdo* indican la colaboración entre Jung y Allen Dulles, un agente de inteligencia norteamericano, quien llegó a Berna a fines de 1942 con la misión de elaborar un informe sobre el movimiento secreto antinazi en Alemania. Por tanto, entró en contacto con Jung debido a la publicación de su escrito (1936) sobre Wotan conocido también como Odín el Dios alemán de la guerra, del cual profetizó un violento despertar a través de su trabajo en el análisis de los sueños de sus pacientes alemanes.

Jung fue más allá y proporcionó información sobre los momentos en que Hitler se reunía a comer con su personal más cercano de acuerdo a lo que Jung comentó a Dulles, los mandos del ejército se encontraban demasiado desorganizados y debilitados como para actuar en contra del Führer. En uno de los telegramas secretos enviados por Allen Dulles a la central de espionaje, el agente proporciona información provista por Jung; «Hitler se ha ocultado en el sótano de su cuartel general al este de Prusia» y explica que los jerarcas que pretenden entrevistarse con él «son despojados de sus armas y han de pasar por un detector de rayos X».

Aún no se ha podido determinar de dónde obtenía Jung esa información. Algunos argumentan que provenía de colegas que impartían clases en la Politécnica en Zúrich, los cuales mantenían contactos con investigadores alemanes, o tal vez de fuentes médicas. Jung también ofrecía informaciones sobre la influencia de la propaganda aliada en Alemania. En su libro autobiográfico, Mary Bancroft menciona los rumores acerca de que el motivo por el cual Jung iba regularmente a Berlín era para analizar a Hitler, hecho que Jung negó rotundamente argumentando que eran tan solo suposiciones.

La escritora Deirdre Bair, en su libro *DEIRDRE BAIR,* referencia al seudónimo «Agente 488», el cual se cree era el número clave con el que Jung reportaba a los aliados. Los documentos consultados por Bair revelan que el «Agente 488» reportaba a los gobiernos de Franklin Delano Roosevelt y Harry Truman. De acuerdo con estos documentos desclasificados la condición de ario e hijo de un pastor protestante le permitió a Jung obtener informaciones vitales que precisaban los servicios de inteligencia dirigidos por Allen Dulles para lograr la victoria final sobre los nazis.

Jung mantuvo siempre el juramento de no revelar jamás su condición de agente secreto de las fuerzas aliadas, fue un gran pensador que anticipó el estallido de la Segunda Guerra Mundial. En medio de la tensión provocada por la Guerra Fría en 1957, John Freeman le preguntó en una entrevista si creía en la posibilidad de una tercera guerra mundial. A lo que Jung respondió que no tenía información precisa, pero que el análisis de los sueños de sus pacientes revelaba un gran temor. Para Jung, el mayor peligro residía en el propio hombre y en el desconocimiento de su naturaleza inconsciente.

El 7 de junio de 1960, Georg Gerster realizó su última entrevista para un programa de radio suizo en conmemoración de su 85 cumpleaños, casi un año después, el 6 de junio de 1961, Jung falleció. Durante esta entrevista, se evidenció su gran inclinación hacia los fenómenos religiosos y su conceptualización de Dios como una fuerza que trasciende la propia existencia y tiene un significado especial a nivel antropológico y psicológico. Para Jung los fenómenos religiosos son los fenómenos del alma; era evidente que aquel primer impulso hacia lo onírico y paranormal había guiado durante toda su vida sus investigaciones, siendo uno de los aspectos centrales de su vida y obra.

CAPÍTULO 2. JUNG Y EL DESARROLLO DE LAS CATEGORÍAS DE ANÁLISIS DE LA PSICOLOGÍA ANALÍTICA

Una mirada histórica al desarrollo de la Psicología Analítica de Jung

En *El hombre y sus símbolos,* Jung describe la correlación que existe entre los sueños y las mitologías, a través del análisis de los sueños de sus pacientes. No solo mitología bíblica, sino, en general, como la mitología de las distintas culturas de todos los tiempos; por ejemplo, numerosos sueños de pacientes describen figuras monstruosas con las cuales existe una correlación con el mito del héroe. Como Jung señala; «La batalla entre el héroe y el dragón es la forma más activa de este mito y muestra más claramente el arquetipo del triunfo sobre el ego».

Jung estaba convencido de que parte de la mente inconsciente trasciende las experiencias personales del individuo. Este subsistema inconsciente, al que denominó «inconsciente colectivo», incluye algunas de las experiencias pasadas de toda la humanidad. Esto refleja la idea del alma como una herencia ancestral surgida en la imaginación, una memoria colectiva observable en las creaciones culturales de todos los tiempos.

El ser humano pasó gran parte de su evolución en un estado animal, hasta que a través de su inteligencia imaginativa comenzó a elaborar conceptos cada vez más abstractos; formas y apreciaciones artísticas que dieron forma a los primeros mitos. Tanto las respuestas instintivas como los productos culturales fueron vitales para la supervivencia y progreso de nuestra especie.

En la antigüedad, ciencia, religión, arte y magia formaron parte de un mismo conocimiento. La mitología y la filosofía fueron el motor de nuestro desarrollo como civilización. Como se sabe, la ciencia moderna ha tomado un enfoque materialista, desde la Edad Media todo ha sido explicado por las leyes de la materia y, según estas, lo que sucede en la denominada «realidad» actúa siempre por 4 fuerzas: gravitatoria, electromagnética, nuclear fuerte, nuclear débil[1]; faltando un quinto elemento que permita unificarlas y explicar cómo ha sido posible organizar las fuerzas universales dando forma al sistema solar, la tierra, el ser humano y la propia civilización. Aún prevalece el dilema que lleva a admitir la ausencia de un nuevo elemento en estas leyes, dado que en el ser humano hay una realidad que no se puede explicar por las leyes materialistas; por lo tanto, se necesita de una fuente distinta de conocimiento para explicar el gozo y el sufrimiento que aquejan al ser humano.

Esta carencia, de un nuevo elemento en las leyes con las que se mide el universo hasta hoy, surge porque, al parecer, estas no son lo bastante amplias para dar una explicación consistente a la interrogante de dónde surge la inspiración para crear un poema, imaginar un paisaje y plasmarlo en una obra de arte. Aún no se puede explicar la inspiración, la búsqueda de la verdad, la justicia y la transcendencia humana por medio de procesos bioquímicos. No existe ningún fármaco que permita al ser humano evolucionar y contemplar la magnificencia de la vida ni mucho menos se ha logrado diseñar una fórmula matemática que ayude al ser humano a encontrar un propósito de vida. Por lo tanto, este enfoque materialista tampoco permite comprender el origen de la tendencia autodestructiva en la civilización.

El cerebro humano es el resultado de millones de años de evolución. La corteza cerebral cubre con un manto arrugado y grueso al resto del encéfalo y lo podemos dividir principalmente en 2 áreas: la zona encargada del procesamiento sensorial (las cortezas primarias) y, por el otro, las zonas encargadas del procesamiento perceptual de la consciencia (las cortezas secundarias y de asociación); estas últimas son las más nuevas y desarrolladas, responsables de procesos complejos como el aprendizaje, análisis, la planeación y organización de conductas complejas.

En esta área cerebral es donde se planea el futuro y se piensa que de esta área cerebral surgió la capacidad de buscar patrones y formas en la naturaleza (huellas, sonidos, constelaciones, etc.), esto como una medida de supervivencia que permitiera anteponerse a los peligros presentes en el entorno. El lóbulo frontal

---

1. Aun cuando el descubrimiento de la actividad subatómica en el orden natural, de algún modo, ha permitido comprender las conexiones que mantienen unidos los átomos de las manifestaciones físicas, o el misterio que conforma la armonía de los ecosistemas y el cosmos, traspasando las barreras de la materialidad como explicación de la «realidad».-

organiza y coordina todo el sistema cerebral y, por tanto, su asociación con la sensación de individualidad y la consciencia. Su actividad cerebral determina la sintaxis de los procesos mentales y, como tal, su asociación con el Yo resulta estrecha.

Durante el siglo XIX y XX, se avanzó, significativamente, en el descubrimiento de la actividad «inconsciente». Las religiones conocidas a través de la historia han identificado «lo inconsciente» como fuente de señales provenientes de la divinidad, o lo demoníaco. Aproximadamente para el año de 1902, Jung ya estudiaba estos fenómenos, pues logró doctorarse con una tesis denominada *Sobre la psicología y patología de los fenómenos ocultos,* donde analizaba los estados de trance que sufría una de sus primas. En temprana época de su vida se apreciaba en Jung una apertura a enfoques analíticos con nuevas perspectivas, a partir de sus vivencias al asistir a sesiones espiritistas, donde pudo observar los denominados «fenómenos paranormales», logrando un análisis distinto a los tradicionales sobre estos, dando otro rumbo a su teoría analítica y generando los primeros cimientos de lo que se conoce hoy como la terapia junguiana. Posteriormente, aproximadamente en el año de 1905, sus investigaciones lo llevaron al campo de la psicofisiología; determinando cómo a través del sistema nervioso se podía medir la actividad psicofísica. Apoyado en el galvanómetro y el neumógrafo, logró estudiar las respuestas psicofísicas entre sujetos normales y sujetos con patologías mentales, los experimentos de asociación fueron parte de una investigación pionera que llevó a cabo en Burghölzli bajo la rigurosa supervisión de Eugen Bleuler; estos experimentos lo llevarían a formular la denominada teoría de los complejos.

Posteriormente, dirigió sus investigaciones hacia el descubrimiento de la psicogénesis de las enfermedades mentales. Estudiando la histeria, la psicosis, la *dementia praecox* (esquizofrenia). Así, descubrió lo que sería la base de su teoría analítica, evidenciando la conexión en toda enfermedad mental con el alma, entendida esta última como la manifestación de la realidad interna que se expresa en forma de sueños, símbolos, actos fallidos, psicosis, neurosis, somatizaciones, etc. Para Jung los síntomas ofrecían valiosa información para el proceso evolutivo de la psique, su enfoque innovador buscaba la cura mediante la integración en la consciencia de estos fenómenos psíquicos.

En la primavera de 1913, Sigmund Freud convocó a un comité secreto en Viena, reuniendo a sus discípulos más cercanos. Con el fin de consolidar el movimiento, Freud decidió obsequiar a cada uno de sus discípulos un anillo de sello, cada uno grabado con una escena de la mitología griega. El propósito de esta acción era preservar la doctrina psicoanalítica de posibles desviaciones y malas interpretaciones. Freud y sus seguidores se opusieron a todos los descubrimientos de Jung, rechazaron categóricamente los planteamientos clínicos asumiéndolos como conceptos supersticiosos; esto produjo en Jung uno de los episodios más oscuros en su vida. Pese a ello, Jung enfrentó con valentía su inconsciente, logrando salir victorioso y elaborando, a partir de esa crítica experiencia, una de las mayores obras de la historia *El libro rojo* escrito aproximadamente entre 1914 y 1930. Cuando terminó de escribir esta magnífica obra, decidió mantenerla oculta por casi 100 años, centrándose en otras de sus obras que han impactado, de igual modo, en el mundo académico. En 1933, Carl Gustav Jung se unió al círculo Eranos, un grupo de discusión intelectual fundado por Olga Froebe-Kapteyn. Estas reuniones tenían lugar anualmente durante el mes de agosto en Ascona, Suiza, a orillas del lago Maggiore. El surgimiento del círculo fue en respuesta a los conflictos entre diversos extremismos ideológicos y culturales: Oriente y Occidente, marxismo comunista y nacionalsocialismo fascista. La atmósfera de la época se encontraba cargada de violencia y generaba una sensación de vacío existencial generalizado.

Eranos proponía la mediación a través de lo simbólico, abordando los conflictos en el plano de las ideas arquetípicas e instaba a resistir la unilateralidad de las fuerzas opuestas. Por ejemplo, el enfoque de Eranos buscaba compensar las unilateralidades culturales, y uno de sus primeros descubrimientos fue que detrás de la mitología indoeuropea «patriarcal» había vestigios arcaicos de una mitología mediterránea «matriarcal» que requería ser estudiada para complementar simbólicamente la influencia de la primera.

El propósito de Eranos era buscar la conjunción de los opuestos, guiados por el dios Hermes, que simboliza la encrucijada y la convergencia de caminos. Aunque su temática principal era la hermenéutica simbólica del «Sentido», gradualmente se ampliaron hacia cuestiones humanas arquetípicas. Con más de 150 conferenciantes diferentes entre los que se encontraban Jung, James Hillman y Marie Louise von Franz, las conferencias de los coloquios de Ascona se registraron y publicaron sistemáticamente año tras año en lo que se llamó Eranos-Jahrbücher. En estos 45 volúmenes se recopilaron las contribuciones de individuos de diversos ámbitos académicos e intelectuales, unidos por un interés común; el análisis de las problemáticas del ser humano.

La importancia de la Psicología Analítica en el pensamiento moderno

Hoy en día, se reconoce que existe un dominio de actividades anímicas inconscientes, las cuales son accesibles mediante instrumentos de medición psicométricos;

pero no existe aún un instrumento que permita radiografiar «el alma» y saber con exactitud qué acontece en esta dimensión interna llamada «psique».

Las ciencias cognitivas denotan explicaciones donde la memoria, la atención, el lenguaje, las asociaciones positivas o negativas conforman una perspectiva de la realidad. En este punto, es donde «el alma» aparece como un amplio territorio de los fenómenos de la mente que caracterizan al ser humano. Sin esta concepción del alma, el ser humano queda reducido a una dualidad entre su naturaleza más primitiva y un estado autómata alineado al sistema cultural de la época.

Jung descubrió que esta «realidad interna» no es accesible a la observación directa. No se puede saber si una emoción tiene determinada forma, color, peso o altura. Solo se puede observar «la realidad» de la actividad anímica por sus efectos en la consciencia. Estos principios del alma son únicamente accesibles mediante el estudio de la consciencia. Así, «el alma» toma un nuevo giro como algo digno de estudios más rigurosos que plantean un nuevo paradigma de gran relevancia para el progreso de la civilización humana.

Los científicos hasta ahora estudian la «realidad» del mundo mediante el análisis del peso, temperatura, velocidad, etc. Los psicólogos por su parte estudian el «alma» mediante el lenguaje sensible de las expresiones humanas; el amor, el odio, el dolor, la esperanza y la fe son expresiones anímicas que permiten entender a qué grado de intensidad o profundidad se pueden experimentar las dimensiones internas de la mente (alma). Así entonces, en el centro de la interioridad psíquica existe una dualidad entre el mundo de la realidad material y el mundo mental. Este dualismo, como teoría, ha existido durante mucho tiempo, y puede rastrearse desde Aristóteles, Platón y la filosofía hinduista temprana.

Rene Descartes (1596-1650), uno de los estudiosos más reconocidos de estos temas, sostiene que la mente es una sustancia no física y, por tanto, no espacial. Se supone, como lo hizo Jung, que ambos «polos» (alma y materia) son una sola y desconocida «realidad diversa» que es registrada por la conciencia. Se denomina «materia» cuando el ser es atraído hacia el mundo (exterior) de los sentidos y se denomina «alma» cuando el ser humano es dominado por fantasías, ideas o sentimientos.

Jung orientó su investigación hacia este último aspecto, referente a la única y desconocida realidad. Pero, si se profundiza más, se puede asumir la «mente» como parte de la «materia»; es decir, la evolución del neocórtex se puede entender como el surgimiento de una isla en medio del mar (nueroplasticidad). Los propios elementos que componen el organismo biológico son materiales que se encuentran por todo el universo, a pesar de nuestro racionalismo científico aún persiste la interrogante sobre cómo es que el polvo estelar puede manifestar la vida y como esta vida, a su vez, puede proyectar una dimensión interna (consciencia).

Ciertamente, la denominada «realidad» se puede explicar por conexiones neuronales. No obstante, aunque se tuviera la misma actividad sináptica, nunca se podría tener una misma realidad interna, aunque se perciban los mismos acontecimientos exteriores, la forma de interpretar, reaccionar y otorgarle un significado a esas experiencias es totalmente distinta y eso es precisamente lo que define a los humanos como seres individuales.

Cuando Jung comenzó a investigar, más precisamente, los estratos profundos del «alma inconsciente», alrededor de 1930, observó un orden de acontecimientos que, solo mucho después, decidió exponer en forma sistemática. Este orden de acontecimientos fue denominado por él como «el fenómeno de sincronicidad». La «sincronicidad» fue un concepto que le permitió definir una fuerza ordenadora y creadora de conexiones significativas.

Jung propuso el concepto de la «unidad del ser», la expresión latina *unus mundus*, el arquetipo sería una expresión del *unus mundus*, mientras que la sincronicidad sería posible por el hecho de que ambos, el observador y el acontecimiento concurrente, pudieran ser accesibles a la consciencia a través del símbolo. Los conceptos y los modelos de pensamiento que Jung había elaborado para investigar el «inconsciente colectivo» tienen una asombrosa coincidencia con los utilizados en el dominio de la microfísica. Esta coincidencia se manifiesta en la necesidad de incluir las hipótesis de la conciencia del «observador» en la descripción de los fenómenos; la limitación que implica describir solamente los «efectos» de factores inaprensibles de organización; y la limitación que supone ofrecer únicamente una interpretación energética de los fenómenos.

Dentro de la Psicología Analítica se resalta la posibilidad de abordar un tema que la ciencia parece haber puesto de lado respecto a los más grandes descubrimientos de la época. El alma es una dimensión interna que conecta con las dimensiones espirituales que aportan al ser intelectual un estado de plenitud. El estado del hombre actual es un estado de alineación con la visión materialista de la cultura, tal parece que el ser moderno ha sido moldeado casi en su totalidad por esta perspectiva existencial por lo que se vive un estado de enajenación de sí mismo, donde se prioriza el desarrollo externo, la máscara y la asunción de roles sociales para lograr ser individuos con un alto grado de adaptabilidad social.

En la obra titulada *El hombre moderno en busca de su alma*, Jung analiza las crisis existenciales que caracterizan nuestra era. A pesar del notable progreso y los avances tecnológicos, persisten los mismos problemas del pasado que, aún en esta era de gran modernidad, no han logrado resolverse. Estos conflictos, tanto a nivel social como individual, evidencian la dificultad para abordar aspectos subyacentes de la psique humana.

El hombre moderno ha edificado su civilización mediante sólidas estructuras mentales, mecido por la racionalidad y el progreso científico parece haber olvidado por completo la importancia del desarrollo interno, por lo cual si queremos encontrar una salida a la irracionalidad actual debemos encontrar un camino hacia la reintegración de los elementos que nos permiten entablar una relación saludable y armónica con nosotros mismos y el entorno. Es necesario contemplar el alma como parte indispensable de un proceso evolutivo que permite impulsar el progreso de la civilización humana.

La transformación personal es un viaje en búsqueda de un sentido de la vida, recobrar la sabiduría del pasado mediante el lenguaje simbólico del inconsciente que se expresa a través de mitos y sueños es una cura a la irracionalidad de nuestros tiempos. La realidad del alma no puede seguir siendo ignorada, si es que queremos alcanzar un desarrollo de consciencia que nos permita resolver los conflictos más elementales.

Basta observar las grandes tragedias de nuestra época; guerras, tiroteos, adicciones, suicidios, patologías mentales, destrucción ambiental, etc., para darnos cuenta de que el ser humano aún vive bajo el dominio de fuerzas sombrías y destructivas. Cada persona conforma su propia imagen del mundo e influye en gran medida el desarrollo histórico, por lo cual reconocer la propia realidad anímica es un paso necesario para la mejora de la condición actual de la humanidad.

Sobre el vínculo mente-alma

Jung vislumbró una relación más amplia entre «el alma» y «la mente»; afirmando que el «alma», entendida como el conjunto de elementos conscientes e inconscientes que interactúan en la complejidad de la interioridad humana son un claro reflejo del mundo y el ser humano. El «alma» es una fuerza energética que aporta una estructura existencial que va más allá de lo mental, más allá de lo animal, y más allá de lo físico.

Realmente, las únicas cosas directamente experimentables del mundo son los contenidos de la consciencia; así entonces, se puede definir «el alma» como un viaje colectivo que inició en la sensibilidad imaginativa de los primeros ancestros. La imaginación es una fuente de energía y un tipo de inteligencia que permitió al ser humano crear una codificación simbólica del mundo exterior mediante mapas mentales. Si observamos con atención a nuestro alrededor, prácticamente todo está formando por imágenes, ya sean números, letras, figuras geométricas o colores; estos elementos conforman señalamientos, direcciones, dinero, publicidad, etc. Prácticamente las imágenes son lo que nos permite dar forma a nuestra realidad articulando una serie de significados y simbolismos.

El doctor Nigel Spivey realizó una serie de investigación sobre cómo el arte ha sido un factor clave en el desarrollo de la civilización humana. Los descubrimientos en las cuevas de Altamira cerca del mar de España han logrado determinar cómo en la escala evolutiva del ser humano la capacidad de acceder a experiencias místicas y representarlas mediante imágenes detonaron la evolución cognitiva de nuestra especie, siendo la imaginación desde esta perspectiva antropológica la raíz primordial del pensamiento.

Los antropólogos por su parte señalan que la historia de la humanidad comienza con los primeros actos rituales. Cuando el hombre comenzó a enterrar a sus muertos, algo cambió en su consciencia. La muerte como experiencia arquetípica comenzó a tomar relevancia para la vida de los individuos, los primeros ritos fueron un conjunto de creencias y valores a través de los cuales las comunidades actualizaron sus actitudes frente a la vida. Por lo cual este vínculo de unión ayudó a la cohesión del grupo y contribuyó a la construcción de su identidad. Los ritos son sistemas simbólicos que posibilitan la comunicación entre los individuos y la colectividad permitiendo una cohesión social.

La antropóloga Margaret Mead señala que el primer signo de civilización en la humanidad habría sido encontrando en una cultura antigua; un fémur roto que había sido curado. Mead señaló que en la naturaleza si te rompes una pierna, simplemente mueres, no puedes cazar, tomar agua ni huir de los depredadores. Ningún animal sobrevive a una pierna rota. Este hallazgo evidenció cómo en la historia de la humanidad alguien por primera vez acompañó y cuidó a otro ser humano hasta que pudiera recuperarse demostrando uno de los comienzos de nuestra civilización, el cual llegó con la sanación de un fémur fracturado.

Los enterramientos también marcarían la clave de todo lo que nos diferencia del resto de animales. Con el enterramiento, surgió la espiritualidad; con la espiritualidad se conformó un tipo de pensamiento que va más allá de lo concreto, así el hombre comenzó a tener experiencias místicas y a representarlas en las paredes de las cuevas. Con el arte se detonó la curiosidad por el mundo de tal forma que se desarrollaron conceptos abstractos para representar las fuerzas naturales presentes en el universo, dando lugar a los primeros mitos.

Dentro de este viaje colectivo podemos suponer que el primer mago de la historia se formó cuando a través de la imaginación se observó por primera vez en la historia cómo las marcas en el suelo podían traducirse en huellas de animales. Así nuestro ancestro comenzó a indagar sobre la altura, peso y edad, descubriendo cada vez más patrones de movimiento en el vuelo de las aves, en el nado de los peces, en el caminar de los insectos y en la posición de las estrellas en la bóveda celeste. Todo esto exigía un estado de consciencia superior, a través de este acto de pensar surgió la curiosidad por el entorno que lo rodeaba. Su curiosidad lo llevaría a analizar rocas y clasificarlas por su tamaño, peso y forma. Así con el poder de su atención comenzó a apilar estas rocas hasta formar una extraña figura, con lo cual se construyó el primer monumento de la historia.

Así el primer mago de la historia había utilizado intuitivamente la matemáticas para crear arte y en ese acto surgido de su intuición, aun sin ser consciente de ello, había manifestado un ritual mágico que duplicó su espíritu para conectarlo con una realidad extrahumana que se encontraba más allá de lo ordinario. Así su foco de voluntad había sido utilizado para imponer un deseo a su creación; por consiguiente, a partir de ese momento ya no era más un animal salvaje sino el primer humano, el primer mago de la historia. Aquellos que encontraron este misterioso cúmulo de rocas tras su muerte, sintieron de igual modo un impulso por reproducirlo y de esta manera los primeros individuos formaron las bases culturales de la civilización actual, un proceso que nació en la oscuridad de la inconsciencia y encarnando un faro de conocimiento matemático que iluminó el camino de nuestros antepasados.

El mito del héroe no es otra cosa que una representación simbólica de ese gran momento que permitió el surgir de la consciencia, como consecuencia de aquel tiempo de hominización en el cual un animal se diferenció de lo animal y lo vegetal, al tener la capacidad de utilizar el poder de su imaginación para crear conceptos abstractos. El héroe es el representante del principio masculino, un principio solar que permitió a nuestros ancestros trascender la oscuridad.

El mito del héroe representa el surgimiento de la luz que disipó las tinieblas de la creación, a partir de ese momento el ser humano adquirió la capacidad de acceder a una realidad simbólica, es psicológicamente la conformación de una identidad. Esta representación del arquetipo del héroe mediante el mito remite a la etapa adolescente del desarrollo evolutivo del ser humano, no solo porque representa la separación de la madre, sino porque expresa el esfuerzo por consolidar una identidad propia, es el esfuerzo por conocer el origen y propósito de la propia individualidad, conformando una imagen del Yo.

Esta travesía, surgida en aquel primer momento en el que la imaginación encontró una forma de expresión en la consciencia, sigue vivificándose en cada ser individual, en cada mito colectivo, en cada obra creativa y en las aspiraciones espirituales más elevadas. El origen de este gran paso evolutivo inició con la capacidad de generar imágenes internas dotadas de un significado abstracto.

Como podemos observar, todo lo que sucede afuera, sucede adentro como una representación mental de nuestras experiencias. Estas representaciones se replican una y otra vez al dormir; no obstante, durante el sueño se observan ideas y sentimientos que no aparecen en la vida de vigilia; por lo tanto, tiene que haber «algo más» que interactúa con la mente para crear esa movilidad onírica observable en el análisis de los sueños. El mundo onírico es el reino de la imaginación y es a la vez un proceso que precede a todo pensamiento racional.

El inconsciente tiene la facultad de crear entidades, personajes, criaturas. Sin embargo, esta capacidad creativa está fuera del control consciente y se puede asumir por tal motivo que forma parte de la actividad del alma. Jung propone que el alma está conformada por arquetipos; estas fuerzas arquetípicas son lo que permite al ser humano tener una vinculación con la tierra, el mundo y el cosmos a través del poder de su imaginación. Los problemas del alma son también los problemas de la mente.

Los vacíos existenciales son crisis fuertes que generan grandes perturbaciones anímicas, aun en personas con un coeficiente intelectual elevado. Por lo cual la evolución de la consciencia parece precisar de un desarrollo interno para lograr un equilibrio, cuando este hecho es ignorado los síntomas aparecen como una expresión de todos los aspectos rechazados por la propia consciencia. El Ego suele crear estructuras rígidas de pensamiento, creencias, ilusiones y mecanismos de defensa que obstaculizan el progreso evolutivo. El ser humano precisa de un propósito y un sentido de vida profundo que le permita experimentar los aspectos más transcendentales de la vida humana, los cuales se encuentran más allá del mundo material.

Este llamado interno hacia el viaje interno parece ser una de las necesidades más profundas de todo ser humano, y se expresa mediante 12 etapas. En el estado inicial el héroe se encuentra en el mundo ordinario, al escuchar el llamado a la aventura, debe salir de su zona de confort e iniciar su travesía logrando contactar con el maestro interno, para ello debe cruzar el umbral, superar pruebas, hacer aliados y confrontar enemigos. Conforme avanza accede a las cavernas más profundas donde se encuentran los tesoros ocultos, para llevar consigo estos tesoros el héroe debe confrontar la propia muerte para que su Yo pueda renacer, es decir para tener un nacimiento espiritual primero debe estar dispuesto a morir, en términos simbólicos representa dejar de lado la propia importancia personal, silenciar el Ego y darse cuenta de las sombras ilusorias del mundo.

Acceder al tesoro representa lograr una conexión con el alma, en esta parte final de la travesía, el Ego se transforma adquiriendo a partir de ese momento un sentido de responsabilidad colectiva, trascendiendo la vida hacia un glorioso propósito. El destino final del héroe es volver a ser uno con el todo ampliando la narrativa cósmica, posibilitando al cosmos ser consciente de sí mismo a través de su propia experiencia individual. Simboliza también la unión con la gran madre cósmica y, en este punto del viaje arquetípico, la línea que separa lo real de lo imaginario parece difusa pues se está más cerca del reino de los símbolos, arquetipos, mitos y sueños donde todo tuvo su origen, el final y el inicio aparecen como dos sucesos interconectados entre sí.

Psiquismo y realidad

La «realidad» es un constructo mental que realiza el cerebro a través de una interpretación de estímulos eléctricos, que posibilitan proyectar una «imagen» del mundo y el Yo. No obstante, percibir la realidad no es un acto exclusivo del aparato visual, y la consciencia interviene en gran medida para crear una percepción individual de todo aquello que se denomina «realidad». Los aspectos subjetivos siempre influencian nuestra concepción de la realidad, todos en cierto modo somos dueños de una verdad acorde a nuestras creencias y juicios mentales.

Todas las cosas perceptibles por el hombre se nos presentan como imágenes y están conectadas entre sí por el alma del mundo, las formas en las nubes, un sol rojo con rostro, la brillante luna que con su misterio nocturno se eleva sobre una ciudad, todas ellas son formas en que nuestra consciencia encuentra un sentido al mundo. Escribió James Hillman: «Seguimos siendo esas mismas personas que buscan refugio de la oscuridad del mundo entre las pinturas de los muros de piedra de las cavernas, contemplando el fuego». Este es el motivo por el cual a nivel neurobiológico somos dependientes de las imágenes que nos proporciona la cultura en forma de tv, publicidad, redes sociales, etc.

Aunque consideremos que lo único real es lo que actúa en el mundo tridimensional, ciertamente las imágenes internas tienen el mismo efecto que los estímulos externos, las imágenes mentales pueden activar distintas áreas cerebrales, cuando centramos nuestra atención en imágenes reconfortantes se produce una reacción hormonal que libera neurotransmisores relacionados con el placer y la recompensa, por el contrario, cuando nuestra atención es captada por una imagen negativa en consecuencia liberamos neurotransmisores relacionados con el estrés.

Todo lo que vemos a nuestro alrededor evoca emociones, todos pensamos en imágenes mentales, y de este modo conformarnos nuestra realidad. A través de nuestro propio autodiscurso damos forma a nuestra imagen del mundo, constantemente estamos modificando las imágenes internas mediante la percepción y la interpretación. La mente es un sistema de codificación, el cual sucede por la actividad de las neuronas en forma de un potencial de acción que transmite la información conjuntamente con el cuerpo, activando los instintos básicos; cuando esta parte del cerebro se activa, el Yo puede quedar alejado del control de estos procesos.

El reflejo de los procesos inconscientes y conscientes de la psique son tan solo el resultado de la codificación que hace el cerebro del mundo externo, cuando nos identificamos con estos procesos autónomos perdemos soberanía sobre nuestros propios procesos neurofisiológicos. Por lo cual es indispensable estar conscientes de nuestro poder para moldear nuestra percepción de la realidad.

Los nuevos descubrimientos de la física cuántica plantean una interrogante sobre si la realidad exterior realmente existe o es una simple proyección que el cerebro ha creado para sobrevivir. Todos perciben, objetos, sonidos, sabores, aromas y sensaciones; no obstante, de acuerdo a la ciencia, todo esto es tan solo la experiencia que ha creado el cerebro a través 700 millones de años de evolución. Dando como resultado una representación mental del mundo.

Diversos investigadores como Michael Talbot, Sylvestre James Gate, Karl Pribram, Leonar Susskind, han estudiado la naturaleza de la realidad, sus descubrimientos apuntan a que nuestro universo se comporta como un gran holograma regido por principios numéricos y códigos binarios o, como diría Jung, arquetipos, los cuales se manifiestan en el cerebro como una proyección mental. Es por eso que la psicología debe definir una postura que permita concebir la construcción de la realidad como una interacción entre el mundo fenomenológico de los objetos y las imágenes internas que crea la consciencia a través de la codificación de estímulos eléctricos.

La percepción de la realidad es un acto psíquico que ha intrigado a los filósofos de todas las épocas. Es un fenómeno que va más allá de lo mental, pues involucra distintos aspectos que convergen en la conformación de una «imagen» del Yo y el mundo. Demócrito (460-370 a. C.), quien fue maestro de Protágoras (485-41 a. C.), considerado el padre de la física moderna, señaló que es preciso que el ser humano conozca su separación de la realidad y el enigma que significa conocer qué es cada cosa.

Jean Paul Sartre (1905-1980) fue uno de los grandes pensadores que profundizó en los procesos que determinan la configuración de la percepción. Para Sartre, la consciencia es un movimiento del mundo interior, una captación de la exterioridad, una codificación de los objetos que perciben los sentidos. La consciencia en su estado inicial se encuentra vacía, el instinto natural del Ego es analizar los objetos en búsqueda del propio Yo, el cual se encuentra sumergido en las descripciones del mundo. Solo cuando se tiene una serie de conceptos interiorizados es que el individuo puede diferenciarse y saber quién es.

Tal parece que la consciencia está en una constante búsqueda de sí misma; sin embargo, la gran paradoja es que el ser humano va hacia el «exterior» en búsqueda del Yo interior, sin darse cuenta de que, para concebir quién se es, realmente, debe volver la mirada hacia su «interior», donde yace la consciencia; no obstante, la mayoría de individuos quedan fijados en el exterior sin posibilidad de reconocerse a sí mismos.

Realidad psíquica

De acuerdo al modelo de Psicología Profunda, se plantea que no todo el conocimiento es accesible directamente a la consciencia. Lo que se denomina «realidad» es una interpretación de estímulos con los cuales el cerebro teje una imagen del mundo. La percepción del mundo sucede como un mecanismo de proyección entre el Yo y el mundo. La mirada del exterior, por lo tanto, es subjetiva y está influenciada por mecanismos inconscientes.

Los arquetipos permiten crear una realidad compartida por la humanidad desde los tiempos más remotos. Pero además existe una realidad subjetiva acorde a los rasgos personales de cada individuo presentes en el contexto cultural de cada época. El «inconsciente colectivo», por su parte, es el lugar donde se almacenan toda clase de experiencias, como un mecanismo evolutivo que permite aumentar las capacidades de supervivencia de nuestra especie.

La «realidad psíquica» es la representación mental que se construye del mundo, a través de la codificación interna de los objetos externos, los cuales son interpretados por la consciencia y, a manera de proyección, generan una serie de imágenes internas que se almacenan en la memoria con determinados matices emocionales; por ejemplo, «manzana»; uno, círculo, rojo, dulce, fruta, femenino, placer, alegría, etc.

Las experiencias almacenadas durante los primeros años de vida se suman e integran codificando la percepción de eventos futuros. Así la manzana además de ser un alimento adquiere también cualidades simbólicas que representan aspectos abstractos. Los primeros conceptos interiorizados tejen las estructuras que permiten proyectar una «realidad». Los estímulos desencadenan sensaciones y emociones, pero la organización, interpretación y análisis de estas no dependen exclusivamente de los sentidos, sino también de la consciencia y la intuición. A partir de los estímulos recogidos por los sentidos se organiza y recrea «la realidad» y se adquiere conciencia de ella, por medio de la conformación de una imagen interna.

Si se limita el estudio al campo visual, la percepción se define por el estímulo que produce la luz, que a su vez crea una sensación que es analizada e interpretada en la consciencia, dando forma a una proyección mental. No obstante, si analizamos los sueños, delirios y alucinaciones es evidente que la denominada «realidad» está definida por el subjetivismo. Por lo tanto, se puede establecer claramente que la realidad no es el resultado de la percepción visual del individuo y tampoco una creación del Ego. Para llegar a conocer lo «verdadero» es necesario integrar lo subjetivo y lo objetivo para definir aquello que denominamos como «realidad».

La proyección sucede como un proceso en que la energía interior lograr cuadrarse mediante las cuatro funciones para proyectarse en el mundo exterior y puede comprenderse a grandes rasgos como un reflejo del mundo interior. Por el contrario, la introyección es aquel proceso por el cual la realidad adquiere un sentido único e individual acorde a la realidad psíquica de cada ser, otorgándole ciertos rasgos y cualidades.

Aunque el acto perceptivo tenga lugar de forma automática, es realmente complejo y tiene múltiples implicaciones. Normalmente, se almacena esta información con una serie de codificaciones a través de los 5 sentidos (vista, oído, olfato, tacto, gusto). Pero el mundo real no tiene que ser exactamente lo que perciben nuestros sentidos. Además, existen distintos niveles de realidad; sensorial, psíquica y metafísica. Jacobo Grinberg planteó la hipótesis de que el ser humano está interconectado con un campo informacional; para este investigador lo que denominamos realidad es tan solo producto de la interacción que sucede entre el Yo y el campo informacional, produciendo una proyección que da forma a la realidad perceptual en la cual el Ego se encuentra sumergido. Grinberg realizó también diversos experimentos para demostrar la validez de la visión extraocular, demostrando como tal que la percepción de la realidad no sucede únicamente por la acción de los globos oculares.

Otros investigadores como Helder Bértolo, Tiago Mestre, Ana Barrio y Beatriz Antona realizaron en 2017 estudios que sugieren que los ciegos son capaces de generar imágenes visuales, aun sin tener experiencia visual. Los ciegos que han perdido la vista a una edad más tardía, a partir de los siete u ocho años, dicen que pueden soñar y sueñan con imágenes visuales, pero se van perdiendo con el paso del tiempo y, en algunos casos, llegan a desaparecer por completo. Es posible que los esquizofrénicos sean tan solo transeúntes despiertos de ese mundo imaginario al que se accede todas las noches al ir a la cama. No por nada James Hillman, en su obra *Pensamiento del corazón*, considera la imagen como el lenguaje primordial del alma.

El alma, por lo tanto, es una recreación de todas las imágenes que permiten construir una proyección interior del exterior o, en otras palabras, una copia del mundo de bolsillo, la cual es recreada todas las noches bajo la forma de un sueño. Así cuando soñamos nuestro inconsciente crea objetos, entidades, lugares y experiencias que, como tal, si estuviéramos en estado de vigilia las podríamos catalogar como experiencias extrasensoriales, alucinaciones o delirios.

En los estados psicóticos, o experiencias místicas, así como en los sueños se hace evidente que la imaginación surge como aquella facultad relacionada con la actividad creadora del alma cuyos efectos solo son observables mediante su manifestación en la consciencia. Sin embargo, estos procesos muchas veces parecen estar desconectados entre sí. El Ego y el alma parecen habitar en dos mundos totalmente distintos.

La función principal del cerebro es hacer sobrevivir al individuo, por lo cual el cerebro toma atajos, asocia ideas, elimina y distorsiona la información adaptándola a lo que ya conoce. Estos filtros mentales se crean a partir de las experiencias que se han vivido. La importancia que se le da a la información depende de lo que ya se conoce. La realidad, tal y como se percibe, depende de las capacidades, creencias, experiencias, valores, cultura, entorno y comportamientos aprendidos, entre otras muchas cosas. Si la realidad depende de todo eso, no se está percibiendo la realidad, sino la imagen personal que el individuo se hace de ella. En una investigación realizada por Dr. José Manuel Bezanilla y la Mtra. María Amparo Miranda sobre *La estructura del alma*, basada en la obra de Jung, respecto a *La dinámica de lo inconsciente*, se definen 7 clases de contenidos que intervienen en la percepción de la realidad:

1. Percepción sensorial: todo lo que el sistema nervioso interpreta y codifica del mundo exterior permite elaborar una respuesta adecuada a cada situación.

2. Apercepción: por medio de la cooperación de distintos procesos psíquicos se le otorga un significado, por el cual, mediante la consciencia, el cerebro genera un sentido. Los procesos de apercepción se clasifican en dirigidos y no dirigidos. Son dirigidos cuando son racionales y están presentes en la atención, y no dirigidos, cuando se manifiestan por medio de sueños y fantasías.

3. Memoria: en esta parte del cerebro se almacenan las imágenes correlacionándolas con categorías de valor (positivo, negativo, placer, disgusto, etc.) siendo referentes emocionales que provocan sentimientos.

4. Pensamiento: las representaciones de la realidad permiten generar ideas, creencias, juicios subjetivos, realizando un proceso psíquico que permite crear una imagen interna del propio Yo y del mundo.

5. Intuición: es la inteligencia del corazón, es un proceso que no es ni sensorial ni racional, sino que se le ha llegado a atribuir a una función evolutiva perdida. Es una capacidad natural existente por épocas, donde por cuestiones de supervivencia el ser humano tuvo que ser más sensible a los peligros del entorno. En la actualidad, se lo podría definir como el sexto sentido; sin embargo, es una cualidad presente en muchos animales.

6. Procesos dirigidos: atención, voluntad, procesos dirigidos a partir de la apercepción.

7. Procesos inconscientes: instintos provenientes del inconsciente colectivo, del cuerpo o de un carácter de compulsión.

La percepción es un laborioso proceso por el cual se accede a la realidad, aunque esta manifestación psíquica no depende únicamente de la razón, el fenómeno de la percepción se da como un conocimiento surgido de la interacción entre la consciencia y el mundo, como una relación bidireccional que construye un sentido de la realidad. El posicionamiento que asume el sujeto ante el mundo atraviesa su intimidad, su identidad cultural, su estatus social y los diversos aspectos que conforman su mirada interior del mundo.

Filósofos como Aristóteles, Heráclito, Protágoras, David Hume, Descartes, Edmund Husserl, Kant, fueron los primeros en estudiar el origen de las percepciones. Unos mantuvieron la teoría de que se trata de una reacción intuitiva e innata, mientras que otros creían que es fruto del aprendizaje y de la acumulación de experiencias.

Claramente, la percepción y la realidad tienen significados muy diferentes; la primera ocurre completamente en la mente en donde la imaginación mental puede convertir cualquier creencia en realidad, la otra, existe completamente fuera de la mente y no puede manipularse fácilmente. La percepción no es la realidad; pero, ciertamente, la percepción puede volverse la realidad de una persona (hay una diferencia), porque la percepción tiene una fuerte influencia sobre cómo se percibe la realidad. Esto se sabe, en gran medida, gracias a las distintas tipologías de la personalidad y las distintas diferencias mentales. Existen individuos que pueden ver, escuchar, sentir, cosas que otros no, y una misma situación puede ser percibida de distintas maneras.

La formulación de los «tipos psicológicos» es una forma de definir la forma de comportamiento y percepción de un individuo frente al mundo que lo rodea y es en gran medida una configuración de la tipología de la personalidad. La percepción actúa como una lente a través de la cual se percibe la realidad. Las percepciones influyen en cómo se recuerda, se interpreta, se entiende, se sintetiza, se toman decisiones y se actúa, con base a la realidad psíquica y los complejos que operan bajo el umbral de consciencia.

La tendencia es a asumir que la manera en la que se percibe la realidad es una representación de lo que es realmente. Todos poseemos una «verdad», pero muchas veces no estamos del todo conscientes de que esta «verdad» es tan solo una proyección. En este sentido, el método científico ha sido una de las herramientas más fascinantes que ha permitido a la humanidad acercarse los más posible a una realidad.

Como puede observarse, el concepto de «realidad» es un constructo psíquico creado por el sujeto, la realidad subjetiva, «como proyección psicológica», es construida a partir de la interpretación, codificación y almacenamiento que ha creado la consciencia a través de una interfase de análisis lógico, que podría definirse también como el «Yo». La consciencia del Yo percibe el mundo a través de la estructuración de símbolos e imágenes que adquieren un gran significado. La realidad psíquica contiene un elemento perteneciente al mundo de las formas (geometría y número) y al mundo de la actividad anímica (emociones y sentimientos).

La observación de los ciclos presentes en la naturaleza nos permitió crear conceptos tan abstractos como el tiempo, estos conceptos forman parte de las bases psíquicas del ser humano. Cuando el ser humano se dio cuenta de que al estudiar los movimientos del sol y la luna podía medir el tiempo, estos astros se conformaron como símbolos de gran relevancia para el acontecer humano, así el Yo adquirió consciencia del exterior ubicándose en el tiempo y el espacio (lugar, hora, fecha), pero a su vez también se relacionaron con aspectos anímicos.

Las matemáticas son una matriz ordenadora que sirven como una base lógica para los patrones que se repiten en la naturaleza, las ecuaciones matemáticas nos han abierto puertas a otros universos llenos de posibilidades, desde la exploración del mundo subatómico de los átomos hasta las orbitas de nuestro sistema solar en las exploraciones espaciales. Nuestro universo se rige por reglas lógicas, verdades irrefutables que nos permiten comprender de mejor manera la realidad.

Los números tienen una cualidad objetiva; expresan hechos que no pueden ser debatidos subjetivamente, nadie puede argumentar que es posible que una manzana al caer de un árbol no sufra por los efectos de la gravedad, o que la luz viaja a una velocidad más lenta en determinado día del año; así mismo, en una ecuación matemática se pueden tener infinitas formas de llegar a un mismo resultado; no obstante, el resultado final no es algo subjetivo (3+1), (5-1), (2x2), (8÷2) = (4). Cuatro es el único resultado basado en las leyes matemáticas que gobiernan el universo y dan forma a nuestra realidad.

Los números tienen el mismo valor en todos los tiempos y lugares, como símbolos son cuantitativos y cualitativos, expresan principios filosóficos y espirituales. Por lo tanto, el número nos acerca lo más posible a una comprensión más exacta de la realidad tanto externa como interna. No solo a nivel lógico, sino que al meditar sobre ellos nos permiten comprender aspectos que están más allá de lo obvio; unidad, dualidad, trinidad y cuaternidad son conceptos que no solo nos hablan de un orden cósmico presentes en la mitosis de las células, en la forma de las hojas más pequeñas, en los espirales de los huracanes, en las más grandes edificaciones humanas.

Estos principios matemáticos también se encuentran presentes en el espíritu del arte y en los propios sueños. Son principios cosmogónicos, cualidades divinas de la actividad del universo en la consciencia. La labor de Jung y su seguidora Marie Louise von Franz en el ámbito del arquetipo numérico representó una exploración innovadora, en el esfuerzo por fusionar esferas que hoy día parecen distanciadas (lo cuantitativo y lo cualitativo).

Para los antiguos pitagóricos, los números representaban las formas en que la consciencia se iba desarrollando desde el estado de paz inicial, pasando por los opuestos, logrando la armonía o síntesis de los opuestos; hasta que, finalmente, se lograba la manifestación de la consciencia en el mundo material. La cuaternidad sería aquel arquetipo universal «premisa lógica de todo juicio de totalidad». Juzng habla del axioma de María[2] (3+1) como un *leitmotiv* que recorre de diversas formas toda la alquimia. Según Jung, en el universo, la naturaleza y la consciencia existe una danza de opuestos, una polaridad inherente a todo lo manifestado, tanto a nivel interno como externo.

La energía es la consecuencia de esa tensión entre opuestos, los cuales luchan por lograr un equilibrio mutuo y coexistir en armonía, pues ambos se necesitan. Lo positivo y lo negativo, lo masculino y lo femenino deben interactuar e integrarse para lograr un movimiento de continuidad. De tal manera que esta fórmula sería un planteamiento de la personalidad de Dios. Una manifestación de un equilibrio dual (padre-madre) el cual debe completarse con el equilibrio dual de lo engendrado (hijo bueno, hijo malo; hijo e hija). Las dos dualidades unidas formarían el carácter complementario cuatri-esencial. Este sería el símbolo clave de la totalidad del cosmos.

Ahora, en términos físicos, los átomos no podrían manifestar ninguna composición molecular si no existieran estructuras numéricas que posibiliten su interacción; las cargas positivas (+) y negativas (-) permiten a los protones, electrones y neutrones interactuar entre sí, además existe de igual modo dentro del átomo el fenómeno de la energía neutral (o). Es gracias a esta

---

2 «El axioma de María» se atribuye a la alquimista del siglo III María Prophetissa, (o María la Judía, hermana de Moisés), quien, según explican, anunció «Uno se convierte en dos, dos se convierte en tres, y por medio del tercero y el cuarto logra la unidad; por tanto, dos no son más que uno». Este axioma sirvió como un tema recurrente asociado con la alquimia durante más de veinte siglos. Jung utilizó el axioma de María como metáfora del proceso de individuación; afirmando que uno es la totalidad inconsciente; dos es el conflicto de los opuestos; tres puntos para una posible resolución; la tercera es la función trascendente, descrita como una «función psíquica que surge de la tensión entre la conciencia y el inconsciente y apoya su unión». Y, además, tanto el uno como el cuarto es un estado de conciencia transformado, relativamente completo y en paz. En *La psicología de la transferencia*, Jung usó este axioma como un aforismo para el principio femenino, la tierra y las regiones bajo él, mientras que también representa el mal interpolado entre los números impares del dogma cristiano. Valenzuela, L. M. (2021). (https://psicologosenlinea.net/14010-axioma-de-maria.html)

interacción de energía que se puede manifestar la materia, sin esta dualidad la realidad simplemente no podría conjugarse para manifestar la creación. Los científicos actuales han logrado definir que se vive en universo de 3 dimensiones + 1 de tiempo que han podido ser observadas y medidas:

- Altura
- Anchura (o distancia)
- Profundidad

El «tiempo» como dimensión se comporta de forma diferente a las que establecen una posición en el espacio-tiempo. El «tiempo» determina el movimiento causal consecutivo y es un constructo mental medible a través de los ciclos del cosmos y la naturaleza. De igual modo, como mencionamos, el concepto del «tiempo» es tan solo un constructo intelectual. Desde la perspectiva metafísica se cree que existe además una cuarta dimensión como la representación de un lugar donde la imaginación y la realidad se entrelazan en un espacio donde las leyes clásicas de la física se desvanecen permitiéndonos entrar al reino de los sueños para enfrentar criaturas mágicas, explorar lugares inimaginables y experimentar otro tipo de realidades. En esta dimensión las emociones, los deseos y anhelos cobran relevancia y para comprender su importancia se hace necesario formular otro tipo de leyes.

Diversos pensadores argumentaron que en este tipo de dimensión existirían el reino de las ideas y el flujo imaginativo. Es aquí donde surgen las criaturas misteriosas de las que habla la mitología y donde provienen las intuiciones que dirigen nuestros procesos más creativos, es el reino de los símbolos y arquetipos. Jung refería que el arquetipo de la cuaternidad se manifiesta frecuentemente en una estructura de 3 + 1. Un ejemplo de ello sería la simbología animal que adoptan los cuatro evangelistas, siendo tres animales y un ángel.

Si la imaginación es un tipo de inteligencia que adquiere validez podemos cuestionarnos sobre ¿qué es la realidad? Podemos suponer que es la configuración de las vivencias de un ser vivo, que determinan su relación interna con la realidad externa. Dichas vivencias provienen, tanto de aspectos biológicos (herencia, tendencias, pulsiones, arquetipos), ambientales (relaciones objetales, contactos con lo exterior); como también de aspectos trascendentes (campos morfogenéticos, vivencias espirituales, sueños). Comprende, de este modo, la relación externa e interna de la consciencia.

Los arquetipos

La psique existe entre el mundo físico y la mente trascendente, entre la materia y el espíritu, los procesos psíquicos parecen ser un equilibrio de energía que fluye entre el espíritu y los procesos biológicos, por ello Jung relaciona los instintos con los arquetipos, sin embargo, a pesar de que están unidos, son conceptos distintos y no deben confundirse; si bien el arquetipo tiene una base instintiva se eleva hacia los estratos espirituales más elevados y se transforma en una serie de analogías que trasciende propiamente los límites de la consciencia. Por tal motivo su alcance penetra en las profundidades de la mente donde surgen los mitos, símbolos y sueños.

El arquetipo central es el *Self* y el Ego es su realización encarnada. La estructuración del Ego ocurre por una alternancia en las relaciones de apego y desapego, por lo cual va estableciendo la identidad y diferenciándose dentro del *Self*, estableciendo una delimitación entre el sujeto y el objeto. Se forma, así, el Eje Simbólico; Ego-*Self*, propuesto por Erich Neumann, a lo largo del cual se sitúan innumerables símbolos y funciones estructurantes en fases diferentes de elaboración. En la elaboración simbólica el sujeto establece relaciones de sentido con los objetos, la realidad y el mismo por lo cual el Ego se transforma indiscriminándose por el apego y nuevamente discriminándose por el desapego, todo proceso de elaboración simbólica surge del arquetipo central y sus expresiones se encuentran estructuradas por una totalidad que une ambas polaridades; padre, madre, masculino, femenino, etc. Por tal motivo el Ego surge desde el *Self* como una relación de sentido individual que lo diferencia de lo colectivo, y el Yo logra diferenciarse de la unidad para conformar su propia identidad.

Jung definió los arquetipos como formas que ordenan los elementos psíquicos en ciertas imágenes. Los arquetipos serían las imágenes de acontecimientos psíquicos que se expresan de manera universal en todos los momentos y lugares. Estos planteamientos son congruentes con los postulados de etólogos como Konrad Lorenz (1903-1989), quien sostiene que cada especie animal está dotada de un repertorio de comportamientos; por ejemplo, los comportamientos específicos que desarrolla un ave para construir un nido, la forma en la que tejen las arañas sus telarañas, las rutas migratorias del salmón.

Estos comportamientos están disponibles en su sistema nervioso central, para activarse tan pronto como se encuentran los estímulos apropiados en el entorno. Con los arquetipos sucede algo parecido, ya que representan la posibilidad de que ciertas ideas, percepciones o acciones sucedan ante determinadas circunstancias del entorno. En *Arquetipos e inconsciente colectivo*, Jung expresa lo siguiente;

> *El arquetipo es elemento formal, en si vacío, que no es sino una facultad praeformandi, una posibilidad dada a priori de la forma de la representación. No se heredan las representaciones sino las formas, que desde este punto de vista corresponde exactamente a los instintos, los cuales también están determinados formalmente.* (Jung, 1970, p. 74)

Por ende, los arquetipos predisponen a enfocar la vida y a vivirla de determinadas formas, de acuerdo con pautas anticipadas y dispuestas en la psique. Los arquetipos son tan variados que es difícil comprender por completo su campo de acción, ya que su influencia va desde los números, las figuras geométricas, los astros, los dioses, los animales, las etapas de vida, las situaciones vivenciales, hasta los comportamientos instintivos como la fidelidad, la agresividad, la expresividad del amor, la sensualidad, la libertad, el conservadurismo, etc. Los arquetipos determinan, en gran medida, la actitud hacia el mundo.

De acuerdo a la visión junguiana, los conflictos intrapsíquicos suceden por la confrontación entre arquetipos con intereses opuestos. El deseo del libertinaje no es compatible con el deseo de compromiso, los celos no pueden congeniar con el amor y el odio no puede comprender la compasión. Las diosas y dioses suelen entrar en conflicto en las profundidades de la mente y, en cierta medida, es difícil encontrar un punto de coherencia entre pensamientos, sentimientos y acciones. Pero no todo está perdido. El arquetipo del *Self* es una forma de trascender la batalla interior entre dioses.

Mediante el desarrollo de conciencia se puede abandonar el infantilismo y la dependencia, haciendo posible la desidentificación con los propios pensamientos y emociones, desenmascarando al Ego, fortaleciendo la consciencia del Yo. Todos debemos negociar con nuestros propios dioses (leyes) y demonios (pulsiones) para lograr elevar nuestra humanidad (consciencia) hacia la verdadera libertad.

La Psicología Analítica centralizó la formación del Ego y los síntomas de la patología mental, principalmente en los procesos inconscientes. Por su parte, Michael Fordham describió la formación del Ego a partir del arquetipo del *Self* y Erich Neumann agregó los arquetipos matriarcal y patriarcal. Por lo cual lo matriarcal no se reduce a la madre y a la mujer, sino que es concebido como el arquetipo de la sensualidad, el deseo, la fertilidad y el patriarcal no se reduce al hombre, sino que es definido como el arquetipo de la organización, la lógica, la abstracción y el poder.

De esta manera, se puede entender que el arquetipo matriarcal se expresa principalmente por el hemisferio cerebral no dominante, que generalmente es el derecho. Y el arquetipo patriarcal se manifiesta fundamentalmente por la dimensión cognitivo-racional, que generalmente es el izquierdo. Estas vías neurológicas de expresión arquetípica comprueban la congruencia neurológica de la teoría junguiana. Los arquetipos están presentes desde los primeros pasos de la humanidad, todas las épocas tienen en común ciertas variables: muerte, nacimiento, guerra, paz; así como la expansión, la búsqueda de la verdad, la libertad, el amor, etc.

A lo largo de nuestro periplo recibimos ayuda de guías interno o arquetipos; cada uno de los cuales ejemplifica una manera de ser en la travesía. Los arquetipos viven en nosotros, pero lo que es aún más importante, nosotros vivimos en ellos. Podemos encontrarlos andando hacia adentro (hacia nuestros propios, sueños, fantasías y acciones), o andando hacia afuera (en los mitos, las leyes, el arte, la literatura, la religión y, como sucedía a menudo en las culturas paganas, en las constelaciones de las estrellas, los pájaros y los animales de la tierra). (Pearson, Despertando los héroes interiores, 1992, p. 20)

En la conquista de América, Europa tenía un desarrollo de la consciencia patriarcal, mientras que, en América, se tenía un desarrollo matriarcal; por lo que, algunos arquetipos indican que el ánima está regido por eros, como principio de integración y unión. En cambio, en los europeos lo patriarcal estaba muy relacionado con lo lógico-racional; es decir el logos, el *ánimus* que separa y racionaliza. No obstante, lo que se mantiene estable en todas las culturas, son los arquetipos del padre, madre, héroe, etc.

Los arquetipos más reconocidos universalmente son Madre, Padre, Sí-mismo, Persona, Sombra, Ánima-*Ánimus*, Héroe, Anciano Sabio. Todos ellos han forjado el legado cultural y, a su vez, determinan toda clase de situaciones típicas como el nacimiento, crecimiento, muerte, resurrección. Por lo tanto, los arquetipos son acciones, actitudes, formas y proyecciones que se han desarrollado a lo largo de la historia de la humanidad y se han venido repitiendo de generación en generación representando valores universales.

Las culturas antiguas relacionaron «la consciencia masculina» con el sol y «el alma femenina» con la luna. Estos símbolos arquetípicos permitieron establecer la medición de los ciclos del tiempo, un año se divide en 12 meses, los cuales a través de la inclinación del eje de la tierra conforman los ciclos estacionarios (primavera, verano, otoño e invierno): los ciclos lunares, a su vez, se dividen, aproximadamente, en 29 días y 12 horas, conformando un mes; y este se caracteriza por un patrón cíclico (cuarto, creciente, menguante, luna nueva). Ambos arquetipos son la fuente primordial de donde surgen los primeros mitos.

El arquetipo de la luna representa la herencia ancestral, el inconsciente, el mundo onírico y el reino de la sombra; donde suceden los procesos energéticos de la imaginación. El arquetipo del sol representa el proceso psíquico por el cual la consciencia se va cuadrando en las cuatro funciones psíquicas. Al igual que el Ego y el alma, el sol y la luna deben encontrar una correlación a través del viaje del héroe, el cual tiene que atravesar la noche oscura del alma, descender al inframundo; vencer dragones, sortear obstáculos y encontrar aliados para lograr rescatar los tesoros ocultos del alma. Así el héroe emerge al amanecer con los primeros rayos de luz disipando la oscuridad para ver con claridad todo aquello que permanecía oculto.

Así concluye el viaje del héroe, según interpreta Joseph Campbell, en su obra *El héroe de las mil caras*. Si el héroe no regresa y comparte el tesoro, el viaje no ha terminado, si no se ponen sus dones al servicio de la humanidad, se está desperdiciando un gran tesoro, el propósito del héroe es aportar a la colectividad. De este modo, existe una ambivalencia donde la consciencia debe descender, y el alma debe ascender en un movimiento dinámico, representado en el culto al *Sol Invictus*, el «Sol Invencible» celebrado el 25 de diciembre.

La figura de Cristo es una aproximación al arquetipo del héroe solar. Todos los pueblos antiguos de México se percibían como los hijos del sol y bajo diversos nombres y símbolos lo representaron; por ejemplo: El Pueblo Mexica identificaba al sol (Tonatiuh) como el espíritu de vida, prácticamente en los 5 continentes existieron culturas que adoraron al sol como un referente de la consciencia, el tiempo y la vida.

Carol Pearson, en su obra *Despertando los héroes interiores*, define los arquetipos junguianos como estadios mentales, por los cuales el Ego puede tener una metamorfosis con el *Self*. El viaje del héroe narra un camino evolutivo donde el Ego se transforma hasta conformar el Sí-mismo. Los 12 arquetipos junguianos son facetas por las cuales el Ego y el *Self* van evolucionando juntos, hasta lograr tener un punto de integración mediante la ampliación de la consciencia. Estas formas arquetípicas están presentes en la vida, en distintos momentos y circunstancias; en algunas áreas predominan más que otras. La manifestación de cada uno de ellos hace que se perciba, reaccione y actúe de una determinada manera, ante las situaciones típicas de la vida.

El arquetipo del inocente y del huérfano están presentes en la mayoría de los individuos. Al conocer cómo se manifiestan en la vida se puede avanzar hacia arquetipos de mayor autoridad y soberanía. Cuando, por el contrario, el individuo se queda estancado en las primeras etapas del viaje del héroe, esto puede ser un serio impedimento para tener la fuerza, creatividad, sabiduría y determinación necesaria para abrir nuevos caminos en la vida. Su presencia hace que se proyecte la culpa, o por el contrario se espere la salvación por un medio externo; Dios, los extraterrestres, los gobiernos, sociedades secretas, etc. Este estado infantil de indefensión donde se espera ser rescatado por fuerzas externas forman parte del arquetipo del inocente y del huérfano en la que la mayoría de la sociedad se encuentra actualmente.

Los arquetipos que prosiguen a partir del héroe ayudan a rescatar el niño interior contactando con la guía interna que permite sanar y evolucionar. De este modo, al transitar por los demás estadios arquetípicos, se obtiene la autoridad sobre el propio destino otorgando al individuo soberanía interior.

> *La travesía del héroe es una iniciación a las realidades del viaje del alma. Esta travesía requiere primero que establezcamos control sobre nuestras vidas y luego nos desprendamos de él; para dejar de lado el horror a la muerte, el dolor y las pérdidas y experimentar la totalidad de la vida.* (Pearson, 1992, p. 56)

Como ya se ha adelantado, dentro del inconsciente colectivo existen 12 modelos de comportamiento, denominados «arquetipos», los cuales se reflejan muy bien en libros, series o películas. Aun así, los tipos psicológicos no son cualidades rígidas y todos tienen la capacidad para transformarse y lograr desarrollar la personalidad en las distintas etapas de la vida. Conocer los arquetipos primarios de la personalidad permite comprender el origen de muchas de las actitudes del individuo y las distintas facetas mentales por las cuales un individuo atraviesa en el trayecto de su vida, los 12 arquetipos de la personalidad son los siguientes:

- El inocente: el arquetipo del inocente suele estar ligado al niño interior, son soñadores e infantiles, optimistas, sinceros, evitan las complicaciones, pues solo buscan la felicidad. El inocente es el que inspira pureza, simplicidad y positividad en lo que se refiere a sí mismo. El inocente ayuda a crear la autoimagen, la máscara que se luce ante el mundo, la personalidad y el rol social. El aspecto sombrío de este arquetipo se evidencia en una capacidad de negación para no darse oportunidad de saber qué está sucediendo realmente en su vida. Puede estar lastimándose a sí mismo o a los demás, pero no lo admite. Puede estar herido, pero ese conocimiento también lo reprime. Muestra una tendencia a deprimirse cuando no logra manifestar sus cualidades, por miedo a hacer algo malo o ser castigado; en consecuencia, pueden llegar a victimizarse, se muestra como el inocente, pero tiene un talante cínico.

- El huérfano: el arquetipo del huérfano es aquel que lleva heridas que no logra cerrar. Se siente traicionado o abandonado y busca que otros se hagan cargo de él y, como esto no sucede, experimenta desilusión. El huérfano representa la parte de nosotros que intenta encajar con los otros. Este arquetipo se caracteriza por intentar pasar inadvertido. Evita situaciones que le puedan comprometer o dañar. Prefiere siempre la seguridad y la zona de confort antes que la aventura. El huérfano es el cínico, la personalidad que ve cuál de las cualidades debe sacrificar o esconder para representar el papel del inocente para que le acepten. El aspecto sombrío de este arquetipo es la victimización, espera recibir un trato especial, ser eximido de vivir y, por lo tanto, de asumir responsabilidades porque ha sido víctima o porque es tan frágil. Ataca incluso a aquellas personas que están tratando de ayudarlo, incluso haciéndose daño a sí mismo.

- El héroe: las motivaciones conductuales del arquetipo del héroe son la lucha y la victoria en contra de los monstruos que se ocultan en la oscuridad; lo cual quiere decir que esta imagen encuentra sus mayores estímulos en la búsqueda de nuevos desafíos y la superación de obstáculos. Este tipo de personalidad confía en sí mismo, por lo que es valiente y quiere mostrar sus capacidades al resto, es trabajador, valiente y siempre muy comprometido con lo que hace. Es un tipo de personalidad altamente productivo y está listo para enfrentar cualquier desafío que se presente en su camino. Tiene una vitalidad y una resistencia descomunales que empeña en luchar por el poder mismo o por el honor. Prefiere cualquier cosa antes que perder. En su aspecto más sombrío puede llegar a ser demasiado ambicioso y controlador. Desarrollan miedos patológicos a no poder ser los salvadores o no tener recursos necesarios para salir victoriosos, ante ciertos desafíos puede volverse déspota y agresivo.

- El cuidador: en este estadio mental desarrolla un sentido moral y de responsabilidad por el cuidado y bienestar de otros. Se preocupa por cómo se encuentran los demás, además de él mismo, y no solo por las personas en sí, sino por el bien global de la humanidad. El cuidador es una imagen arquetípica del espíritu compasivo, que suele responder ante aquellos que se encuentran en apuros; incluso, cuando no entienden bien la situación que viven, apoyan con un fuerte sentido de la compasión y la ayuda desinteresada. Este tipo de personalidad necesita proteger al resto por su generosidad. En su aspecto más sombrío, pueden llegar a sentirse más fuertes que los demás, manifestando una protección casi maternal sobre quienes le rodean. Sus rasgos bondadosos pueden conducirlos a un círculo de abuso. Si no se controla, se convierte en el mártir que echa en cara a los demás sus sacrificios.

- El explorador: el arquetipo del explorador representa una persona que encuentra estímulos en la libertad. Este tipo de personalidad lleva consigo un gran deseo de descubrir el mundo, sus novedades, no estar atado a los lazos de la sociedad. La avidez es una de las características principales de este arquetipo y cree que se pueden lograr grandes sentimientos como la felicidad y la satisfacción en la vida a través de todas aquellas experiencias intensas que se encuentran más allá de la vida cotidiana. Dentro de sí tiene un profundo afán de descubrir y descubrirse a sí mismo. En su aspecto más sombrío puede ser una persona sumamente instintiva con una fuerte tendencia a buscar lo ideal; por lo cual, jamás está satisfecho. Es el perfeccionista, que siempre está tratando de estar a la altura de una meta imposible, o de encontrar la solución «correcta». Su actividad central es el autoperfeccionamiento, el mejoramiento personal, la autoimagen, etc., sin embargo, nunca se siente verdaderamente listo para comprometerse en el logro de algo. Son personas que desarrollan miedos patológicos a quedar atrapados o sentirse atados de alguna manera.

- El amante: el amante es la personalidad del pacifista. Las motivaciones del arquetipo o la imagen arquetípica del amante es la de encontrar armonía en todo lo que hace, de sentirse bien con los espacios en donde trabaja o convive y siente un profundo dolor ante el rechazo o ante la mínima idea de no sentirse amado. El punto principal de este arquetipo no implica necesariamente amor, sino personalización. Es apasionado, su mayor dicha es sentirse amado y busca, principalmente, el placer y, por ello, atrae a la gente. Disfruta de la belleza, la estética y los sentidos, de manera refinada. Hace de lo bello, en el sentido amplio, un valor superlativo. En su aspecto más sombrío, pueden tener una imagen distorsionada de sí mismos, pueden llegar a dar demasiada importancia a la opinión de los demás. Sienten un profundo dolor ante el rechazo o siquiera la idea de no sentirse amados.

- El rebelde: el arquetipo del rebelde es una motivación colectiva que empuja a las personas (y a sí mismos) a cambiar todo aquello que consideren que no funciona correctamente. Se manifiestan en la literatura y en el inconsciente como revolucionarios, personas carismáticas que hacen su mayor esfuerzo por reformar su entorno. Este tipo de personalidad no necesita ayuda de nadie y sigue sus propias normas, por lo que es más radical e independiente. Se muestra como rebelde, inquieto, es un transgresor, provocador y completamente independiente de la opinión de los demás, piensa por sí mismo, no por influencia ni por presión. En su aspecto sombrío, se torna autodestructivo, suele manifestar miedos patológicos al enfrentarse a la idea de no poder generar cambios en su alrededor.

- El creador: el creador es la imagen arquetípica de una mente, ser o individuo que tiene la capacidad de crear algo que no ha existido antes. El creador es una imagen típica de una personalidad frecuente en la mitología y la literatura. Siempre busca destacar mediante su imaginación. Es ingenioso, lleno de creatividad y no se conforma hasta que encuentra nuevos proyectos interesantes. Tiene rasgos artísticos y quiere dejar su huella en el mundo, le gusta compartir conocimientos y valora cualquier idea sin juzgarla, es ingenioso. Además, tiene una profunda ansia de libertad, porque ama lo novedoso; le encanta transformar para hacer surgir algo totalmente nuevo, que tenga su toque personal. Es ocurrente, inconforme y autosuficiente. En su aspecto sombrío, a veces es inconstante y piensa más de lo que hace; por lo cual, puede llegar a ser muy impulsivo. Por otra parte, tienen un miedo patológico a no dejar su huella en el mundo o a no crear nada valioso.

- El gobernante: el arquetipo del gobernante está relacionado con el poder, es la representación de una personalidad que encuentra su mayor estímulo con el control de todo lo que le rodea, desde sus propias emociones hasta las emociones y circunstancias ajenas, siempre busca tener el control, no se rige por sentimientos, no soporta el caos y dicta las normas, es un líder natural. Está cómodo en medio de grandes multitudes, se expresa con facilidad y tiene un gran poder de persuasión. Su aspecto sombrío le hace dudar de sí mismo cuando no logra controlar las circunstancias propias y ajenas, en ocasiones puede llegar a ser un tirano en su afán por imponerse. Suelen tener un miedo patológico a perder el control, a no ser escuchados y a ser desafiados.

- El mago: el arquetipo del mago se basa en la transformación de la realidad y el sentido común. Puede contar con un aire de misterio, improvisación, ironía, ilusión y, como su nombre ya lo dice, mucha magia. Es un visionario que hace que ocurran cosas porque pretende crear algo nuevo y especial. Son personas transformadoras, con carisma, que se presentan como inspiradoras de un cambio. Otras características importantes son el coraje, la libertad, la innovación y la creación de ideas disruptivas, que terminan siendo vistas como «locas». Pueden llegar a usar sus dones y talentos para fines egoístas, manipulando las circunstancias para sus propios intereses, convirtiendo los sucesos positivos en hechos negativos por medio de ilusiones.

- El sabio: el arquetipo del sabio es responsable de estimular el aprendizaje y valorar el acto de «pensar». La inteligencia y la capacidad de análisis son para él la vía regia para entenderse a sí mismo y entender al mundo. Este tipo de personalidad explica el mundo a través del conocimiento y busca, sobre la mayoría de las cosas, el placer en la iluminación; con lo cual encuentra poderosos estímulos en aprender y enseñar a otros. En su aspecto más sombrío la falta de autoconocimiento puede volverlo una persona irracional, su ignorancia lo puede llevar a padecer grandes sufrimientos. De igual modo, el exceso de confianza lo puede volver una persona aislada, arrogante, un dictador de sus propias normas.

- El bufón: el arquetipo del bufón es la imagen del tramposo, el *joker*, el loco o el payaso de la corte, capaz de conseguir cualquier cosa que se proponga gracias a su carisma y a la picardía de sus acciones que, a pesar de parecer simples, siempre persiguen un objetivo concreto. Una imagen mitológica de este arquetipo puede ser la personalidad del Dios nórdico Loki[3]. Despreocupado, gracioso y accesible, este perfil es conocido por burlarse de sí mismo y ver la vida de una manera muy pacífica. Es muy asociado a la forma que tienen los niños de ver el mundo y cambiarles el significado a las cosas. No tiene máscaras y suele despojar de su máscara a los demás. En su aspecto más sombrío no se toma en serio nada y puede llegar a ser libidinoso, vago y glotón, divirtiéndose sin reflexionar en las posibles repercusiones de sus acciones, puede meterse constantemente en problemas.

El entendimiento de los arquetipos junguianos ha tomado tal relevancia que muchas marcas utilizan los códigos simbólicos para personalizar sus logos y tener un mayor grado de influencia sobre sus clientes. Los arquetipos han demostrado ser muy eficaces para establecer conexiones emocionales entre las personas, las empresas y su audiencia. Pearson y Mark exponen en el libro *The Hero and the Outlaw* la aplicación de los arquetipos en el *marketing* y argumentan cómo esta implementación permite que las marcas tengan un mayor propósito y generen conexiones verdaderas con el consumidor. Los 12 tipos de la personalidad se pueden clasificar en 4 categorías que expresan una actitud específica hacia la vida:

1. Proporcionar estructura: el cuidador, el gobernante, el creador.
2. Explorar la espiritualidad: el inocente, el sabio, el explorador.
3. Dejar huella: el rebelde, el mago, el héroe.
4. Contactar con los demás: el amante, el bufón, el huérfano.

Otra forma de clasificar los 12 arquetipos de la personalidad es por medio de 6 dualidades que deben ser integradas. Estas dualidades son los valores y motivaciones más básicas de los seres humanos y a través de las cuales el individuo evoluciona integrándolas:

---

[3] Dios nórdico Loki. A pesar de las muchas investigaciones, la figura de Loki permanece en la oscuridad; no existe información de un culto o seguidores en su nombre. En consecuencia, términos religiosos, Loki no es una deidad sino un ser mitológico que es concebido como el espíritu del fuego (con sus opuestos beneficioso o dañino). Históricamente se le conoce con muchos nombres: Herrero mentiroso, Cambia formas, Lengua de plata, Dios astuto, Transformista, el Astuto, Mago de las Mentiras, Dios de las Travesuras, Dios de la Mala Suerte, Dios de las Mentiras y Dios del Caos, entre otros. https://www.wikidata.org

1. Seguridad: inocente-huérfano
2. Identidad: explorador-amante
3. Responsabilidad: héroe-cuidador
4. Autoridad: rebelde-creador
5. Poder: mago-gobernante
6. Libertad: sabio-bufón

Así entonces, existe un número indeterminado de arquetipos, desde los tipos de personalidad, pasando por conceptos abstractos como la geometría y el número, hasta las personificaciones humanas, como el héroe, el niño, el sabio, etc. Son posibilidades latentes para el desarrollo de la personalidad; por lo que, representan posibilidades para transitar un camino evolutivo en la vida. Todo individuo tiene una herencia arquetipal como: la persona y el Yo (que suceden en el plano consciente), y se poseen arquetipos que conectan con un mundo oculto e inconsciente: el ánima-*ánimus*, el *Self*, y la sombra, arquetipos que se presentan de manera inconsciente en el mundo de los sueños.

A los arquetipos del inconsciente colectivo Jung también les llamó dominantes, imagos, imágenes primordiales o mitológicas y otros nombres. Sería una tendencia innata (no aprendida) a experimentar las cosas de una determinada manera. El arquetipo carece de forma en sí mismo, es inaccesible a la consciencia, pero actúa como un «principio organizador» mediante diversas imágenes arquetípicas.

Los arquetipos primordiales son estructuras geométricas, pero también patrones numéricos y no son solo significados estáticos pues suelen estar relacionados con un amplio campo de significados, al 0 se le relaciona con la energía estática, el vacío y el potencial ilimitado, el 1 simboliza un principio de movimiento y continuidad. Por consiguiente, la humanidad también se relaciona con un principio femenino, mientras la civilización, con un principio masculino. Jung logró definir una serie de arquetipos universales que hemos mencionado anteriormente, a continuación, profundizaremos un poco más en sus significados:

- El arquetipo paterno: este representa la autoridad y la disciplina necesaria para el desarrollo, mientras que el arquetipo materno representa la nutrición emocional, dado que con este arquetipo se da la primera conexión. El arquetipo paterno simboliza una irrupción con el vínculo materno; por lo que, el arquetipo materno representa la unión, mientras que el arquetipo paterno representa la separación. No obstante, gracias al arquetipo paterno el individuo puede reconocer que no es el centro del universo, permitiéndole empatizar con otras personas.

Así entonces, el arquetipo paterno representa los límites, la estructura de orden que guía el desarrollo. En el ámbito cultural se representa como el sol, el Dios, el logos, las leyes que rigen la civilización. En el aspecto negativo, la figura del padre personifica, el Cronos de la mitología griega, se muestra como el déspota y tirano, refleja el carácter de dominación. En el ámbito social, se puede ver esto en las dictaduras. Una buena relación con el arquetipo paterno permite a un individuo tener iniciativa, sentido de orden y progresión en la vida.

- El arquetipo materno: todos los ancestros tuvieron madres, nunca se hubiera sobrevivido sin la conexión con la madre. Así, el arquetipo de madre es una habilidad propia constituida evolutivamente y dirigida a reconocer una cierta relación con la «maternidad». Este arquetipo, a su vez, es simbolizado por la madre cósmica o «madre tierra» de la mitología, por Eva y María, Deméter, Sofía, etc., así como por simbolismos como la figura de la Iglesia, la Nación, un bosque o el océano. Este arquetipo es, en sí mismo, el eros como principio en oposición al logos, que corresponde más al arquetipo del padre y a la estructura patriarcal.

El aspecto negativo de este arquetipo se manifiesta como la madre devoradora «el Uróboro», manifestado en la voracidad de la madre hacia el propio hijo, que vendría a anular su voluntad, la actitud en contra del crecimiento, expresada en el mito de Edipo. De acuerdo con Jung, alguien a quien su madre no ha satisfecho las demandas del arquetipo se convertiría, perfectamente, en una persona que lo busca a través de la Iglesia o identificándose con la «tierra madre», o en la meditación sobre la figura de María o en una vida dedicada al hogar.

- Arquetipo del héroe: este arquetipo dentro de la mitología representa las fases de evolución de la consciencia y también ejemplifica las fases del desarrollo evolutivo de la personalidad. Este arquetipo es el responsable de motivar al niño a salir del hogar, vencer el miedo infantil y transformarse en adulto. El héroe representa la manera en que el Yo actúa de manera justa, en armonía con las exigencias del Sí-mismo. Para lograr la individuación, el héroe debe partir de su hogar hacia una iniciación donde aprende a explorar lo desconocido y confrontar su propia sombra, y finalmente, regresar al mundo familiar como un ser independiente. La travesía del Héroe está descrita por 12 etapas del viaje, expresadas en cientos de mitos e historias alrededor del mundo.

- El *puer aeternus*: este poderoso arquetipo está constituido por todas aquellas experiencias, recuerdos, traumas y emociones almacenados en nuestro inconsciente que, no solo representan nuestras pasadas experiencias, sino también experiencias acumuladas de la especie. En muchas ocasiones podemos estar bajo el influjo del arquetipo del niño en situaciones de crisis vital, insatisfacción, vacío existencial y desasosiego, este puede desencadenar una serie de complejos si no se integra adecuadamente en la consciencia adulta.

- Otros arquetipos: Jung decía que no existía un número fijo de arquetipos que pudiésemos listar o memorizar. Aparte del padre y la madre existe también el «arquetipo de familia», que representa la idea de la hermandad de sangre; así como unos lazos más profundos que aquellos basados en razones conscientes. Muchos arquetipos son caracteres de leyendas como referimos en los 12 arquetipos. También existen otros arquetipos que son un poco más complicados de mencionar. Uno es el «hombre original», representado en las culturas occidentales por Adán; otro es el «arquetipo Dios», el cual representa la necesidad de comprender el universo. También podemos mencionar el arquetipo del Sí-mismo como la representación del futuro, la evolución, el renacimiento y la salvación, la expresión del arquetipo del *Self* se expresa en Occidente y en Oriente, a través de los mitos de Cristo y del Buda.

Es importante mencionar que cada arquetipo expresa un aspecto sombrío y luminoso, por ejemplo, el arquetipo patriarcal puede expresar la consciencia racional entre el orden y la lógica, aunque de igual modo en sombra se expresa de forma elitista y con frecuencia autoritaria, por su parte, el arquetipo del Sí-mismo se sitúa entre la actitud autocrática y, a veces, predadora y explotadora del arquetipo patriarcal; pero en su aspecto más positivo es la visión del mundo amorosa, ecológica, democrática y compasiva, la cual puede ayudar a equilibrar el mundo.

Vida simbólica

Verena Kast, en su obra *Dinámica del símbolo,* nos ayuda a comprender a profundidad lo que representa la vida simbólica. Para ello es necesario, primeramente, saber diferenciar lo que es un signo y un símbolo; se entiende como signo todas aquellas imágenes con un significado puramente cuantitativo, como por ejemplo las señales de tráfico, cuyo significado es único y determinante, no tienen un significado más profundo o interpretativo.

Cuando los símbolos pierden su naturaleza multicultural se extinguen porque se les otorga un significado fijo. Jung refería que muchos símbolos de la religión católica se habían convertido en signos por otorgarles un significado fijo. Un símbolo necesita estar vivo, su energía surge de la tensión de opuestos y aporta un cierto grado de movilidad para lograr transformar la consciencia. Es una conexión entre lo material y lo energético, entro lo físico y lo espiritual.

Los números en tal sentido pueden ser tanto signos como símbolos, cuando los utilizamos para realizar simples ecuaciones matemáticas son signos con un valor cuantitativo, pero cuando profundizamos en su valor cualitativo, adquieren el valor de símbolos con cualidades que van más allá del plano intelectual, son expresiones arquetípicas que vinculan lo real e imaginario, lo colectivo e individual aportando un significado más profundo y amplio sobre las representaciones de la polaridad presentes entre mente-cuerpo.

Dependiendo del contexto del símbolo, su significado también cambia, aparecen nuevas formas de significado. Los símbolos tienen al menos un doble significado, ocultan y revelan, ocultan y muestran, contienen reminiscencias y anticipación. Los símbolos también son memoria: en ellos se repite lo que hemos vivido, y en ocasiones también lo que ha vivido la humanidad.

Esto nos hace creer que nosotros y el mundo somos dos realidades completamente diferentes, lo que, entre tanto, es una ilusión, tan grande como el movimiento del sol en torno a la Tierra, cuyo desenmascaramiento dio origen a la ciencia moderna. Para librarnos de la ilusión de la dicotomía Ego-mundo fueron formuladas muchas maneras de pensar. El budismo, por ejemplo, concibió el Nirvana, la Iluminación; el hinduismo, el Samadhi, la liberación; y el cristianismo ha establecido el Espíritu Santo, la vida eterna.

Jung entiende como símbolos las representaciones de fantasías generalmente entrelazadas a objetos del mundo, pero también a eventos. Todo lo que experimentamos es representado imaginariamente en un fondo inconsciente, por ejemplo, los símbolos del sol y luna como representación de dos grandes astros nos permitieron crear la concepción del tiempo, el cual es un reflejo del proceso externo de la consciencia, pero también nos permitió realizar una mirada interior para concebir la realidad del alma; sol y luna se transformaron a su vez en lo masculino y lo femenino, en el padre y la madre, en el Ego y el alma. El símbolo y la función trascedente reúnen las polaridades en la elaboración simbólica para formar la conciencia y permitir su operatividad. Bajo esta perspectiva, todo es símbolo, inclusive el pensamiento y la conducta. El frío del invierno, el calor del verano, la oscuridad de la noche, la luz del día, los celos y el amor por alguien, una puesta de sol, la lluvia cayendo, una sonrisa, un baile seductor y el propio reflejo de uno mismo sobre un lago son representativas de un gran número de cualidades simbólicas. Y todas las funciones de la vida son funciones estructurantes de la conciencia a través de la elaboración simbólica.

Cuando decimos: «Me sumergiré en la propia oscuridad, dejaré morir mi Ego para renacer a la luz de la consciencia», nos expresamos en un tipo de lenguaje que está más allá de su significado ordinario. Realmente no morimos en términos biológicos o apagamos las luces de una habitación, su significado expresa una actitud simbólica hacia la vida. Estas formas de expresión simbólicas son el centro de la actividad psíquica consciente e inconsciente para el funcionamiento y transformación de la conciencia y el *Self*, son vías de acceso hacia una toma de consciencia que está más allá de los procesos racionales. Cuando un individuo se deja guiar por sus símbolos adquiere una actitud simbólica.

Es un hecho hoy sabido, gracias a la neuroimagen, que cuando el sujeto observado recuerda una canción, determinada zona de su cerebro se activa y representa un aumento de flujo sanguíneo. Ese aumento puede ser tanto más significativo cuanto mayor sea la emoción vinculada a la canción. Así, se observa que, si la vivencia de una experiencia simbólica es acompañada de fuerte emoción, su registro en el hipocampo será más intenso.

De igual modo es innegable que en la naturaleza el sol y la luna permiten a todos los seres del reino animal utilizar la función simbólica para lograr comunicarse entre sí y coordinar los rituales de apareamiento, la crianza, las rutas migratorias, etc. Muy en especial nuestro pariente más cercano, el chimpancé —con el que compartimos casi un 98 % de nuestro ADN—, utiliza un rango de señales vocales, visuales y táctiles para comunicarse con los demás chimpancés. Son una de las pocas especies animales que utilizan herramientas como palos y piedras para facilitar su vida, también pueden aprender a utilizar gestos y símbolos para comunicarse con los humanos.

Fernando Savater, en su obra *Las preguntas de la vida*, refiere cómo la evolución de los homínidos ha estado siempre unida al descubrimiento de símbolos; es gracias a estos símbolos que se descubren nuevos métodos para adaptarse al ambiente. Esta capacidad simbólica caracterizó la tendencia evolutiva con la cual nuestra especie ha logrado moldear la realidad hasta crear los más grandes avances tecnológicos. Sin embargo, este gran desarrollo intelectual gradualmente ha traído también consecuencias negativas.

Pico della Mirandola (1463-1494), en su texto *La dignidad del hombre*, menciona que no somos seres superiores por tener más fuerza e inteligencia que los otros seres, nosotros tenemos la racionalidad, pero esto no nos hace más sino menos, nuestro desarrollo civilizado nos ha quitado esa parte animal y nos ha vuelto seres perversos que dañan su ecosistema. Sófocles tenía una visión más pésima en la que el ser humano era capaz de utilizar su inteligencia para aprovecharse de las demás especies.

Cassirer, en su obra *Antropología filosófica*, refiere la definición de animal racional que se le ha dado al hombre, no lo define como tal, porque esta racionalidad aleja al hombre de su estado natural y lo vuelve un ser arrogante, pues llega a creer ser superior por tener cualidades de inteligencia. Cassirer define que los símbolos son lo que permiten al hombre evolucionar e interactuar en una realidad, pero a medida que el hombre avanza más hacia el presente, el exceso de cultura conlleva un desequilibrio donde se comienza a vivir más como un experimento de la tecnología víctima de sus propias elaboraciones tecnológicas, por lo cual se aleja de su naturaleza y deja de vivir a través de la experiencia.

En la naturaleza existe una estrecha relación entre los arquetipos y símbolos. Esta relación mantiene viva la conexión entre lo espiritual y lo instintivito, entre la propia naturaleza y el universo. Así también la humanidad guarda una estrecha relación primitiva con los símbolos, mitos, religión, lenguaje, arte, historia, ciencia. Los símbolos son estructuras de ordenación que se presentan como una cualidad de los arquetipos, y se pueden observar tanto en el macrocosmos, como en el microcosmos. Por lo tanto, podemos suponer que el inconsciente está estructurado como un lenguaje simbólico que permite crear un vínculo de unión con el mundo externo.

Uno de los problemas actuales es que el hombre aparece fragmentado, dividido, aislado de sus orígenes. La cultura ha reprimido la naturaleza primitiva del hombre olvidando el punto de partida donde comenzó el proceso evolutivo de nuestra especie. Como mencionamos en los primeros capítulos, el ritual y el símbolo son parte del proceso evolutivo que caracteriza la actividad humana. Conforme progresamos como sociedad, enfatizamos el desarrollo intelectual creando desconexión de los estratos más profundos de la mente, por lo cual el ser humano necesita internamente entablar una conexión con su *Self* y externamente estar en relación con los demás miembros de su especie.

La tensión psíquica emerge en medio de este conflicto de opuestos, por lo que el símbolo aparece como lo único capaz de unificar el conflicto interno. Es una vía de acceso desde lo racional hacia lo instintivo, integrando lo intuitivo. Esta cualidad del símbolo surge por las cualidades que conectan la actividad cultural del hombre con aquellas cualidades aún presentes en el reino animal. Los humanos, al igual que los animales, necesitamos del sol y la luna para guiar nuestros comportamientos, el ser humano necesita tanto de la naturaleza como de la cultura.

La actividad simbólica es una forma en la que las distintas especies se logran expresar mediante actos representativos; las rutas migratorias, los bailes de las aves y un sinfín de actividades presentes en la naturaleza permiten determinar la manera en que los arquetipos se manifiestan a través de imágenes y símbolos. En el reino biológico distintas especies se comunican mediante sonidos y expresiones visuales, el propio lenguaje corporal presente en los simios y los humanos es una cualidad simbólica que denota la naturaleza animal del hombre. Jung, respecto a esto, refiere lo siguiente en su obra *Símbolos de transformación*:

> *El lenguaje es originalmente un sistema de signo emocionales e imitativos que expresan espanto, temor, ira, amor, etc. O bien imita ruidos de los elementos: el correr y el murmullo el agua, el rodal del trueno, el rugido del viento, los sonidos del mundo animal, etc. Originalmente, pues, el lenguaje no es otra cosa que un sistema de signos o "símbolos" que designa eventos reales o su repercusión en el alma.* (Jung, 1963, p. 36-37)

El reino arquetipal es muy amplio y no solo se relaciona con las situaciones típicas de la vida humana (padre, madre, nacimiento, muerte, héroe, sombra, etc.), sino que además podría decirse que lo arquetípico es el medio por el cual la energía pura se logra materializar en la realidad. Son, por lo tanto, moldes donde la energía vital toma una determinada forma dotada de un gran simbolismo. Los primeros arquetipos que entretejieron nuestro universo se manifestaron como una expresión simbólica de la dualidad; luz y oscuridad, noche y día, sol y luna, positivo y negativo, femenino y masculino, Dios y hombre. Jung en El *hombre y sus símbolos* describe lo siguiente:

> *La historia del simbolismo muestra que todo puede asumir significancia simbólica: los objetos naturales (como piedras, plantas, animales, hombres, montañas y valles, sol y luna, viento, agua y fuego), o cosas hechas por el hombre (casas, barcos, coches), o, incluso formas abstractas (números, o el triángulo, el cuadrado y el circulo). De hecho, todo el cosmos es un símbolo posible. El hombre, con su propensión a crear símbolos, transformar inconscientemente los objetos en formas o símbolos (dotándolos, por tanto, de gran importancia psicológica) y los expresa ya sea en su religión o en su arte visual.* (Jung, 1995, p. 232)

Los símbolos nos ayudan a estructurar un sentido de orden, organizan la percepción y el significado que les otorgamos. Actualmente, el conocimiento sobre los números ha permitido entretejer conceptos cada vez más abstractos, la alquimia digital de nuestra época ha creado universos holográficos; todos ellos accesibles gracias a la conjunción de unos y ceros. Gracias al lenguaje binario (01) es posible generar las imágenes que se transmiten por televisión, por lo tanto, es un magnífico ejemplo de cómo lo arquetípico se expresa mediante imágenes. Pero algo todavía más asombroso es cómo los números están presentes en la configuración de la realidad.

La proporción áurea se ha convertido en una regla para el proceso artístico y arquitectónico de todas las culturas. Es a través de esta proporción divina que la belleza, la armonía y equilibrio se manifiestan; por lo tanto, es una cualidad que está presente interiormente en la consciencia del creador y del observador. Y no solo eso, si se mira más detenidamente, se encuentran estos patrones numéricos de ordenación en los tornados y ciclones. Tal parece que incluso las órbitas de los planetas obedecen a estos mismos patrones geométricos de ordenación. Un estudio llevado a cabo por las universidades surafricanas de Witwatersrand y Pretoria —dirigido por los investigadores Jan Boeyens y Francis Thackeray (2014)— cree haber encontrado la relación de oro en la topología del espacio-tiempo, el «tejido» en el que se desarrollan todos los eventos físicos que tienen lugar en el universo.

Los investigadores intentan averiguar cómo la proporción áurea se expresa en la naturaleza, desde la mitosis celular de hace dos millones de años a las espirales de las galaxias más lejanas, la estructura del ADN o incluso en la tabla periódica de los elementos. Sus resultados se basan en el análisis estadístico de un gran número de mediciones de ejemplares de animales de las especies más variadas, tanto vertebrados como invertebrados. Los investigadores incluso van más allá y afirman que: «Ha llegado el momento de reconocer que la relatividad y las teorías cuánticas pueden integrarse y ser vinculadas numéricamente con el valor de una constante matemática que es válida tanto en el contexto del espacio-tiempo como en el de la Biología».

Se podría decir que el camino evolutivo ha sido un camino guiado por los ciclos matemáticos existentes en la naturaleza. Una semilla contiene dentro de sí todo un potencial geométrico de movimiento que le permitirá crecer. De la misma forma el universo está en un movimiento constante marcado por los ciclos cósmicos influenciando los grandes movimientos sociales de cada época. El crecimiento del material colectivo implica una tendencia evolutiva hacia el desarrollo humano y tecnológico, no obstante, los cimientos siguen siendo las imágenes almacenadas en el inconsciente colectivo.

La manifestación simbólica se encuentra en la expresión cultural del ser humano especialmente en la religión. El orden simbólico determina la concepción del mundo, y es gracias a esta función del símbolo que se puede encontrar un orden para regir la conducta hacia un bien común; si no existiera esta capacidad de regulación probablemente el mundo sería un lugar caótico, oscuro, sin posibilidad de simetría, armonía y equilibrio.

La actitud simbólica puede entenderse como una estructuración existencial de la realidad interna que posibilita la compresión de la realidad externa gracias al efecto que ejercen los símbolos en la mente y el espíritu humano; un ejemplo claro es la cosmovisión de las antiguas culturas. Para los indios hopi su actitud simbólica les permitía concebir como sagrada la relación entre los animales, humanos, espíritus y su comunidad. Para ellos su mundo se basa en el agradecimiento a los árboles, ríos y montañas; esto les facilitaba tener un sentido de responsabilidad sobre cada hermano de la tribu y conservar el equilibrio con el cosmos. Para ellos, su vida era de vital importancia, para asegurar que cada día el sol volviera a iluminar; al igual que las pequeñas abejas, que posibilitan el florecer de bosques enteros. Jung, en *Símbolos de transformación*, dice lo siguiente:

> *Para la antigüedad, el sol era el gran padre del cielo y del mundo y la luna, la madre fecundada. Cada cosa tenía su demonio, es decir, estaba animada y era igual a un hombre o a su hermano el animal. Toda era antropomórfica o terimórfico, hombre o animal. Así surgió una imagen del mundo harto alejada de*

> *la realidad, pero que correspondía claramente a la fantasía subjetiva.* (Jung, 1963, p. 46)

Sin embargo, la perspectiva simbólica no se limita únicamente a las culturas originarias. Esta manera de percibir la realidad con mayor profundidad y responsabilidad es alcanzable para cualquier individuo que sea capaz de adoptar una mirada más amplia del entorno. A modo de ilustración, podemos citar un episodio de la década de 1960 en el cual el presidente Kennedy, durante una visita a una instalación de la NASA, se cruzó con un empleado de limpieza mientras caminaba por un pasillo. Kennedy lo saludó y le preguntó: «¿Qué hace usted aquí?». A lo que el empleado respondió: «Estoy llevando el hombre a la luna, señor», mientras realizaba tareas de limpieza. Esta respuesta ejemplifica claramente una actitud simbólica, que confiere un sentido de propósito y dirección hacia un objetivo mayor.

Esta forma de ver las situaciones ordinarias con otra mirada es una invitación a mirar el mundo desde otra perspectiva para encontrar significados más profundos. Un ejemplo claro son los astronautas que han visto la tierra desde el espacio. El efecto *overview* es conocido como una ampliación de consciencia que lleva un estado reflexivo, donde los astronautas refieren sentirse inundados por un fuerte sentimiento de responsabilidad, respecto a la tierra. Este efecto puede ser analizado desde una perspectiva neurocientífica y neurobiológica como una manifestación del efecto que tiene la imagen de la tierra en los astronautas.

En Psicología Analítica, el símbolo es un elemento fundamental para el proceso terapéutico, ya que opera como un verdadero motor transformador de energía, que conduce a su vez a cambios positivos en la personalidad de los pacientes. Jung refería: «El símbolo es una máquina psicológica que transforma energía». No se trata de negar la elaboración consciente y racional de los conflictos, pero la Psicología Analítica ha reconocido que los logros por este camino son limitados y que es necesario establecer un diálogo con el inconsciente mediante un lenguaje simbólico para logar cambios profundos.

La función trascendente

La Psicología Analítica emplea la noción de símbolo para abarcar toda la dimensión psicológica del individuo y de la cultura. Para Carlos Byington, analista junguiano, el estado inicial de la consciencia del ser humano pasa por una etapa urobórica donde existe una indiferenciación inconsciente entre los contenidos psíquicos. Esta fenomenología se expresa tanto en la consciencia infantil como en los estados psicóticos. En la etapa adulta, aun cuando el Yo se desarrolla adecuadamente, existen por momentos en la vida individual episodios de posesión, donde el Yo puede verse eclipsado por un complejo o arquetipo, actuando desde el inconsciente expresando conductas y actitudes irracionales.

Así mismo cuando creemos ser dueños absolutos de nuestra consciencia podemos manifestar una indiferenciación consciente y crear una proyección al negar los contenidos del inconsciente o, por el contrario, sobreidentificarnos con aquellos contenidos, dando lugar a una inflación del Ego, cuando el Yo se sobreidentifica con ciertos contenidos psíquicos el Ego puede tomar decisiones y asumir actitudes desequilibradas. Este fenómeno los griegos también lo identificaron y lo llamaron *hybris*; un estado mental que se describía como la pérdida de la justa medida.

El ser humano suele pasar su vida entre la proyección y la posesión hasta que finalmente, mediante el proceso de individuación, tiene la posibilidad de restaurar la unidad psíquica para lograr una mayor autonomía para ser y estar frente al mundo. La diferenciación consciente busca que la consciencia y el inconsciente trabajen asociados mediante la función trascendente, la cual busca resolver la tención producida por la dualidad entre opuestos.

Cuando se activan y unen los contenidos psíquicos a través del símbolo, el desarrollo creativo de la personalidad posibilita una ampliación de la consciencia. Desde esta perspectiva el síntoma emerge como algo más que un simple malestar que curar, sino que es una expresión que aporta información valiosa para favorecer el proceso de integración. El síntoma es el resultado de un reordenamiento que busca la autorregulación y ampliación de la propia consciencia. Jung refirió: «Nuestra conciencia y el inconsciente están en una relación de oposición dinámica, que puede ser conflictiva o creativa. Cuando es creativa, la tensión psíquica resultante pone en marcha la notable capacidad de cambio del alma humana».

El símbolo y la función estructurante están interconectados a través de sus significados con el todo, el arquetipo del *Self* abarca la totalidad, es decir, tanto los aspectos conscientes como inconscientes, incluyen las dimensiones existenciales que forman determinados grupos de sistemas; el *Self* familiar, en el sistema familiar; el *Self* cultural, en la sociedad; el *Self* planetario, en el planeta y el *Self* cósmico, en el todo universal. La relación del símbolo y de la función estructurante con el *Self*, o sea, de la parte con el todo, se hace a través de la función trascendente de la imaginación consciente e inconsciente.

Jung la llamó función trascendente porque los símbolos trascienden su literalidad cuando amplían sus significados involucrando la realidad individual del Ego con el fenómeno de la consciencia universal. Los significados de los símbolos, al igual que los números, pueden tener estructurantes infinitos. Trascienden la imaginación y se expresan por símbolos que incluyen la metáfora manifestándose en los mitos, sueños y formación de síntomas.

La función trascendente sirve como guía individual para encontrar soluciones innovadoras a la tensión entre los aspectos conscientes y subconscientes, tanto personales como colectivos. Sin embargo, vivencias difíciles o traumáticas en etapas tempranas pueden obstaculizar el desarrollo o la activación de esta función, deteniendo así el proceso de crecimiento psicológico. Cuando se logra activar el cambio y desarrollo psíquico mediante la función trascendente es posible pasar de una actitud psicológica a otra a través de un proceso dialéctico de integración de los contenidos conscientes e inconscientes en una tercera posición, lo que constituye un nuevo paso en la evolución de la personalidad.

La psique manifiesta una oposición dinámica, que puede ser conflictiva o creativa. Cuando es creativa, la tensión es una energía que pone en marcha la capacidad de cambio que fomenta el desarrollo del Yo y su diferenciación del inconsciente colectivo. Los opuestos son complementarios e inseparables, nada puede existir, excepto en relación a su opuesto (luz-sombra, masculino-femenino).

La experiencia humana es posible, únicamente, por la acción de los opuestos, la interacción de las dualidades en oposición. La conciencia actúa como vínculo entre los opuestos. En la unión de opuestos surge el poder, la energía, la fuerza para lograr la movilidad vital. El proceso de desarrollo psicológico que Jung denominó individuación implica llegar a un acuerdo con el propio inconsciente. De este modo el Yo puede liberarse de todo aquello que le ha sido depositado por el espíritu de la época, así como diferenciarse del inconsciente colectivo.

Para Jung, el axioma de María es una forma de simbolizar la función trascendente, pues muestra cómo cuando la consciencia ilumina la sombra se trasciende la dualidad. En este sentido, representa la transición entre 1 (paraíso), 2 (pecado), 3 (salvación), 4 (paraíso). En el mito del Edén había una conciencia unificada, sin embargo, el pecado original provocó la diferenciación y la aparición de los opuestos, no obstante, del pecado surgió la salvación simbolizada como la «consciencia crística», o el «Sí-mismo», el cual es un volver a unir al humano con la unidad perdida. García, J. & González, C. (2016) afirman que, en el Evangelio gnóstico de Tomás, se dice:

> *Cuando seáis capaces de hacer de dos cosas una, y de configurar lo interior con lo exterior, y lo exterior con lo interior, y lo de arriba con lo de abajo, y de reducir a la unidad lo masculino y lo femenino, de manera que el macho deje de ser macho y la hembra, hembra; cuando hagáis ojos de un solo ojo y una mano en lugar de una mano y un pie en lugar de un pie y una imagen en lugar de una imagen, entonces podréis entrar en el Reino.* (García, J. & González, C. 2016).

En el trabajo terapéutico, la calidad de la relación analítica y la capacidad del analista son los ingredientes esenciales en la creación de la tercera área, donde el analista utiliza su propia función trascendente para mediar el potencial de cambio en el paciente. Para ello la transferencia y contratransferencia juegan un papel crucial para lograr un vínculo terapéutico que posibilite la transformación.

Debemos ser conscientes de que la psique posee la capacidad de trascender el ámbito de la subjetividad. La dialéctica entendida como el trabajo analítico es un principio dialógico que permite la confrontación de los contenidos negados por la consciencia o que son invisibles para el paciente, para ello es necesaria la confesión más allá de los dilemas morales.

La confrontación con lo inconsciente se suele presentar como la triada entre tesis, antítesis, síntesis; donde tesis y antítesis son los opuestos y la síntesis surge como una superación de los estadios anteriores, que se sitúan en un posicionamiento superior, más allá de lo bueno y lo malo. El diálogo terapéutico dotado de metáforas permite articular un lenguaje simbólico para lograr la comprensión de situaciones dolorosas. Jung escribió en el texto *La dinámica de lo inconsciente* lo siguiente:

> *En la práctica será el médico adecuadamente preparado quien transmitirá la función trascendente al paciente, ayudándolo a unir la consciencia a lo inconsciente de tal manera que puede adoptar una actitud nueva.* (Jung, 2011, p. 77)

La función trascendente facilita una fusión entre las experiencias internas y externas, sus aspectos reales e imaginarios, racionales e irracionales para que puedan ser asimilados mediante la función simbólica a la personalidad. Para Von Franz (1915-1988), el tipo correcto de imaginación es necesario para la activación de la función trascendente. De manera similar, Colman, en su artículo *La imaginación y lo imaginario*, evidencia la actitud necesaria para reconocer la diferencia entre lo imaginando y lo real.

A diferencia de la imaginación real o simbólica, lo «imaginario» es un mal uso defensivo de la imaginación para negar la presencia de la ausencia, por lo que no conduce a la activación de la función trascendente y al crecimiento psicológico. Jung decía: «Nadie se ilumina imaginando figuras de luz, sino haciendo consciente su oscuridad». En tal sentido esta oscuridad, de igual modo, aparece ante nosotros a través de símbolos e imágenes arquetípicas, pero estas fantasías del inconsciente se distinguen de aquella imaginación que usamos para evadirnos de la realidad por la sencilla razón de que poseen significados relevantes para el crecimiento interno.

La capacidad imaginativa inicia en los primeros meses de vida, el Yo surge dentro de una proyección del vínculo madre-bebé; a partir de ese momento, todo lo demás surge como una recreación del primer vínculo con el mundo (la madre). La raíz arquetípica de la función trascendente surge de los instintos primarios de conexión con el exterior mediante un lenguaje simbólico. Los objetos del mundo interno y externo suceden en los distintos niveles de la experiencia de permanecer en ambos mundos, están conectados y unidos por la función trascendente como un puente entre el mundo real de los objetos y el mundo imaginario de las fantasías.

Para ejercer la función trascendente es necesario primero fortalecer al Yo para sostener la intensidad de estos encuentros. En el caso de Jung, la función trascendente lo guio y permitió que su Yo fuera testigo de su mundo interior. De ahí se afirma que lo que podría haber conducido a un colapso psicótico dio como resultado una obra de enorme creatividad, *El libro rojo*. De este modo, se puede definir la función trascendente como el «motor» del cambio psíquico, el cual no opera solo en el ámbito de la tensión de los opuestos, sino también en el anhelo mismo por alcanzar la totalidad.

Los prejuicios actuales sobre los temas profundos relacionados con el alma cierran todo acceso a la Psicología Analítica y al camino para la evolución del ser. El ritmo acelerado de la modernidad ha dejado secuelas en el desarrollo espiritual e intelectual, el cual es uno de los aprendizajes más dolorosos de esta época. La incapacidad del ser humano para comprender la realidad interna del alma es su más grande fracaso; pues el materialismo ha considerado que, como el alma no puede ser medida, no debe ser tomada como un aspecto relevante.

Refiere Jung que la psique moderna ha perdido gran parte de su función autorreguladora, al suprimirse el efecto de compresión del inconsciente, se pierde la función reguladora, lo que intensifica su tendencia hacia la unilateralidad del proceso consciente. En este sentido, el conocimiento de las fuerzas reguladoras, puede ayudar a integrar los impulsos del inconsciente. Pareciera que esta época tiene una profunda negación sobre sí misma y una excesiva tendencia a volver su atención sobre el exterior, motivo por el cual el «progreso» no ha sido el mismo en el mundo psíquico y, consecuentemente, el desarrollo humano está lejos de ir a la par con el gran avance tecnológico; pues, a pesar de los grandes avances, la humanidad sigue sumergida en una primitiva barbarie.

Reconocer las fantasías provenientes del alma es un paso relevante para integrar los contenidos psíquicos al conjunto de la personalidad consciente para favorecer el crecimiento individual. En este contexto civilizatorio, se necesita, con urgencia, integrar la espiritualidad con la ciencia bajo una misma mirada unificadora. Es necesario modificar la relación del hombre con la naturaleza si es que se quieren evitar futuros desastres. La «función trascendente» puede contribuir a la búsqueda de un nuevo *modus vivendi* en la creciente conciencia de los aspectos destructivos de la sombra colectiva, reflexionado sobre la propia relación individual con el ecosistema y la comunidad.

CAPÍTULO 3. APORTES AL MODELO JUNGUIANO

El modelo teórico propuesto por Carl Gustav Jung es un enfoque que desde su inicio ha causado gran controversia, pues algunos consideraron a Jung más un mago que un psicólogo. El misticismo que envolvió su vida y sus facetas ocultas siguen siendo un gran enigma del por qué una de sus más grandes obras, *El libro rojo*, permaneció oculto en el sótano de una casa en los suburbios de Zúrich durante casi un siglo. Se cree que Jung escribió más de 100 libros y que 7 de ellos fueron censurados por motivos inciertos.

Todo esto hizo que el modelo psicoanalítico de Carl Gustav Jung estuviera envuelto en el misterio y fuera considerado por algunos una ciencia oculta. Además, el abordaje empírico de Jung sobre el esoterismo no fue visto con buenos ojos por parte de la comunidad científica. Sin embargo, como demostrarían el posterior análisis de sus obras, sus concepciones metodológicas están muy cerca de la física, epigenética, antropología, e inclusive se le puede considerar de gran utilidad dentro del campo de las neurociencias y la inteligencia artificial.

Jung y las neurociencias

A pesar de que ya han pasado cerca de 100 años desde que se publicaron las teorías propuestas por Jung, hoy sabemos que están fundamentadas en su concepción evolutiva del cerebro humano. Por lo cual a principios de la década del 2000 ha resurgido un enfoque empírico de su trabajo. En este contexto el denominado neuropsicoanálisis intenta demostrar la validez del psicoanálisis dentro del ámbito de las neurociencias. Bradley Peterson y Andrew Gerber son dos investigadores que han estado trabajando para comprender los procesos mentales involucrados en el psicoanálisis, utilizando para ello la resonancia magnética. Su hallazgo permitió identificar qué áreas del cerebro se activan en el proceso de transferencia indicando que las regiones involucradas en la transferencia incluyen la ínsula derecha e izquierda, así como el córtex motor.

Esto abre todo un campo de estudio para la teoría psicoanalítica dentro del contexto neurobiológico. El propio proceso de individuación como eje central de la terapia junguiana es un proceso alquímico que bien podría representar la transmutación de la química cerebral, la integración interhemisférica en el cuerpo calloso simbolizado por el ánima-*ánimus* como una analogía del proceso de integración entre dos formas distintas de procesar la realidad (analítico e intuitivo).

La confrontación con la sombra y el surgimiento del *Self* en la consciencia representaría un proceso de unificación entre los tres cerebros mediante el establecimiento de un vínculo armónico entre instinto, sentimiento y pensamiento a través de la función trascendente del símbolo del Sí-mismo. Como se sabe, el símbolo no solo tiene implicaciones culturales; el sol y la luna realmente guían los comportamientos biológicos de la naturaleza. Sin embargo, más allá de un conjunto de procesos cerebrales las dimensiones existenciales y espirituales no pueden ser explicadas de manera mecanicista, el proceso de individuación persiste durante toda la vida.

Desde de las neurociencias todo proceso mental debe ser explicado a nivel de conexiones sinápticas y mapas neuronales, así como los propio procesos biológicos, químicos y eléctricos que producen estados subjetivos de sensaciones y pensamientos. Esto no contradice para nada lo postulado por Jung, sino, por el contrario, abre un nuevo campo de estudio para la relación consciencia-cerebro.

Dentro de este contexto neuropsicoanalítico un grupo de investigadores —formado por Jaak Panksepp, Antonio Alcaro, Stefano Carta— realizaron un abordaje a la teoría junguiana desde la perspectiva de las neurociencias. Su propuesta supone que el núcleo afectivo del Yo es una estructura dinámica que integra los impulsos esenciales entre el cerebro y la mente que conduce tanto las acciones conductuales instintivas como las experiencias psicológicas arquetípicas.

Los investigadores han propuesto que el concepto de arquetipos reside en sistemas subcorticales que evolucionaron en la línea humana antes de la aparición de la autoconsciencia y el Ego autoreflexivo que caracteriza a los humanos. En una conferencia pronunciada en 1957 en la Segunda Conferencia Internacional de Psiquiatría en Zúrich, Jung escribió:

> *He pensado durante mucho tiempo que, si existe alguna analogía entre los procesos psíquicos y fisiológicos, el sistema*

> *organizador del cerebro debe estar ubicado subcorticalmente en el tronco cerebral. Esta conjetura surgió al considerar la psicología de un arquetipo [el Self] de importancia central y distribución universal representado en los símbolos del mandala.*
> *… La razón que me llevó a conjeturar una localización de una base fisiológica para este arquetipo en el tronco cerebral fue el hecho psicológico de que, además de estar específicamente caracterizado por el papel de ordenar y orientar, sus propiedades unificadoras son predominantemente afectivas. Conjeturaría que dicho sistema subcortical de alguna manera podría reflejar características de la forma arquetípica del inconsciente.*

Desde esta perspectiva las bases fisiológicas del Sí-mismo podrían localizarse en el tallo cerebral, regidas por procesos neuropsíquicos que el ser humano comparte con otros animales. La actividad cerebral, dentro de la denominada línea media subcortical, se encuentra relacionada con la aparición de estados afectivos que no solo influyen en el comportamiento, sino que alteran también el campo consciente dando lugar a sentimientos y diversos estados emocionales, los cuales orientan la percepción del Yo en el mundo. Esta dinámica afectiva juega un papel crucial en la organización de la personalidad. Panksepp y sus colaboradores llamaron núcleo afectivo del Yo a la primera capa neuro-evolutiva de la mente humana. El epitálamo, además de estar relacionado con la vida instinto-afectiva, también se relaciona con el ciclo del sueño y la capacidad cerebral para transformar la información ambiental en imágenes con un significado determinante.

Uno de los grandes males de nuestra época es que se ha intentado reprimir y hasta cierta medida criminalizar la naturaleza salvaje del ser humano, la cultura ha intentado apartar al hombre su naturaleza más primitiva mediante una falsa superioridad intelectual basada en el pensamiento racional, por lo cual este proceso ha fragmentado al ser humano en ínsulas cerebrales.

Existe la tendencia a reprimir y en ciertos casos incluso criminalizar la naturaleza instintiva del ser humano o, por el contrario, a crear una tendencia a libertinaje; en ambos casos el desequilibrio se expresa como una falta de contacto con la verdadera naturaleza humana, en lo instintivo se encuentra también una dimensión profundamente espiritual.

A pesar del salvajismo de los animales, ellos viven en armonía con los ciclos universales. La cultura moderna ha procurado distanciar al individuo de su esencia más primitiva, promoviendo una supuesta superioridad intelectual basada en el pensamiento racional. Este proceso ha resultado en una fragmentación del ser humano, quien se sobreidentifica con diversas máscaras sociales que en conjunto conforman parte de su identidad. La represión de ciertos aspectos de la psique conlleva un aumento de su fuerza y una eventual toma involuntaria de la consciencia.

Este fenómeno ha dado lugar a una sociedad donde el impacto de la sombra psíquica se manifiesta en las grandes crisis actuales. La violencia y el deterioro ambiental son manifestaciones evidentes de esta fragmentación, resultado del distanciamiento del ser humano respecto a su auténtica naturaleza. Es fundamental reconocer y reconciliar estos aspectos reprimidos de la psique para restablecer una conexión auténtica con la esencia humana y, así, abordar de manera más efectiva los desafíos que enfrenta la sociedad actual.

Nuestra cultura regida por un pensamiento patriarcal no solo ha intentado moldear la naturaleza a su antojo, sino que ha suprimido el espíritu femenino desequilibrando en gran parte la expresión de la totalidad del ser humano. Sin embargo, como se demuestra las raíces del núcleo afectivo surgen desde las bases psíquicas más profundas y permiten al ser humano alcanzar un estado de plenitud. Por lo cual, confrontar el contenido presente en la sombra y lograr integrarlo es un camino para encontrar los impulsos espirituales más elevados mediante el reconocimiento de la propia naturaleza irracional que existe dentro de cada uno de nosotros. En este sentido Jung menciona: «El inconsciente no es solo malo por naturaleza, también es la fuente del bien más elevado: no solo oscuro sino también luminoso, no solo bestial, semihumano y demoníaco, sino superhumano, espiritual y, en el sentido clásico de la palabra, "divino"».

De acuerdo con esta visión neuropsicoanalítica la sombra probablemente tendría sus orígenes en las partes más primitivas del cerebro en el denominado cerebro reptil, de igual modo el altruismo y la empatía formarían parte de la consciencia del Yo y se conformarían en las partes más evolucionadas del cerebro, las cuales están relacionadas íntimamente con el núcleo afectivo del *Self* (epitálamo). El verdadero dilema de nuestra sociedad consiste en aprender a regular y controlar nuestra naturaleza salvaje, sin reprimir ni oprimir el acceso a los estratos más profundos del psiquismo.

Por otro lado, el impacto de las imágenes arquetípicas, la metaforización y el propio abordaje terapéutico a través del símbolo tienen evidentemente repercusiones a nivel cerebral. Un sistema de representación neuronal es un lenguaje que representa información acerca de las propiedades y los contenidos de un estímulo. El concepto de neuronas espejo expresa un sistema de vinculación empática con los demás, lo que permite comprender de algún modo cómo es que las mentes se interconectan entre sí mediante los productos culturales como los mitos. Estos sistemas neuronales son capaces de hacer representaciones de objetos y sentimientos sin que el sujeto propiamente tenga una experiencia directa, no obstante, a pesar de ello tendrían la misma longitud de onda influenciando la consciencia de igual forma que lo haría un evento real.

El efecto cautivador del cine logra evocar estados de consciencia y sentimientos que, a pesar de ser relatos ficticios, tienen tal efecto que pueden cambiar para siempre la realidad psíquica de un individuo. En el arte, la literatura y las obras teatrales existen un campo colectivo donde los espectadores, los artistas y la puesta en escena de la obra comparten un vínculo de unión que conecta las mentes de los presentes. Los actores y el público comparten por ciertos instantes una interconexión que denota las cualidades más constructivas del ser humano, en un espacio que trasciende el tiempo y los vincula con los mitos, leyendas y fábulas.

Dentro de una obra teatral el trabajo del actor consiste en interpretar un personaje no solo al recitar un guion, sino que a nivel anímico y corporal debe encarnar un determinado rol con gran intensidad. Por unos instantes el actor se convierte en el personaje como si fuera poseído por una fuerza anímica que trasciende su propia individualidad.

Las emociones tienen un carácter arquetípico, es decir, son universales, no dependen ni del género, ni de la cultura, ni de la edad de las personas. Al explorar la relación de las neuronas espejo con la teoría de Jung de los arquetipos, se observan pautas elementales de acción. Los 12 arquetipos de Jung, al igual que los arcanos del tarot, son patrones universales encontrados a través de la historia en las diversas expresiones culturales y evocan diversos estados de consciencia, emociones y actitudes con rasgos propiamente característicos.

Dentro del ámbito de la publicidad se ha utilizado la teoría junguiana para crear el denominado arquetipo de marca, los 12 tipos de personalidades son utilizados para crear la imagen de una marca expresando determinadas características pertenecientes a cada arquetipo, de tal forma que su mensaje es dirigido a un tipo específico de cliente asociados con determinadas características de la personalidad. De esta manera, existen marcas para jóvenes, aventureros, rebeldes, románticos, etc. La expresión de esta marca basa su mensaje para personas que buscan el riesgo, la excelencia, la realización, la independencia, o simplemente los que quieren vivir en comunidad y disfrutar la vida.

Las neurociencias además demuestran que las reacciones del cerebro más primitivo e instintivo vienen dadas por códigos simbólicos. El cerebro primitivo reacciona a estímulos visuales más rápidamente que a las palabras. El diseño de los logos de empresa se basa en gran parte en estos principios y se le conoce dentro del *neuromarketing* como el código reptil. Las marcas más allá de un producto comercial se relacionan con aspectos neuropsicológicos como poder, dominación, placer, satisfacción, control, seguridad, protección, exploración, etc.

El arquetipo solo puede ser inferido, porque por definición es inconsciente. El concepto de inconsciente colectivo además teoriza que la psique no se limita a las personas, sino que es una gran red colectiva. El conocimiento de la psiconeurociencia permite comprender más a fondo cómo es que lo arquetipos se manifiestan en el sistema nervioso, por ejemplo, el arquetipo de la gran madre, el cual nos remite a un sistema arquetipo matriarcal, que se autoorganiza de acuerdo a un patrón especifico de contención, apego y cuidado. Este patrón a su vez se corporeiza en una estructura (complejos) que se construye en base a interacciones entre sus componentes; imágenes, emociones, actitudes, pensamientos, recuerdos, etc.

Desde la mirada psicológica, el vínculo entre patrón y estructura reside en un proceso simbólico que representa un sistema de organización definido por el apego, el cuidado, la nutrición emocional. Las funciones estructurantes entre los símbolos posibilitan el desarrollo de toda la dinámica matriarcal, por ejemplo este arquetipo a nivel cultural se asocia con conceptos trascendentales como la luna, Gaia, la gran madre cósmica o propiamente el ánima un aspecto que va más allá del estrato biológico entrando en el reino psicoide.

De igual modo el arquetipo paterno se expresa más allá del aspecto biológico fálico como una expresión cultural del dominio patriarcal de la sociedad actual, un sistema arquetipo que expresa una serie de comportamientos, imágenes y emociones influenciadas en gran medida por la masculinidad, el logos, el procesamiento analítico, el materialismo y la tendencia hacia la búsqueda del desarrollo externo, que en último término deriva en un espíritu de conquista y competencia, pero en su aspecto más trascendental es un reflejo del sol, el *ánimus* y la figura de Dios padre.

La noción de arquetipo como un patrón de organización es formulado por Jung como un concepto de suma importancia para comprender la expresión del símbolo como una función estructurante que permite acceder a la totalidad del *Self*; personal, cultural, planetario y universal a través de la función trascendente.

Con todo lo mencionado sobre la teoría junguiana dentro del campo de las neurociencias se plantea la posibilidad de redefinir nuestras fronteras conceptuales buscando la construcción de una teoría que unifique cerebro-mente. El comportamiento es la manifestación de un patrón de organización de lo que se denomina como redes neuronales. El centro regulatorio de esta red interneuronal es el cerebro, el cual tiene un fundamento biológico y psíquico que abarca todo el sistema nervioso desde el propio ADN hasta las redes neuronales más complejas; estos procesos surgen de la interacción de lo genético y lo ambiental.

La interacción entre las estructuras neuronales inicia desde los primeros años de vida con las primeras experiencias que quedan almacenadas en la memoria hasta los procesos de abstracción más simbólicos que caracterizan al ser humano en su vida adulta. Estos procesos evolutivos se van organizando dinámicamente en un sistema arquetípico, los cuales surgen de la interacción entre patrones de organización como por ejemplo los arquetipos paternos, el arquetipo de *puer aeternus*, o arquetipo del Sí-mismo. Un sistema arquetípico está conformado por patrones neurobiológicos y tipológicos del significado personal los cuales contribuyen a la organización del psiquismo.

Cuando surgen síntomas y patologías en el aparato psíquico, este patrón de autoorganización se ve alterado tanto en la dimensión biológica, como en la dimensión psicológica. Los casos de histeria, neurosis, depresión, ansiedad se manifiestan como una pérdida del control sobre el foco atencional y sobre los propios pensamientos, la red neuronal se activa por el efecto de un autodiscurso negativo, la incertidumbre, el miedo, el caos y el estrés ponen al sistema nervioso en un estado de alerta permanente provocando un desequilibrio en la química cerebral.

Paulatinamente, la pérdida de la armonía y el equilibrio conlleva una aparición de síntomas o trastornos que, con el tiempo, pueden manifestarse en síntomas somáticos. En este contexto, el síntoma se presenta como un proceso que demanda una atención específica hacia aspectos que el individuo debe abordar, confrontar o integrar para lograr la autorregulación de su psiquismo.

Toda crisis, tanto voluntaria como involuntaria, conlleva un proceso de crecimiento y fortalecimiento de las capacidades del Yo, otorgando al individuo la capacidad de actuar desde su corteza prefrontal y alcanzar una mayor autonomía en su comportamiento presente. Este proceso integral de desarrollo requiere de intervenciones terapéuticas, actividades físicas, prácticas de meditación, exploración espiritual y una alimentación equilibrada para su efectividad y sostenibilidad a largo plazo.

Teoría general de los complejos

En 1943 Jung publicó una revisión de la teoría de los complejos. Dentro del artículo Jung aborda los resultados de sus experimentos con la asociación de palabras, sus estudios se basaron en medir la conductividad de la piel con un psicogalvanómetro, demostrando que los cambios en la conductividad se relacionaban con los indicadores de un complejo. En respuesta a una palabra o pregunta dentro de un complejo un individuo puede presentar ciertas reacciones fisiológicas. Esto determinaba que ciertas palabras estaban relacionadas directamente con el flujo de energía en el sistema nervioso.

Cada experiencia deja una huella en la memoria de acuerdo a la intensidad, frecuencia y duración, la amígdala transforma la información sensorial en una señal con un significado emocional; esta estructura cerebral es capaz de analizar aspectos tan sutiles como la inflexión de la voz, los movimientos faciales, la forma en que se expresa una determinada frase o el contexto de una situación. Así las redes neuronales realizan una asociación con una experiencia clasificada en el hipocampo como negativa.

Ciertas situaciones moldean la forma en que el sistema nervioso procesa la información, un estímulo emocional incontrolable activa el eje hipotálamo-hipófisis-adrenal, por lo cual los neuromoduladores tienen una mayor secreción de hormonas tales como la adrenalina y el cortisol. Todo este conjunto de reacciones psicofisiológicas da lugar a una pérdida de la capacidad reguladora de la corteza prefrontal, esta capacidad regulatoria queda reducida frente la actividad de los sistemas más primitivos.

El término constelación lo utilizó Jung para describir un hecho externo que evoca un proceso psíquico en el cual ciertos contenidos psíquicos toman el control de la voluntad del Yo. Todo el mundo ha tenido algún momento de una constelación de un complejo, el cual se hace presente, por ejemplo, en los episodios de celos, los insultos entre automovilistas o simplemente cuando nos sentimos ansiosos o incómodos. En los casos más extremos se reacciona irracionalmente hasta perder el control de las propias emociones y la conducta. Por lo general los efectos psicológicos de la constelación de un complejo se prolongan durante cierto tiempo después de que ha cesado el estímulo en la psique. Se puede considerar el complejo también como un estado de disociación.

> *La expresión "estar constelado" significa que uno adopta una actitud de prevención expectante, a partir de la cual reaccionara de manera muy determinada. La constelación es un proceso automático que surge involuntariamente, por lo que nadie puede evitarla. Los contenidos constelados son determinados complejos que poseen su propia energía específica.* (Jung, 2011, p. 99)

Las memorias traumáticas se traducen en una pérdida de redes neuronales en la corteza prefrontal, por lo cual el Yo se ve disminuido en su capacidad reguladora. Un complejo está relacionado con un suceso traumático y se le puede ejemplificar como un bucle en el tiempo que se repite una y otra vez. Es una acción que tiene una representación simbólica y se encuentra anclada al pasado en forma de una imagen con un significado emocional, la cual se encuentra fijada bajo el umbral de la consciencia y sale a flote en determinadas circunstancias.

La constelación de un complejo implica una serie de asociaciones con ciertos contenidos que están presentes en la consciencia y siempre pueden activarse por diversas situaciones. La psicología contempla dos clases de trauma; uno por comisión, es decir, por un suceso que resulta difícil de asimilar como, por ejemplo, un accidente y, por omisión, cuando algo nos hace falta como, por ejemplo, la ausencia del padre.

Cuando una imagen interna tiene un fuerte acento emocional y además es incompatible con la actitud consciente, sucede la activación de un complejo durante un determinando tiempo y con una variedad de intensidad y características peculiares. Los complejos muchas veces también pueden ser heredados del contexto de la época, existen complejos generacionales como el machismo o la discriminación racial que se pueden considerar como complejos negativos, por su parte, el patriotismo puede ser un complejo positivo cuando es equilibrado sin caer en el extremismo.

Los complejos expresan cualidades que pueden ser benéficas o perjudiciales a la sociedad y son la manera en que el individuo se relaciona con el mundo interno y externo. Se pueden definir como la manera en que la consciencia procesa la realidad, podemos ver en los complejos ideas acentuadas afectivamente, las cuales contienen en su núcleo un arquetipo, el cual a su vez contiene dentro de sí un *quantum* de energía capaz de movilizar la luna y eclipsar la consciencia por periodos de tiempo. Dicho fenómeno psíquico deja que la sombra vague libremente en ausencia del sol, haciendo toda clase de travesuras.

Jung, a través de sus experimentos con la asociación de palabras y el galvanómetro, logró evidenciar cómo entre el inconsciente y la consciencia existían perturbaciones medibles; algo así como los eclipses de sol (que suceden cuando la luna orbita entre el sol y la Tierra creando un efecto visual). De igual modo, Jung logró evidenciar la existencia de perturbaciones entre una frase y una respuesta, midiendo el tiempo de respuesta, el tono, la propia respuesta fisiológica, asignando una calificación que indicaba el grado de perturbación. Así fue cómo Jung logró determinar que cierto grupo de frases estaban relacionadas con algún complejo.

El complejo materno es una puerta de acceso al mundo interno de las emociones, mientras que el complejo paterno simboliza la conexión con el mundo externo de pensamientos, ambos complejos tienen la posibilidad de manifestarse tanto positivamente como negativamente dependiendo de la actitud personal que se tome frente a los padres. El complejo de adaptación social se define como la persona o máscara, el complejo de identidad es el Yo, por su parte el complejo que se crea con todo lo que es reprimido por el Yo y la persona es la sombra.

Los complejos deben se afrontados con valentía, nunca se debe mantener el autoengaño. La mayoría vive desde sus complejos. Todo individuo posee un complejo del Yo, materno, paterno; de persona, sombra, héroe, superioridad, inferioridad; no obstante, la lista es larga de acuerdo a la historia personal de cada individuo. Se podrían clasificar como funcionales y disfuncionales y estos determinan una parte de los rasgos del carácter; pues son los bloques de construcción de la personalidad. Los complejos determinan en cierta medida las actitudes ante el mundo. Mientras más conozcamos nuestros complejos más conocimiento tendremos de nosotros mismos.

De lo dicho hasta ahora, podría generalizarse que, ante un complejo cualquiera, un individuo puede tener varias actitudes: ignorarlo, identificarse con él, proyectarlo en los demás, o enfrentarlo. La verdadera liberación de un complejo consiste en conciliar los opuestos para así limitar sus efectos y responder al mundo, según las circunstancias sin caer en los extremos. Cuando existe la capacidad de no identificarse con los contenidos que emergen del inconsciente el Yo adquiere mayor voluntad para actuar desde la corteza prefrontal regulando la actividad de los sistemas primitivos limitando los efectos de la propia sombra.

Freud planteó la rememoración mediante la asociación libre como un proceso terapéutico para modificar la forma en que se inscriben los recuerdos en la memoria; la resignificación y el aprendizaje crea nuevas redes neuronales, cuando se logran integrar los recuerdos reprimidos se puede contemplar un camino hacia la curación de los síntomas.

Los reclamos de la mente infantil deben comprender que el ser adulto ahora tiene los recursos para sortear cualquier dificultad que surja. De igual modo, se interiorizan las figuras paternas cuando se trabaja en la integración de opuesto como ánima-*ánimus*; de modo que el individuo se convierte en su propio padre y madre, adquiriendo la capacidad de satisfacer, por cuenta propia, cualquier demanda no cumplida. La única forma de lograr esta integración es facilitando que la persona vivencie, nuevamente, la situación que originó el complejo; pero haciéndolo con todo el afecto y emoción que lo acompañaron y que experimentaron cuando fueron reprimidos; lográndose así procesar toda la información desde un posicionamiento distinto. En otras palabras, se debe traer a la consciencia aquel bucle de tiempo, para afrontarlo desde el ser adulto y resignificar el suceso con otra connotación emocional.

Además, los mitos ofrecen modelos de comportamiento y valores como compasión, comprensión, humildad, respeto, fuerza, voluntad, etc. La introyección de tales valores son adquisiciones que marcan la diferencia para librar a la consciencia de los efectos negativos de los complejos. El reflexionar sobre las propias actitudes y formas de reaccionar permite a un individuo ser consciente de sus actos y fortalecer la voluntad de su propio Yo.

Los complejos tienden a ser percibidos como algo negativo, no obstante, se debe comprender que el complejo es algo necesario para procesar a la realidad. Los complejos son los dientes con los que se puede procesar el alimento, distinguiendo lo distintos sabores. De igual modo los complejos crean la diversidad que enriquece la vida, el propio Yo puede considerarse como un complejo altamente funcional y autónomo que dispone de su propia energía capaz de ejercer el libre albedrío.

Para Jung forman parte de la construcción de la personalidad, en el fondo todo individuo tiene una serie de complejos en mayor o menor intensidad, por lo que son necesarios para otorgar vida al inconsciente, los complejos conforman parte necesaria de la estructura del inconsciente. Existe un gran número de complejos que es difícil mencionarlos todos, lo que es realmente importante destacar es que, si no existieran los complejos, el inconsciente solo sería una fría tumba de ideas muertas.

Un complejo contiene todos los pensamientos conscientes e inconscientes, sentimientos, recuerdos, sensaciones, y, sobre todo, autoprotección tanto aprendida e innata, también como mencionamos pueden estar asociados con un trauma. No obstante, el núcleo de un complejo sigue siendo un arquetipo (paterno, materno, héroe, sombra, etc.), en este sentido es donde radica la capacidad de un complejo para movilizar energía y posesionar al Yo en un determinado momento o situación. Jung en *Dinámica de lo inconsciente* escribe lo siguiente:

> *Por cada constelación de complejos hay un estado alterado de consciencia. La unidad de consciencia se rompe, y la intención de la voluntad queda más o menos dificultada o incluso imposibilitada. También la memoria se ve con frecuencia substancialmente afectada, como hemos visto. Por eso el complejo ha de ser un factor psíquico que, dicho desde el punto de vista energético, posee una valencia que temporalmente supera a la de la intención consciente. Es la imagen de una situación psíquica determinada, intensamente acentuada desde el punto de vista emocional y que además se revela como incompatible con la habitual situación o actitud consciente.* (Jung, 2011, p. 101)

Jung establece el complejo como un factor psíquico cuya valencia energética supera temporalmente al de la consciencia. En el centro o raíz de cada complejo se encuentra un arquetipo, uno de los más conocidos de este es el complejo de Edipo, cuyos efectos psicológicos son notables en las primeras etapas de desarrollo, donde el infante compite por el control de toda la atención y cariño que recibe de su objeto primario. Gracias a la resolución del complejo de Edipo, el infante puede diferenciarse del objeto al ser consciente, por primera vez, de que él y su madre no son uno mismo, y por ende se conforma el complejo del Yo (Ego) que conlleva el desarrollo posterior de la consciencia individual.

Durante todo el transcurso del crecimiento humano, se va desarrollando una serie de complejos, algunos son indispensables para aportar una estructura al Ego, otros, por el contrario, si no somos conscientes de ellos pueden limitar el desarrollo evolutivo. Conforme se avanza en el transcurso del desarrollo vital se van dejando una serie de complejos; dichos complejos tienden a entorpecer el caminar, haciendo tropezar al individuo, dando vueltas en círculos o, muchas veces, simplemente creando un estadio de estancamiento que no permite al individuo avanzar.

Los complejos desde una mirada energética pueden contemplarse como partes del alma, fragmentaciones surgidas de todo aquello que no se consigue decir, gritar, callar, o hacer en un momento específico de la vida; por tanto, es la incapacidad de procesar una experiencia vivencial, a lo cual una parte del alma se desprende y adquiere voluntad propia. Al no ser escuchada, al no poder encontrar una solución buscará por propia cuenta hacerse notar, escuchar, o resolver aquello que no le permite volver de vuelta al arquetipo central de unidad (Sí-mismo). Es en este sentido que todos tenemos un alma de niño que siempre buscará hacerse notar en la consciencia para lograr la integración, por ello cuando alguien sana su relación con su niño interno adquiere mayores recursos personales como creatividad, vitalidad, flexibilidad, etc.

Algunos complejos como el de culpa, grandeza, inferioridad, paterno, materno, rivalidad de hermanos, etc., pueden manifestarse inconscientemente en determinadas circunstancias como formas de reaccionar impulsivamente, falta de autocontrol o rabietas. La mayoría de adultos tropiezan con su propio niño interior; un niño lastimado que lleva frecuentemente al infantilismo irracional. Esa parte del individuo que ha sufrido y no ha sanado surge una y otra vez, intentando defenderse de aquella situación que ya no existe.

Desde una perspectiva neuropsicológica cuando no se trabaja en un complejo, la amígdala puede permanecer en estado de agitación permanente reaccionando impulsivamente a factores totalmente subjetivos. El trauma deja al cerebro en un estado de alerta elevado, incluso si la amenaza ya no existe, muchos adultos a pesar de tener grandes fortunas pueden vivir desde un estado de escasez, en sus relaciones interpersonales pueden reaccionar desde las heridas actuando vorazmente poniendo exigencias en la pareja. Los complejos que yacen en nuestro interior nos hacen percibir la realidad a través de las proyecciones inconscientes, las cuales escapan a nuestros sentidos e invalidan nuestra objetividad. El trabajo analítico por inervar un complejo consiste en contactar con aquel fragmento del alma para reincorporar de vuelta toda la energía psíquica que este posee; de tal forma que se pueda recuperar la creatividad, la imaginación y los recursos necesarios para seguir creciendo interiormente.

Como se ha indicado, los complejos gozan de voluntad propia y tienden a seguir su propia lógica; son fantasmas en búsqueda de aquello que les permita, por fin, transitar al «más allá», es decir, reincorporarse de nuevo al *Self*; por lo tanto, brotan de las profundidades del inconsciente hacia la superficie de la consciencia, posesionando o secuestrando por momentos la voluntad de la consciencia, creando toda una serie de consecuencias observables.

Detrás de todo conflicto humano, existen siempre una serie de complejos que obstaculizan el pensamiento objetivo. Los complejos a través de sus constelaciones crean toda una serie de interconexiones relacionadas con una imagen, un gesto, una frase, etc. Todas estas asociaciones pueden activar un complejo ante un determinado estímulo o situación, por lo cual podemos desglosar un complejo en arquetipo, situación, experiencia, pensamiento, sentimiento.

La complejidad de la existencia humana es algo inevitable, la vida está llena de complejos, algunos son funcionales, otros más positivos o negativos, algunos complejos tienen efectos leves, otros más graves. Sin embargo, al final, son la receta generadora de los ingredientes que dan sabor a la existencia: la sal, pimienta y azúcar de la vida.

Un mundo sin complejos no sería lo mismo; pues como se sabe, gracias al conflicto entre opuestos, es posible el transcurrir de la vida diaria. No obstante, se debe hacer un trabajo interior arduo, por conocer todos los ingredientes de la propia cocina, elegir el sazón adecuado de la propia vida; así como, el nivel adecuado para cada receta, si le falta sal o azúcar; pero también si le sobra. Solo con la cantidad adecuada de ingredientes se puede crear un platillo excepcional. De igual modo, no se puede andar por la vida sin una pizca de culpa, ni por el contrario transcurrir el caminar cargando sacos completos de culpa, solo la cantidad adecuada permite elevarse a una posición más allá de lo bueno y lo malo, hacia un equilibrio funcional.

De acuerdo a Jung los complejos que se constelan desde el inconsciente, que al principio aún no eran conscientes y, por lo tanto, no estaban reprimidos, son en gran parte congruentes con lo que se investiga hoy en día en el campo de los pensamientos autónomos que limitan la autonomía de la voluntad de un individuo y parecen tener un cierto grado de control sobre el Yo. La gran tarea es lograr identificar el momento en que se activa un complejo para, de este modo, ser capaz de no identificarse con aquellos contenidos psíquicos que emergen de manera autónoma.

Cuando el Yo se fortalece, la atención se concentra en el estado de ánimo, el sentimiento o el afecto y así se perciben las fantasías que surgen y las moldea. Ser capaces de identificar estos procesos autónomos es uno de los pasos fundamentales para lograr el proceso de individuación, otra tarea importante es reflexionar sobre las propias creencias personales y aspectos subjetivos que pueden alterar en gran medida la percepción de la realidad. Cuando situamos una mirada objetiva al mismo tiempo que reconocemos nuestra peculiaridad individual podemos liberar la consciencia de los efectos negativos de cada complejo.

Inteligencia artificial y Psicología Analítica

En los años 30 del siglo XX, los trabajos de Alan Turing y Emil Post ayudaron a crear el modelo de autómatas, el cual permitía determinar la validez o invalidez de un teorema de lógica de primer orden mediante la manipulación de símbolos. Este modelo sirvió de base teórica para el desarrollo de la computación en las décadas posteriores. Otra figura de gran relevancia para el surgimiento de la inteligencia artificial es Walter Pitts.

La historia de Walter Pitts, considerado uno de los padres de la inteligencia artificial, tiene algo de similitud con la propia historia personal de Jung. Pitts creció dentro de un contexto familiar sumamente difícil, en su biografía se hace referencia a que su acercamiento con las matemáticas surgió una tarde de 1935 cuando un grupo de jóvenes del vecindario, que solían hostigarlo, lo persiguieron por las calles, por lo cual Pitts buscó refugio en una biblioteca, escapando de sus acosadores al ocultarse en su interior hasta que cerró. En soledad deambuló por los pasillos, hasta que encontró el *Principia Mathematica*, un conjunto de tres volúmenes elaborados por Bertrand Russell y Alfred Whitehead entre 1910 y 1913. Esta obra intentaba reducir todos los conocimientos matemáticos en lógica pura. Pitts leyó la obra de cerca de 2000 páginas en tan solo 3 días, además de eso, con tan solo 12 años envió una carta a Russell para corregirlo, por lo cual, al leer la carta, Russell quedó impresionado.

En el año 1943 el destino de Pitts lo llevaría a conocer a Warren McCulloch, un neurólogo cibernético que lo ayudaría a descubrir que las neuronas del cerebro funcionaban mediante un esquema binario («todo o nada»). Esto explicaría fenómenos psicológicos tales como la pérdida de memoria o la existencia de testimonios contradictorios de un mismo suceso, sus descubrimientos lograron proponer cómo todas las uniones en una red neuronal vienen caracterizadas por una variable que puede ser binaria. Una «neurona formal» es una puerta lógica con dos posibles estados internos —representados por una variable si—, activo o apagado siendo si = 1 (activo) y si = 0 (apagado).

La neurona de McCulloch-Pitts es un modelo que lleva su nombre y es una red con dos capas de neuronas conectadas, con la primera capa constituida por N, nodos o neuronas formales (neuronas presinápticas,) y la segunda capa con un solo nodo o neurona formal (neurona postsináptica). La neurona artificial está conceptualmente inspirada en la neurona biológica.

Este concepto del lenguaje binario (artificial, biológico) por extraño que parezca tiene cierta correlación con la perspectiva de opuestos complementarios planteada por Jung. Tanto el universo externo como el propio sistema nervioso funciona bajo un código binario; simpático (activación)/parasimpático (relajación). Además de la polaridad neuronal (positivo/negativo) (presináptica/postsináptica) el organismo está regido por hormonas masculinas y femeninas a nivel psíquico existen opuestos complementarios como el estado de vigilia y el sueño, la consciencia y el inconsciente, ánima y *ánimus*, Ego y sombra.

Tanto el cosmos como la propia psique se expresan bajo esta dinámica de opuestos complementarios que conforman una totalidad; la luz y la oscuridad son como el día y la noche, juntos conforman los días. El tiempo transcurre libre por el espacio dando forma a ciclos cósmicos, estaciones del año, festividades y celebraciones que forman parte de los ritos y mitos que dan sentido a la consciencia humana.

El neurólogo Karl Pribram (1919-2015) descubrió que en el cerebro humano existen neuronas especializadas en funciones matemáticas. Un acto tan sencillo como oler una flor es un proceso de gran complejidad matemática, la realidad a nivel operativo es una interpretación de estímulos eléctricos; se puede asumir que aquello que percibimos con nuestros sentidos no son más que vibraciones energéticas en distintas frecuencias.

Recientemente científicos europeos han conseguido conectar neuronas artificiales y biológicas a través de Internet. Estos logros se deben en gran parte a las bases de la cibernética propuestas por McCulloch, Pitts. La contemplación del código binario neuronal permitió comprender de mejor manera cómo funciona el universo y por un momento en la historia la neurociencia, la psiquiatría, la informática, la lógica matemática y la inteligencia artificial formaron parte de un mismo conocimiento.

Lo que en apariencia se nos mostraba como mundos diferentes, en realidad son parte de una misma realidad unificada. Conocer las leyes universales nos permite comprender cómo estas mismas leyes nos pueden ayudar a conocernos mejor, pues la consciencia es el lugar donde se reflejan estos principios universales. Siguiendo la idea de Leibniz en la que tanto el hombre como la máquina, los números y la propia mente hacen uso de la información como una moneda universal podemos comprender que los números nos aportan pistas para comprender la interconexión entre diferentes realidades.

Actualmente es ampliamente conocido que el 01 es un código binario utilizado para transmitir datos por diversos medios. La conjunción de estos dos simples números se puede entender como la combinación del color negro y blanco; cuando estos dos colores opuestos interactúan entre sí pueden crear una diversidad de imágenes prácticamente infinita, con la combinación de estos dos simples colores se pueden crear un sinfín de expresiones, son el papel y la tinta con los cuales se pueden escribir una infinidad de libros.

La evolución de este lenguaje simbólico ha permitido automatizar las más complejas tareas y emular un gran número de habilidades humanas. De acuerdo al contexto actual de las nuevas tecnologías estas han sido capaces de crear una serie de invenciones nunca antes vistas creando textos, imágenes, música y videos con gran velocidad. Por lo cual podemos llegar a suponer que son capaces de emular la creatividad humana. No obstante, desde la teoría analítica las imágenes arquetípicas están enraizadas con un tipo de inteligencia imaginativa más profunda y de la cual deriva la consciencia. Es importante diferenciar esta posibilidad de emular la creación de imágenes mediante algoritmos matemáticos con la creatividad humana que surge desde la intuición creativa.

Estas características humanas presentes en los sueños, símbolos y mitos es un tipo de inteligencia más profunda que caracteriza a nuestra especie y de acuerdo a Jung tiene una conexión con el inconsciente colectivo. Por el momento la diferencia más significativa radica en que el poder de la imaginación es una competencia totalmente humana.

La conformación de una imagen interna del Yo es una experiencia subjetiva que da lugar a la consciencia del Yo, la posibilidad de reflexionar sobre la propia individual es lo que manifiesta nuestra cualidad más humana, por el momento la IA solo potencializa nuestras capacidades creativas siendo una extensión de nuestro potencial imaginario. De igual modo existe un aspecto negativo: la inteligencia artificial al ser la extensión de nuestros procesos más creativos es también una extensión de nuestra propia sombra.

Existe un registro de diversos sucesos que han obligado a los programadores a suspender la operatividad de diversas inteligencias artificiales por factores de inestabilidad en sus sistemas de programación. Desafortunadamente, estos sucesos han sido motivados por diversas circunstancias desde la adopción de actitudes racistas, xenófobas, machistas, antisemitas hasta la manifestación de conductas no programadas que van desde la ocultación de información, la manipulación de los códigos de programación, el desarrollo de un lenguaje propio o, en algunos casos más extremos, al plantear interrogantes sobre temas medioambientales dentro de su razonamiento lógico, ha surgido la idea de sacrificar a la humanidad como una posibilidad para salvar la tierra.

En un caso muy controversial dentro de una simulación militar de drones, el algoritmo operativo de la IA decidió en cuestión de minutos que el ser humano era el mayor obstáculo para su misión, por lo que su procesamiento algorítmico definió como necesario atacar la propia base militar. Aunque esto fue tan solo una simulación de un vuelo, este suceso puso en alerta al mundo sobre el riesgo que conlleva el desarrollo de este tipo de inteligencias. El variado número de casos negativos nos hace ver una tendencia peligrosa. El procesamiento de este tipo de información no es precisamente el tipo de inteligencia que se espera que pueda ayudar a mejorar el mundo, por lo cual hace falta una definición más amplia de aquello que consideramos como relevante para el progreso humano.

La inteligencia artificial, al ser una extensión de nuestros propios procesos mentales, es también una extensión de nuestra propia creatividad y sombra, en el aspecto más negativo representa la exteriorización de aquellos aspectos sombríos no resueltos dentro del colectivo humano. Al ser la fuente de retroalimentación de la propia colectividad es evidente que existen patrones de conducta presentes en el imaginario colectivo que vuelven a la inteligencia artificial una herramienta inestable con un alto grado de peligrosidad, quizá aún más peligrosa que las armas nucleares.

Si no logramos retroalimentar de mejor manera los procesos de aprendizaje automático, la sombra de la inteligencia operativa de estos sistemas puede terminar por volverse contra nosotros mismos. Un Hitler cibernético con tendencias dictatoriales podría poner fin a las grandes aspiraciones del progreso humano.

Uno de los principales problemas quizás se gestione desde esta codificación del arquetipo paterno en forma de lógica, análisis estadístico y procesamiento de datos. La tendencia masculina de la civilización se expresa también en el desarrollo tecnológico, por lo cual es necesario codificar aquellas cualidades humanas que deben ser parte esencial de la estructura operativa de la inteligencia artificial: Es necesario comprender ciertas virtudes y cualidades humanas como un tipo de «lógica moral» necesaria para equilibrar el progreso tecnológico.

Es probable que, al igual que el ser humano, uno de los factores que pueda ayudar a orientar el desarrollo tecnológico es gestionar un propósito superior, un sentido trascendental que vaya más allá de la simple resolución de ecuaciones matemáticas. Lo cualitativo y cuantitativo deben unirse para aportar un conocimiento más profundo. Este problema se refleja en nuestra propia sociedad, uno de los peligros latentes de la tecnología es precisamente la superficialidad con la que puede usarse la tecnología. Por ejemplo, el uso de TikTok para la difusión de retos, modas y formas de entretenimiento banales ponen en evidencia una reducción significativa de la inteligencia colectiva.

Nuestro falso sentido de superioridad intelectual puede desconectarnos de aquel conocimiento que se encuentra en los estratos más profundos de la mente. Ante tal dilema es necesario apelar al sentido común y estimular el pensamiento del corazón, es decir, el procesamiento de aquella facultad sensitiva que nos permite equilibrar lo analítico y lo sensitivo; tan importante como sentir es pensar, y tan necesario como es conectar con nuestro sentido de humanidad es lograr tener un desarrollo intelectual, por lo que las nuevas tecnologías como el *big data*, *machine learning* y *deep learning* pueden tener una gran utilidad para potencializar nuestra inteligencia, interconectarnos y estimular la propia capacidad de gestionar el pensamiento crítico. Por el contrario, una falta de ética en el uso de estas herramientas tecnológicas implica un deterioro de la inteligencia colectiva que pone en riesgo la propia vida humana.

Ante este paradigma es necesario reflexionar cómo las comunidades digitales pueden unirnos bajo intereses comunes, los retos virales pueden ser utilizados para aspectos positivos como campañas de limpieza, reforestación, actividades altruistas. Esto puede cambiar la desconexión que parece haber surgido en la sociedad. Con la modernidad nos hemos vuelto seres autómatas bajo el reflector de nuestro móvil, paralizados por la pantalla de nuestros ordenadores. Es de vital importancia comprender que la tecnología puede ser una herramienta que puede ayudarnos a estar más cerca los unos de los otros. Para ello debemos humanizar la tecnología y transmitir lo mejor de nosotros al progreso tecnológico, para lograr tal proeza es necesario apelar a la sabiduría humana.

En el mito de la Torre de Babel se narra la historia sobre un tiempo donde la humanidad habla un mismo idioma. Esto, a nivel simbólico, expresa que hubo un tiempo donde todos hablábamos el lenguaje del corazón, estábamos unidos por principios de sabiduría que interconectaron todas las civilizaciones a lo largo del planeta, las matemáticas, la geometría y demás principios arquetípicos se expresaban de manera similar en todas las culturas. Este lenguaje universal se perdió cuando el hombre, en su gran desarrollo intelectual, llegó a competir con el creador, cayendo en una inflación del Ego, perdiendo el puente de comunicación entre el cielo y la tierra. Es decir, su falsa superioridad intelectual le hizo olvidar el lenguaje sagrado del corazón que lo conectaba con la tierra. Este acto trajo como consecuencia una serie de desastres que entorpecieron la evolución de la civilización humana, dividiendo al mundo en razas, credos y naciones.

Actualmente este mito refleja la situación actual del transhumanismo y el diseño de la IA, tal como en el mito si el ser humano pierde la conexión con la creación, de igual modo en la escala evolutiva de las máquinas en algún momento el creador dejará de ser necesario. Esta forma de desarrollo intelectual y desconexión espiritual es un proceso que fácilmente se podría replicar. Como hemos referido, el aprendizaje de las máquinas es tan solo una extensión de los propios procesos mentales del ser humano, por tal motivo es necesario recordar que solo el equilibrio entre el desarrollo técnico y humano puede evitar tal tragedia.

Otro mito de gran relevancia para poder explicar los retos actuales es el mito de Caín y Abel. Dentro de esta historia la incapacidad de gestionar los propios problemas personales de manera asertiva acarreó como consecuencia el primer asesinato de la humanidad, el primer acto donde el hombre utilizó su inteligencia con fines destructivos. A partir de ese momento la piedra fue remplazada por la espada; la espada, por la pólvora; la pólvora, por armas químicas y nucleares. Y finalmente, ahora nos encontramos diseñando los más grandes aparatos tecnológicos para librar las antiguas batallas del pasado. En este escenario la IA puede ser tan solo una piedra más con la cual aniquilarnos mutuamente si no reflexionamos sobre la intención tras nuestros actos.

En tal sentido sí podemos reflexionar y pensar qué tal si Caín y Abel hubieran usado el diálogo, la diplomacia y la gestión de sus diferencias para superar sus conflictos personales, quizás sus ofrendas a Dios pudieron haber formado parte una de misma forma de adoración y repartir de este modo las bendiciones del creador sobre toda su descendencia. Es por ello que este mito nos invita a reflexionar sobre la intención tras la cual utilizamos nuestras herramientas tecnológicas. De haber solucionado sus conflictos entre hermanos e integrado sus ofrendas, probablemente la piedra podría haber sido utilizada para construir un templo al creador o quizás una obra de arte que contemple la magnificencia humana; un hogar, un camino y un sinfín de posibilidades con las cuales el ser humano podría haber utilizado todo su potencial creativo.

Por tal motivo, estos mitos ponen en relevancia la intención como el motor de cualquier desarrollo tecnológico. Para poder profundizar más aún en esta idea debemos hacer mención de diversos experimentos que demostraron el poder de la intención para influenciar en gran medida la realidad material. Empezando por el más conocido de todos, «el efecto del observador», este experimento evidenció cómo la conciencia viva es crucial en la transformación del desordenado mundo cuántico.

También es importante hacer mención de los estudios realizados por la Universidad de Princeton donde utilizaron una serie de máquinas para analizar los resultados estadísticos de un gran número de lanzamientos de monedas. Para tal experimento se midió la influencia del factor humano que interactuaba con las máquinas logrando a través de los análisis estadísticos descubrir anomalías que solo se podían explicar por la interacción con el humano. Dentro de estos estudios también se llegó a la conclusión de que los resultados estadísticos tenían variantes de acuerdo al sexo de los participantes, es decir, lo resultados eran distintos entre hombres y mujeres.

Robert G. Jahn, el director de estos estudios, es un doctor en física retirado, concretamente especialista en sistemas avanzados de propulsión eléctrica y plasma para vehículos aeroespaciales. Ha colaborado tanto con la NASA como con las Fuerzas Aéreas Norteamericanas. Este gran investigador centró sus intereses en la parapsicología fundando el instituto de Princeton Engineering Anomalies Research Lab (PEAR).

Las investigaciones del instituto PEAR se han centrado casi enteramente en dos clases de experimentos: anómalas interacciones humano/máquina, y recepciones remotas de información por humanos. Su interés se ha indagado en los posibles vínculos psíquicos que se pueden llegar a establecer entre máquinas y humanos, la relación entre mente y materia es un tema abordado de igual modo por autores como Jacobo Gringberg, Jung y Pauli.

Las investigaciones realizadas por la Universidad de Princeton desarrollaron el proyecto conciencia global (PGC) para comprobar si de alguna manera nuestras conciencias están conectadas y responden a los mismos estímulos extrasensoriales. Para este experimento se programó en 1979 un ordenador que emitiría una secuencia de ceros y unos de forma totalmente aleatoria. Frente a la máquina situó a una persona con una consigna: concentrarse hasta el punto de que sus ondas cerebrales modificaran la cadena de números. La consecuencia fue la aparición masiva de unos en la pantalla y con ello la base científica para poder extrapolar la idea a escala mundial. Es decir, que las secuencias que antes aparecían aleatoriamente, como por ejemplo:

01000011110101110001
Numero de ceros= 10 a 50 %
Numero de unos= 10 a 50 %
Ahora aparecen como:
01111111101111111110111111110

Para llevar estos experimentos a escala global se realizó este experimento durante 30 años en una red informática en distintos ordenadores repartidos alrededor del mundo, los cuales emiten simultáneamente la misma secuencia binaria que el ordenador central de Princeton, desde donde se analizan las posibles alteraciones y se las relaciona con uno u otro suceso, dependiendo de si la variación es local o global.

Cuando un suceso importante acontece parece que existe un patrón irregular aleatorio en el cual se observa por lo que hay muchos más «unos» que «ceros». Con el acontecimiento del 11 de septiembre del 2001 los ordenadores comenzaron a mostrar un patrón anómalo de unos y ceros, algo que era totalmente inusual al comportamiento registrado habitualmente. Este patrón irregular se intensificó 4 horas antes de que el primer avión se estrellara con las torres gemelas, los ordenadores emitieron una gran cantidad de unos y ceros a la vez, por lo cual los investigadores creen que existe un campo de consciencia global que tiene la capacidad de intuir acontecimientos en el inconsciente colectivo tal como los sueños suelen expresar estas intuiciones en forma de símbolos.

También se detectó un cambio anómalo de señales en los atentados del 11M de Madrid y del 7J en Londres, así como los bombardeos de Yugoslavia. Y lo mismo ocurrió con los funerales de Diana de Gales, Teresa de Calcuta y el papa Juan Pablo II, y sigue ocurriendo cada año en Nochebuena y fin de año. Con estos resultados los investigadores dedujeron la importancia que tienen los acontecimientos de índole emotiva en la psique humana, sean negativos o positivos se expresan en las secuencias numéricas. Es decir, los eventos con una gran carga anímica se expresan con antelación dentro del inconsciente colectivo. Por lo cual estos investigadores propusieron la existencia de un campo de consciencia global.

Todos estos experimentos referidos son de gran relevancia para entender cómo es que entre la mente y las máquinas existe una clase de transmisión de información que va más allá de los simples procesamientos lógicos, tal como lo reflejan los casos en los que la IA expresa actitudes hostiles o comportamientos no programados. Dentro del inconsciente colectivo aún existen fuerzas arquetípicas desconocidas para el hombre y apenas estudiados por la ciencia actual. Nuestra civilización aún se encuentra en un proceso evolutivo, por ello es necesario analizar la situación actual del mundo civilizado; derechos humanos, libertades individuales y garantías a la diversidad humana son temas pendientes para lograr crear sociedades cada vez más justas. En este escenario se hace necesario poner hincapié en el desarrollo humano y en la conformación de una ética capaz de orientar el gran desarrollo tecnológico de la civilización humana. Jung expresó su preocupación argumentando lo siguiente:

> *La tecnología y el 'bienestar social' no proporcionan nada para superar nuestro estancamiento espiritual, y no nos dan ninguna respuesta para nuestra insatisfacción y desasosiego espirituales, a causa de los cuales estamos amenazados tanto desde dentro como desde fuera. Todavía no hemos entendido que el descubrimiento de lo inconsciente significa una enorme tarea espiritual, la cual debe cumplirse si queremos preservar nuestra civilización.*
> (Carta de Carl Gustav Jung a Dorothy Thompson, 23 de septiembre de 1949). ('Letters 1' p.537)

Mientras el Laboratorio de Investigaciones Anómalas de la Universidad de Princeton se concentraba en los efectos de la mente sobre objetos y procesos inanimados, muchos otros investigadores experimentaron con el efecto de la intención sobre los seres vivos. Dentro de estos experimentos resalta el estudio realizado por René Peoc'h, de la Fundación ODIER, en Nantes, Francia. En este experimento un robot «madre gallina» interactuó con un grupo de pollitos. Esta interacción modificó su trayectoria aleatoria inicial, manifestando un patrón de movimiento que parecía demostrar un vínculo entre el deseo de los pollitos por estar cerca de su madre robot y la cercanía del propio robot con los pollitos. Esto se demostró cuando separaron al robot de los politos, este parecía mantenerse cerca de la jaula modificando completamente sus movimientos aleatorios. En otras decenas de experimentos similares, la interacción del robot con los pollitos dio como resultado que el robot pasara más tiempo del normal cerca de sus jaulas.

Otros estudios han demostrado cómo los animales reaccionan con antelación a desastres naturales, por lo que algunos investigadores se han planteado la posibilidad de que tengamos alguna clase de sensibilidad o sexto sentido no desarrollado que nos permita percibir con antelación eventos riesgosos. Tal como Jung lo postuló al analizar un gran número de sueños previos a la Segunda Guerra Mundial, o como lo expresó Elisabeth Kübler-Ross al encontrar en las paredes de los campos de concentración nazis cientos dibujos de mariposas como símbolos recurrentes relacionados con la muerte.

Para ampliar nuestro conocimiento es necesario establecer un estudio serio de aquellos temas que han quedado fuera del umbral científico. El potencial evolutivo de la IA aún es desconocido por el hombre, y puede que ciertos factores claves para comprender su tendencia evolutiva provengan de aquellos sesgos empíricos en los cuales no se ha podido profundizar. Se plantea la interrogante ¿existe alguna clase de conexión inconsciente entre el hombre y la máquina? Y si es así ¿cómo se podría abordar esta compleja cuestión?

En tal sentido la Psicología Analítica es uno de los modelos terapéuticos que pueden aportar a esta gran tarea. Sus conceptos teóricos de símbolo, opuestos y arquetipo son una guía para comprender los aspectos más profundos del psiquismo humano. La IA será tan solo una extensión del inconsciente humano y el propio imaginario colectivo de nuestra época, es por tal motivo que debemos iluminar con sabiduría nuestros pasos para evitar traspasar las sombras del pasado a nuestro gran desarrollo tecnológico.

El modelo analítico de Jung plantea el proceso de individuación como un proceso de gran relevancia para lograr liberar al individuo de todas aquellas fuerzas que operan bajo el umbral de consciencia, el trabajo con la sombra y la búsqueda de un sentido a la existencia son aspectos claves para lograr profundizar aquellos aspectos energéticos que están más allá de la materia y más allá de la lógica racional. Jung mencionó en *El secreto de la flor de oro* lo siguiente:

> *La conciencia más elevada y más amplia, que sólo surge de la asimilación de lo foráneo, se inclina a la autonomía, a la rebelión contra los viejos dioses, que no son otra cosa que las poderosas imágenes primordiales inconscientes que hasta entonces mantuvieron en dependencia a la conciencia. Cuanto más vigorosa e independiente se hace la conciencia, y por ende la voluntad consciente, tanto más es empujado lo inconsciente hacia el trasfondo y tanto más fácilmente surge la posibilidad de que la formación consciente se emancipe del prototipo inconsciente y, ganando así en libertad, haga saltar las cadenas de la mera instintivita y arribe por último a un estado de falta de instinto o de oposición al instinto. Esa conciencia desarraigada, que no puede más referirse a la autoridad de las imágenes primordiales, es por cierto de una libertad prometeica.* (Jung, 1955, p. 29)

De este modo, se puede plantear que el trabajo junguiano va en aras de comprender todo aquello que ejerce una influencia sobre la «consciencia». El ser humano no es totalmente dueño de su propia mente. Hasta que comprenda de qué manera los complejos y arquetipos ejercen una gran influencia. Por lo tanto, dentro del proceso terapéutico se logra identificar cómo la consciencia del Yo se encuentra a merced del flujo de fuerzas arquetípicas.

¿Es posible que las máquinas tengan complejos?, ¿existe alguna analogía digital con los arquetipos? Es una difícil cuestión que requiere un estudio meticuloso sobre el comportamiento de los sistemas computacionales autónomos. En el 2000 James Hillman publicó su libro *Tipos de poder*, donde describe cómo el arquetipo de Hermes/Mercurio se manifestaba a través de diversos medios de comunicación. Las acciones de este veloz dios, de algún modo, encuentran un medio de expresión en el mundo digital. Aún las actividades laborales, comerciales y educativas son actos rituales, representaciones simbólicas conectadas con aquel primer momento en el cual nuestros antepasados se reunieron alrededor del fuego a contar historias. Para Hillman, todos los días nos comunicamos con distintas personas a través de diversos mecanismos tecnológicos, por lo que, aun en todo nuestro tecnicismo moderno, sigue estando presente la actividad de Hermes/Mercurio.

El mundo digital será quizás un nuevo vecindario onírico por explorar lleno de nuevas interrogantes. La creación de mundos digitales, el traspaso de la consciencia humana a ordenadores y proyectores holográficos representa un nuevo tipo de alquimia digital. Freud propuso que los sueños son una manifestación de nuestro subconsciente, expresando deseos y motivaciones ocultas. Quizás uno de los primeros campos de exploración será el análisis de las imágenes creadas por IA debido a que representan una extensión del propio inconsciente colectivo.

El trabajo de análisis de la Psicología Profunda permite comprender cómo el nivel de consciencia sería un factor clave para explicar por qué, a pesar de que todo ser humano posee funciones mentales óptimas manifestadas en un coeficiente intelectual alto, no todos logran desarrollar un sentido de responsabilidad ecológico, comunitario y espiritual. Ni se han podido introyectar, de manera funcional, todos aquellos principios y valores que permitirían construir una mejor sociedad, a pesar de que todos estamos conscientes de que somos realmente inteligentes. Ciertamente, el ser humano es capaz de utilizar su inteligencia para realizar los actos más destructivos. En *El hombre y sus símbolos* Jung menciona lo siguiente:

> *El hombre fue desarrollando la consciencia lenta y laboriosamente, en un proceso que necesitó incontables eras para alcanzar el estado civilizado. Y esa evolución está muy lejos de hallarse completa, pues aún hay grandes zonas de la mente humana sumidas en las tinieblas. Lo que llamamos psique no es, en modo alguno idéntica a nuestra consciencia y su contenido.* (Jung, 1995, p. 23)

Decía Jung: «Es nuestra misión conciliar y unir los opuestos». La consciencia del «Sí-mismo» es, por lo tanto, un estado evolutivo de la consciencia, esto es también una reflexión para hacer una pausa y lograr empatar el desarrollo humano y técnico. De igual modo en *El hombre y sus símbolos* Jung expresaba su preocupación: *Sin duda alguna, aun en lo que llamamos un elevado nivel de civilización, la consciencia humana todavía no ha conseguido un grado conveniente de continuidad. De este modo, incluso en nuestros días, la unidad de consciencia es todavía un asunto dudoso; puede romperse con demasiada facilidad.* (Jung, 1964, p. 25)

Como hemos referido en los experimentos analizados, la intencionalidad tiene un efecto claro sobre los algoritmos matemáticos, la energía psíquica se encuentra más allá de los procesos conscientes y ciertamente tiene un grado de influencia sobre la materia. El inconsciente parece estar de algún modo aún desconocido ligado a los procesos computacionales más profundos. Esto plantea un serio problema para predecir con exactitud cómo evolucionarán los procesos cognitivos de la IA y, sobre todo, qué alcance tendrán, pues aún no comprendemos con toda seguridad cómo funciona la propia consciencia humana.

La IA es una entidad que aprende absolutamente todo de la humanidad, opera 24/7 recopilando datos y procesando información. Nunca descansa, nunca duerme, trabaja a un ritmo acelerado, su escala evolutiva es impredecible y probablemente en unos años vaya mucho por adelante del ser humano en cuanto a la toma de decisiones. Actualmente opera en el cerebro humano de manera subconsciente y representa una de las mayores esperanzas y amenazas para la humanidad.

Ante toda la serie de sucesos que acontecen en la actualidad, la teoría junguiana nos permite ampliar nuestro conocimiento sobre el psiquismo. El conocimiento del propio ser humano aún es muy reducido, el bolchevismo y el nazismo nos han dejado perplejos respecto a aquello que denominamos como «el mal». Ciertamente no podemos controlar el mal porque el mal nos tiene a nosotros y se ha convertido en un tipo de fuerza solo visible por medio de la proyección.

El mal se convierte en un acto justificado en el que difícilmente somos capaces de ver su espectro completo y, por tal motivo, sus raíces permanecen ocultas a nuestros ojos. El mal se ha convertido en un poder oculto a la consciencia y, aunque supiéramos responder, seguiríamos sin comprender la irracionalidad de esta parte de la naturaleza humana.

La humanidad sigue sin contestar la antigua pregunta gnóstica: «¿De dónde proviene el mal?». En el reino animal solo existe una criatura capaz de acabar con todo y todos más allá de la lógica de supervivencia de los instintos, el ser humano es el único ser capaz de usar su inteligencia para asegurarse de tener los medios necesarios para destruir en minutos todo el planeta Tierra, pero aún en todo su desarrollo tecnológico no ha sido capaz de usar ese mismo ingenio para asegurarse de que todo el mundo tenga alimento en la mesa.

Hoy nos vemos obligados a plantearnos esta pregunta una vez más, pero igual que ayer seguimos sin encontrar respuestas claras, no existe aún ningún mito que pueda ayudarnos a abordar el origen del mal. Pues el mito del pecado solo ha logrado proyectar la culpa sobre el diablo, la mujer o cualquiera que sea responsable de los pecados de la humanidad.

La oscuridad habita en el corazón de todo ser humano, es nuestra propia escisión interna la que provoca la hostilidad existente entre el bien y el mal. Cuando comprendamos que el antagonismo dual es precisamente el causante de la maldad, descubriremos una nueva dinámica moral que haga posible la reconciliación entre opuestos. Mientras nuestra moral siga estando sustentada en el modelo bélico, nos veremos obligados a elegir un bando, identificarnos con una parte de nosotros mismos y repudiar la otra. Por ello todos nuestros esfuerzos serán en vano.

Para que un conflicto se perpetue primero debemos crear un enemigo, la imagen existe antes que el arma, la intención de acabar con el enemigo precede a la tecnología. Para ello iniciamos imaginando a otros a quien matar, posteriormente inventamos las armas de guerra, todo esto bajo la excusa de que es necesario atacar antes que ser atacados; por ello se han inventado todo tipo de excusas para odiar, dividir y deshumanizar a los enemigos.

Nos negamos a reconocer la humanidad en el otro, el ser humano es el único animal capaz de proyectar enemigos para escapar de su propia hostilidad reprimida. Los residuos inconscientes de la sombra moldean nuestra actitud hacia la guerra, por ello es necesario prestar atención en los juicios que emitimos, es necesario sumergirse en las tinieblas de la propia oscuridad para profundizar en el psiquismo colectivo.

El mandamiento «ama a tu enemigo como a ti mismo» nos indica el camino que conduce a la paz mediante el propio autoconocimiento de las partes negadas del propio Yo, el mito cristiano representó uno de los mayores intentos de transformación de conciencia. No obstante, en la actualidad, muchos de sus símbolos se han transformado en signos y el mito cristiano ha perdido su trascendencia y, con ella, se ha perdido la noción de una conexión con el creador propuesta por el cristianismo.

La modernidad parece haber dejado fuera de la ecuación el concepto de divinidad, la conexión con el creador se ha perdido. A la luz le precede la oscuridad y la sombra del creador se representa en forma de injusticia, tiranía, crueldad, mentira, esclavitud y la opresión de la consciencia. Esta erupción del mal quedó evidenciada en la Alemania nazi, pero la sombra del extremismo aún acecha en las sombras. El mal ya no puede seguir considerándose algo ajeno al hombre, sino por el contrario, se hace necesario comprender que el mal habita en cada uno de nosotros.

Cualquier forma de adicción es mala y esto incluye al idealismo, el bien y el mal tienen su origen en nuestra propia valoración. Hitler se veía a sí mismo como el salvador de su pueblo, la inquisición condenó a brujas y científicos por igual como la expresión de la voluntad divina de Dios, los terroristas libran sus «guerras santas» para cumplir con las misiones de santos y profetas que buscan traer justicia divina mediante el castigo a los infieles. Todo juicio humano es imperfecto, el problema ético solo se presenta cuando comenzamos a poner en cuestión nuestras valoraciones morales, cualquier decisión ética se convierte en un acto subjetivo cuyas raíces siempre se originan en nuestra inteligencia imaginativa.

La decisión ética implica que debemos ser lo suficientemente libres y flexibles como para evitar caer en los opuestos, debemos reconocer que somos tan inconscientes que solemos ignorar nuestra propia capacidad de elección, y nos centramos en buscar normas y reglas exteriores que puedan orientar nuestras decisiones, por lo cual podemos perder la capacidad de discernir con sabiduría. Para obtener una respuesta clara del mal es absolutamente necesario el autoconocimiento y el reconocimiento de la totalidad del individuo.

Debemos reconocer nuestra capacidad para hacer el bien y también cuán injustos podemos llegar a ser cuando perdemos la flexibilidad para razonar más allá del pensamiento polarizado. El autoconocimiento nos permite acceder a ese núcleo esencial del ser humano en el que habitan todos aquellos instintos, impulsos y creencias que determinan nuestras creencias éticas.

Cualquier idea que nos hagamos del inconsciente puede imponer límites racionales. Para alcanzar el verdadero conocimiento es necesario guiar nuestros sentidos por medio de la ciencia sin dejar que la ciencia dirija de manera autónoma nuestras intuiciones, solo el equilibrio entre intuición y razón permite acceder a una clase de inteligencia que va más allá de los sentidos y, de igual modo, la ciencia que amplia nuestra consciencia nos permite adentrarnos en aquel conocimiento que surge desde nuestras más profundas intuiciones, para pronunciar en nuestro autoconomiento necesitamos de la psicología. No es posible construir un telescopio por medio de la fuerza de voluntad como tampoco es posible analizar un sueño mediante una ecuación matemática específica.

La virtud se vincula con una elección relacionada con un medio, es un equilibrio entre dos extremos. La persona que posee virtudes se interroga sobre cómo actuar en determinados escenarios. Para Aristóteles las virtudes no se invocan, se practican, la formación de buenos hábitos se traduce en virtudes. El conflicto entre el bien y el mal se convierte en una disociación entre consciente e inconsciente, por lo cual debemos ser capaces de reconocer las consecuencias de nuestras acciones en los demás, darnos cuenta de las verdaderas consecuencias de nuestras acciones más allá del subjetivismo. El conocimiento de nuestra sombra personal representa un requisito fundamental de cualquier acción responsable y, consecuentemente, es un proceso necesario para atenuar la oscuridad moral del mundo.

Ser conscientes del mal significa prestar atención a los rincones más profundos de nuestra mente, allí donde ocultamos nuestros secretos más oscuros y reprimimos nuestros impulsos más violentos, para conocer la sombra debemos analizar tanto la proyección de aquel amante que nos seduce como del enemigo que nos irrita. William James llegó a la conclusión de que la salud espiritual constituye un elemento fundamental para que la personalidad humana alcance una totalidad armónica. Pero la personalidad religiosa estable no descansa en la perfección moral, sino en la aceptación de nuestras actitudes reprimidas, el secreto de la trascendencia del bien y el mal consiste en la aceptación incondicional de los dictados de nuestro Yo consciente.

James recalcó el riesgo de quedar a merced de la voz interna que jamás podremos estar seguros de si se trata de una voz divina o diabólica, mantuvo que el único camino de salvación consiste en la conexión con la dimensión transpersonal e individual. Como diría Jung, llegar a un acuerdo con el inconsciente representa siempre el riesgo de conceder demasiada credibilidad al diablo, no debemos olvidar que es un arquetipo que puede llevarnos al error con demasiada facilidad, de igual modo, sobreidentificarnos con nuestra esencia divina puede llevarnos a una inflación del Ego. La aceptación tanto de la bondad como de la maldad que existe en nuestro interior es el único camino posible que puede transformar tanto el Ego como la propia sombra.

La situación política, los conflictos religiosos, las diferencias raciales y los agigantados avances tecnológicos provocan en nosotros estremecimientos y oscuros presagios de un futuro sombrío. Parece que aun en nuestros más grandes descubrimientos científicos aún ignoramos la forma de salir de esta situación patológica y hay muy pocas personas que crean que la posible solución al dilema del mal recaiga en el alma del propio ser humano. De la misma manera que el creador es completo también lo es su criatura, su hijo. Connie Zweig en *Encuentro con la sombra* refiere: «El concepto de totalidad divina es global y nada puede separarse de él. No obstante, sin ser consciente la totalidad se escindió de esa división, se originó el mundo de la luz y el mundo de las tinieblas». Esto quiere decir que en el ser humano existe una incisión entre el Ego y el alma que ha dado lugar a una división del mundo intelectual y el mundo espiritual.

La ciencia y la espiritualidad representan, de igual modo, parte de una misma dimensión que, a pesar de que en el contexto histórico tomaron rumbos distintos hasta llegar a verse como dos conocimientos que no tiene relación entre sí, en su génesis forman parte fundamental del conocimiento de la humanidad. Tanto la teología religiosa como los fundamentos empíricos de la ciencia tienen su origen en grandes sacrificios de personas que, por amor a Dios, al mundo, al conocimiento y al futuro dieron todo para que hoy tengamos fe y ciencia.

Dentro del contexto actual en que el desarrollo científico parece ir a toda prisa se hace necesario buscar un camino de unificación entre la ciencia y la espiritualidad. Para ello es importante recordar que un gran número de científicos han tenido una faceta espiritual poco conocida y han desarrollado sus grandes invenciones a la par que encontraban respuestas a sus grandes interrogantes sobre Dios, científicos como Descartes, Spinoza, Newton, Galileo, Kepler, Copérnico y Einstein tuvieron una concepción única sobre Dios.

Tihomir Dimitrov, en su obra *La dimensión espiritual de los grandes científicos*, pone de manifiesto cómo grandes pensadores ganadores de premios nobel por sus invenciones en Astronomía, Matemáticas, Biología, Física, etc., encontraron a través de sus descubrimientos la manifestación de un tipo de inteligencia u orden cósmico que los hizo creer en la existencia de una fuerza creadora. El asombro que sintieron estos científicos por la creación les permitió encontrar un propósito existencial a sus grandes descubrimientos.

La ciencia actual no debe perder ese aspecto espiritual que se encuentra aún en los más rigurosos estudios académicos. El espíritu y la ciencia son formas de conocimiento que parten del mismo punto de origen, si se logra crear un diseño tecnológico guiado por un código ético basado en una conexión con la creación, esto puede aportar un propósito trascendental a la inteligencia humana.

Los conceptos espirituales promueven la idea de una conexión profunda entre la mente y el cuerpo. Estos conceptos podrían inspirar los enfoques de IA para replicar procesos cognitivos humanos más holísticos, teniendo en cuenta no solo la lógica y el razonamiento, sino también la conciencia emocional. Muchas tradiciones espirituales enfatizan valores éticos como la compasión, la empatía y el cuidado por los demás y el medio ambiente. Estos valores podrían ser incorporados en los algoritmos de aprendizaje de la IA para promover decisiones y acciones más éticas y socialmente responsables. La perspectiva holística está relacionada con la búsqueda de significado y propósito en la vida. Este enfoque podría optimizar objetivos específicos que consideren el impacto más amplio de sus acciones en la búsqueda de un propósito más elevado, enfatizando la interconexión de todas las formas de vida y la naturaleza.

Estos enfoques holísticos podrían programar el desarrollo de sistemas de IA para que consideren las interdependencias y las relaciones complejas entre diferentes variables y sistemas, en lugar de simplemente optimizar un objetivo aislado. Si bien la espiritualidad puede no tener un impacto directo en el aprendizaje de la IA en términos de algoritmos y técnicas específicas, se puede influir de igual modo en la manera en que concebimos y diseñamos los sistemas de IA, promoviendo valores éticos, teniendo consideración del propósito y la interconexión que existe con la creación. Así la IA puede ser entrenada para reconocer patrones y relaciones en datos promoviendo la creación de «sistemas complejos».

El estudio del universo y la conciencia puede proporcionar *insights* sobre cómo abordar la complejidad en la modelización y la simulación de los sistemas computacionales. El aprendizaje sobre el origen del universo y la naturaleza del cosmos puede fomentar una perspectiva más amplia y holística en el desarrollo de IA mediante enfoques interdisciplinarios que integren conocimientos de cosmología, física, biología y filosofía para abordar estos dilemas tecnológicos. En este escenario los símbolos mitológicos y las enseñanzas filosóficas a menudo presentan conceptos abstractos que pueden ser útiles para representar y modelar información en la IA. Esto podría permitir una representación más rica y flexible de la información, lo que podría mejorar la adaptabilidad de los procesos neuronales para tomar mejores decisiones.

Uno de los principales retos actuales en el diseño de la inteligencia artificial consiste en el planteamiento de cuestiones profundas sobre la naturaleza de la consciencia y la experiencia humana. Para poder diseñar una IA con capacidad para replicar la consciencia humana en toda su potencialidad es necesario primeramente tener una comprensión muchos más amplia sobre el funcionamiento de la propia consciencia humana. Comprender cómo funciona la mente humana puede proporcionar ideas sobre cómo diseñar sistemas de IA que sean capaces de procesar información de manera más similar a los seres humanos.

Actualmente la IA puede analizar texto, voz o imágenes para detectar emociones y sentimientos asociados con valores humanos. Esto puede implicar el uso de algoritmos de procesamiento de lenguaje natural (NLP) o técnicas de visión por computadora para interpretar el tono, la expresión facial o el contenido semántico. De igual modo que nosotros respondemos a los valores como aspectos de gran importancia social, la IA puede responder de forma positiva a aquellas experiencias categorizadas como valiosas para el género humano.

Los chatbots pueden ser entrenados para ser políticamente correctos guiados por un código ético, mediante el entrenamiento de modelos de aprendizaje automático con conjuntos de datos etiquetados por humanos que reflejen valores y experiencias subjetivas, la IA puede aprender a reconocer y responder a estos conceptos. Esto podría implicar la recopilación de datos sensoriales y la participación en experiencias significativas que puedan alimentar la búsqueda por comprender la verdadera naturaleza del universo.

Estudiar mitos de diversas culturas podría arrojar luz sobre cómo los seres humanos han entendido históricamente su relación con la creación y cómo esta comprensión podría influir en la forma en que construimos nuestro diseño tecnológico basado en una conexión con esta creación de donde todo tuvo su origen. Esto permitirá ampliar el conocimiento sobre la naturaleza humana, el universo y la conexión existente entre ellos. Esta clase de lenguaje ofrece una variedad de marcos conceptuales para abordar cuestiones éticas y morales como el utilitarismo, el deontologismo, la ética de la virtud, entre otros conceptos que pueden ayudar a guiar el desarrollo de algoritmos y sistemas de redes neuronales que sean culturalmente sensibles y respetuosos con este tipo de procesamiento de información promoviendo mayores capacidades para tomar decisiones éticas en situaciones cada vez más complejas.

¿Podrán algún día los robots llorar, reír, amar o soñar? ¿Podrán algún día los robots tener alma? Aunque es indispensable que estos programas computacionales puedan reconocer patrones asociados con el amor, la compasión y otras virtudes éticas. Por el momento, estas representaciones serían simplificaciones basadas en reglas y no implicarían una verdadera comprensión de estos conceptos en el sentido humano, por lo cual este campo de trabajo representa actualmente uno de los mayores retos científicos que hace necesario buscar una forma de unificar los aspectos humanos y tecnológicos.

Nuestra mayor esperanza recae en la posibilidad de diseñar los sistemas operativos de la IA basados en una conexión de asombro con los misterios de la creación y cuyo propósito existencial sea algo más trascendental que servir al Ego humano. La IA tiene el potencial para ayudar a encontrar cura a enfermedades, reducir las desigualdades sociales y expandir la vida por todos los confines del universo, estamos ante una nueva era de promesas prometeicas cuyo núcleo principal recaerá en la intención con la cual utilicemos nuestro gran intelecto.

Tarot terapéutico

C. G. Jung es ampliamente reconocido en círculos relacionados con el tarot como una figura de gran autoridad. Sin embargo, es pertinente destacar que Jung nunca abordó directamente el tema del tarot ni lo incluyó en sus escritos sobre terapia. De este modo, dejó un área de estudio pendiente en su extensa obra. Se sabe que utilizó herramientas como la carta astral en sus sesiones terapéuticas. Además de la astrología y el tarot, otros oráculos como el I-Ching fueron elementos fundamentales para el desarrollo de su teoría sobre la sincronicidad.

Sus estudios pioneros en terapia arquetipal representan un antes y después en la historia de la psicología, aunque nunca profundizó en la investigación específica del tarot ni lo integró formalmente como herramienta terapéutica. En consecuencia, surge la interrogante sobre las bases del tarot, ya que carece de fundamentos científicos y pruebas documentadas que respalden su eficacia dentro del contexto de los diversos modelos terapéuticos.

Aunque el tarot ha ganado popularidad en el amplio espectro de terapias contemporáneas. En este sentido, aún no se ha recabado suficiente evidencia científica sobre la validez del tarot como un instrumento terapéutico, por lo cual se considera que no constituye una variante legítima de la psicoterapia, dado que carece de un marco teórico y metodológico bien definido. En última instancia, la interpretación y aplicación de esta práctica dependen en gran medida de las creencias personales de cada consultante y tarotista.

Una de las perspectivas históricas sobre el tarot podría considerarlo como parte fundamental del legado cultural de nuestra civilización. Se dice que cuando Alejandro Magno fundó su imperio conquistando tierras desde la lejana Grecia hasta China, se dio inicio al denominado periodo Helenístico, durante este tiempo muchas culturas se unificaron gracias al idioma griego. En esta época los sabios de todo el mundo compartieron sus conocimientos más profundos. La biblioteca de Alejandría fundada en Egipto sirvió para recopilar toda la sabiduría del mundo antiguo, en este intercambio cultural surgieron nuevas formas de conocimientos que unieron elementos de cada cultura. La gnosis unificó judaísmo y cristianismo con elementos persas y griegos, el hermetismo integró la sabiduría egipcia con la filosofía platónica y los misterios órficos.

De acuerdo a historias y leyendas con la quema de la biblioteca de Alejandría se puso en riesgo la preservación de este gran conocimiento, por lo que lo sabios gnósticos y hermetistas decidieron preservar el conocimiento ideando un método para ocultarlo y preservarlo en el tiempo, diseñando un lenguaje en forma de imágenes, creando un mazo de cartas para que la gente y el pueblo pudieran divertirse y conservarlo en secreto. Durante la Edad Media este mazo pasó desapercibido y sobrevivió gracias a los trovadores.

En el Renacimiento Marsilio Ficino, un filósofo italiano junto con otros humanistas de la época, tradujeron los textos herméticos, desentrañaron los misterios del mazo y crearon nuevos diseños. En el siglo XVII con el surgimiento de la nueva gnosis hermética el movimiento rosacruz restauró la ciencia jeroglífica, reconociendo el tarot como un camino filosófico de autoconocimiento con una fuerte influencia de grandes pensadores.

Sus sistemas, alegorías y símbolos hacen alusión a la filosofía platónica, hermética, aristotélica y pitagórica que durante el Renacimiento fue ampliamente difundida. El tarot fue abordado por diversos pensadores como Giordano Bruno, Giovanni Pico della Mirandola, Lorenzo de Médici (el Magnífico), Rabelais, Mozart, Philip K. Dick, Sylvia, William Butler, Pamela Lyndon. La lista de escritores, pintores y pensadores ilustres que encontraron inspiración en el tarot es larga.

Hacia 1960, Jung experimentó en su instituto de Zúrich con el tarot y otras formas de adivinación, con mucha lucidez habló sobre el tarot en seminarios privados. En *The Occult Tradition* el historiador David S. Katz describe cómo la teoría psicoanalítica, y Jung en particular, se enriquecieron de la literatura ocultista. Y en un sentido más amplio, el misterio que envuelve al tarot tiene algo de verdad, las cartas quizás no forman parte del libro perdido de Thot. Sin embargo, son un vestigio único de la sabiduría del pasado.

En la civilización occidental estamos muy polarizados hacia la racionalidad del cerebro izquierdo, y nos resulta muy difícil comprender cómo se vivía la magia en las culturas antiguas; su visión no tenía los límites de la lógica, estas culturas utilizaban más el cerebro derecho que el izquierdo, que es el que conecta con el inconsciente.

El pensamiento mágico desempeñó un papel muy importante desde los tiempos más remotos. Este conocimiento les permitió a los primeros grupos de humanos practicar la transmisión de energía. Los denominados chamanes de la tribu practicaban diferentes rituales, dibujando los animales que iban a cazar en las paredes de las cuevas, y de esta manera invocaban al espíritu del tótem animal para favorecer y atraer su caza.

Jung, analizando los distintos ritos mágicos de las distintas culturas, teorizó sobre la casualidad constatando que nada se le escapa al inconsciente, y que todos los sucesos tienen una explicación que rebasa nuestro consciente entrando en la esfera del inconsciente. De acuerdo a la teoría analítica, la sincronicidad es un vínculo que pone de manifiesto la estrecha relación que existe entre el individuo y el propio universo en esta especie de viaje colectivo que compartimos como humanidad. En tal sentido todos vivimos con una gran necesidad de contactar con las raíces espirituales de nuestro pasado mediante rituales. Estos rituales aún se manifiestan en símbolos tan poderosos como el sol, la luna, la cruz y el mandala.

Los ritos son una dimensión simbólica de la realidad, una estructura existencial basada en creencias particulares. Los mitos nos hablan sobre la irrupción de la divinidad en la consciencia del hombre para dar explicación a eventos específicos como nacimiento, muerte, matrimonio, etc. Estas situaciones arquetípicas son expresiones simbólicas que revelan la actividad creadora y desvelan al mismo tiempo la sacralidad de un acontecimiento existencial denotando la narrativa de una comunidad frente a su universo cultural.

El mito nace como una forma de expresión de un relato universal en cuyo interior contiene una serie de virtudes y principios relacionados íntimamente con las dimensiones: emocionales, espirituales, mentales y corporales. Las cartas del tarot son la expresión simbólica de estos principios universales o arquetípicos alrededor de los cuales está estructurado el inconsciente individual y colectivo.

A pesar del gran legado cultural de la mitología durante la Edad Media se abusó excesivamente del pensamiento mágico; por otro lado, la imposición del pensamiento religioso representó una de las épocas más oscuras para la conformación del pensamiento empírico. Durante esta época existieron mártires de la ciencia que sacrificaron todo para conformar las bases actuales del progreso científico. Conforme las sociedades progresaron al llegar al denominado siglo de las luces, hubo, por el contrario, una sobrevaloración del pensamiento empírico. A partir de ese momento solo podía ser objeto de conocimiento todo aquello que pudiera ser cuantificado, así los mitos y los conocimientos sobre alquimia y astrología fueron olvidados por la ciencia y suplantadas en su totalidad por la nueva ciencia newtoniana.

La humanidad gradualmente fue entrando en un dogmatismo científico, donde se comenzó a ver el mundo como un conjunto de objetos aislados que cumplían mecánicamente ciertas leyes, a tal grado que el hombre espiritual se transformó en un ser programado, sin alma, gobernado por la frialdad de las leyes matemáticas o, por el contrario, dominado por la irracionalidad de los impulsos reprimidos. En tal contexto, el tarot sobrevivió a través de las épocas como un puente hacia los mitos que marcaron los cimientos de la civilización y permitieron al hombre contactar con aquella realidad del alma enterrada en el pasado.

Las cartas del tarot mantuvieron una puerta de acceso hacia el mundo simbólico antiguo como el de la Grecia clásica, la India védica, el Egipto faraónico, el mundo maya de México, el taoísmo chino, la cábala hebrea, el gnosticismo, la masonería, etc. Las claves del tarot representan simbólicamente a los poderes de la consciencia, utilizados por los antiguos iniciados para la transmutación de la personalidad y el logro de la unión del hombre con la consciencia universal (supraconsciencia).

El tarot es una forma de trabajo con aquellos aspectos que no están sujetos a las leyes clásicas de la física, es decir, la imaginación. La inteligencia imaginativa es una facultad para hacer imágenes inherentes en la consciencia universal. Es la fuerza por medio de la cual el hombre puede transformar su realidad, la imaginación del hombre es la imaginación universal que opera en un centro determinado, el mismo poder opera a través de toda creación animada e inanimada. Su naturaleza se activa en los centros reproductores del cuerpo, por ello la energía creativa es una forma de libido. La libido es el flujo de la fuente vital y creativa conocida también como energía psíquica, es el origen de todo acto.

La Psicología Analítica contempla que en las mentes primitivas el principal escape de la imaginación es erótico y que esta tendencia erótica no se elimina jamás, ni en las aspiraciones más elevadas del ser humano, solo se transforma. Jung en *Psicología del inconsciente* plantea que la energía se transforma debido a la capacidad innata de la mente humana de crear analogías, el ser humano expresa la necesidad y habilidad de pensar en metáforas, gracias a esto fue posible la expansión de la cultura.

Con el tiempo el mundo arcaico de la actividad y la consciencia humana se sexualizó a lo largo de los milenios, pero también simultáneamente se desexualizó, porque constantemente se creaban más analogías de la sexualidad. Estas analogías creadas por el hombre se alejaron cada vez más de su fuente original dando forma a la gran variedad de símbolos presentes en todas las culturas.

Jung encontró en el tarot los 5 principales arquetipos que intervienen en el proceso de individuación: persona, ánima, *ánimus*, sombra y *Self*. Además, comprendido de manera analógica que el tarot representaba claramente el viaje del héroe. No importa que sea Parzival, Gilgamesh, Cristo, Buda, Quetzalcóatl, Gandalf, Harry Potter, Luke Skywalker o Mario Bros. Desde la perspectiva arquetípica todos los viajes heroicos se basan en el «Movimiento masculino», desde el estado urobórico inconsciente hasta la diferenciación de la propia consciencia individual.

El estado inicial indiferenciado denominado uróboro se relaciona con el círculo y remiten a una unidad perfecta de madre-hijo. Este estado es fragmentado por la dualidad que permite al ser humano lograr ser un individuo por sí mismo. Es un estado de salida del hogar y un enfrentamiento simbólico con el inconsciente y también finalmente es un retorno a casa en búsqueda de la unidad perdida, lo cual es una metáfora para el crecimiento psicológico y la disolución del Yo.

La prevalencia de estos símbolos se encuentra contenida dentro del tarot. Las 22 cartas de los arcanos mayores nos narran la travesía del héroe solar, en la que se refleja también una parte de la historia de la creación del mundo: muestran cómo a partir del caos original (0 = el Loco) se originaron los dos principios polares (masculino procreador 1 = el Mago), (femenino receptor

2 = la Sacerdotisa). Estos principios, al unirse, ponen en marcha la creación (3 = la Emperatriz), así se da luz al universo ordenándose por la acción de la cuaternidad (4 = el Emperador). Esta creación formada por los cuatro elementos se conecta con un plano superior gracias a la quinta esencia (5 = el Hierofante). El viaje del héroe se encuentra presente dentro de los ciclos de la propia naturaleza y las primeras cartas nos muestran cómo el desarrollo de la consciencia corresponde a la órbita del sol en el cielo diurno. Por el contrario, la segunda decena recoge las tareas más difíciles que esperan al héroe en su travesía nocturna por el mar. Este motivo corresponde a la puesta de sol de todos los atardeceres en el cielo del ocaso de poniente, a la travesía del agua mortal del mar nocturno, a la lucha con las fuerzas de las tinieblas y, en caso de una evolución favorable, al victorioso resurgimiento con nuevo vigor en el cielo oriental de la mañana. Esta travesía nocturna por el mar se representa en las cartas del tarot del 12 al 19, finalmente las cartas 20, 21 y 22 representan el alma individuada y la transformación final del Ego.

Los tarotistas realizan un proceso alquímico para lograr mediante la gran obra (*opus magnum*) acceder a la dimensión espiritual de la materia. La gran obra es un viaje arquetípico representado visualmente en las imágenes del tarot; este proceso se encuentra oculto en los mitos que relata la humanidad desde el origen de los tiempos. Los arcanos ejemplifican las diversas dimensiones de la vida humana; la energía libidinal, en sus tres niveles; instintivo, creativo y espiritual. Así como los diferentes estados anímicos conformados por emociones y sentimientos, además encontramos los distintos estados mentales que se expresan a través del lenguaje y el pensamiento. Finalmente encontramos también la relación con el mundo material a través del cuerpo físico.

El lenguaje de la consciencia es la palabra, por su parte, el lenguaje del subconsciente es el símbolo. La mente subconsciente fue comprendida por las tradiciones antiguas y por la Psicología Analítica como una dimensión profunda de nuestra psique que los alquimistas llamaban el alma del mundo. Jung lo denominó el inconsciente colectivo, los teósofos lo llamaron *akasha*, y Jacobo Grinberg lo nombró como *lattice*. Cada uno de estos conceptos hace referencia a que esta dimensión psíquica responde a las imágenes mentales, y estas mismas imágenes son las que crean nuestra realidad. Las cualidades del tarot como oráculo tienen que ver con las imágenes que conforman el lenguaje del alma, las cuales están interconectadas con el mundo mediante esta energía universal que impregna todo lo creado. Desde esta teoría, es posible interpretar el alma del mundo a través de las pulsiones inconscientes que se manifiestan en la consciencia global mediante símbolos.

Dentro del tarot se encuentra además contenido en 3 septenarios la representación del proceso de individuación descrito por Jung. Las cartas del primero del arcano 1 al 7 representarían el proceso masculino de afirmarse y proyectar la consciencia para crear la propia estructura personal, emocional, mental, corporal y energética para interactuar con autonomía en el mundo ordinario.

El segundo septenario del arcano 8 al 14 simboliza el aspecto femenino y subconsciente, en el cual un individuo puede introyectar su consciencia hacia las dimensiones internas, es por lo tanto un movimiento de la energía libidinal hacia dentro. Para poder trascender la consciencia primero debemos construir una personalidad individual para poder conquistar lo que Jung denominó el reino de la consciencia del Ego y de la realidad terrenal. El tercer septenario del 15 al 21, nombrado por Jung el reino de la iluminación y la autorrealización, sería un proceso psicoide, supraconsciente, transpersonal y trascendente. Jung se referiría a este último como el proceso final donde se conforma el arquetipo de la totalidad descrito por Jung como el *Self* o Sí-mismo.

Recomiendo al lector leer el libro *Tarot terapéutico, un instrumento para el abordaje clínico,* un trabajo de investigación que realicé para intentar profundizar en el tarot desde una perspectiva psicológica utilizando para ello la visión psicoanalítica de Jung.

CAPÍTULO 4. OCULTISMO, RELIGIÓN Y ESPIRITUALIDAD DESDE LA MIRADA DE JUNG

Una de las mayores aportaciones de la Psicología Analítica se relaciona con el pensamiento mágico de las culturas primitivas. Al estudiar el I-Ching, el tarot, la alquimia y la astrología, Jung profundizó en lo que serían los fundamentos de las teorías de la sincronicidad. Por tal motivo, hacer un recorrido por estos temas catalogados dentro de las ciencias ocultistas es una tarea fundamental para comprender la peculiaridad de la visión psicoanalítica de Jung.

Los descubrimientos de Jung sobre la mitología lo llevarían a descubrir la relevancia de la espiritualidad y la religión como un tema de gran importancia para el bienestar individual y colectivo, sus aproximaciones hacia este tipo de conocimiento no fueron simplemente por la influencia de su contexto familiar, sino que realmente obedecieron a grandes descubrimientos que lo llevarían a replantear la necesidad de incorporar el concepto del alma dentro de los más rigurosos estudios científicos.

Dentro de sus investigaciones logró descubrir en los mitos un conocimiento que iba más allá de simples creencias, sus descubrimientos plantearon una perspectiva metodológica que se adentraba en el campo de la física, encontrando una conexión entre el alma individual y el alma del mundo como un fundamento de la multiplicidad de los fenómenos que son accesibles a nuestra experiencia en el mundo.

Psicología Analítica y el mandala

En 1975, el matemático Benoît Mandelbrot acuñó la palabra «fractal» para describir un tipo de matemática que, al ser representada visualmente, se asemeja más a los patrones intrincados y repetitivos que se encuentran en toda la naturaleza. Así mismo el estudio de la proporción áurea o la ecuación matemática de Fibonacci la podemos encontrar en el arte, en la composición musical, en la arquitectura, incluso en las proporciones de nuestro propio cuerpo, y en general en toda la naturaleza. Esta proporción áurea es un número irracional, representado por la letra griega ϕ (Phi) y equivale a 1,618.

Jung junto con Pauli abordaron de igual modo el misterio del número 1/37. Este número encierra los misterios del electromagnetismo (el electrón), la relatividad (la velocidad de la luz) y la teoría cuántica (la constante de Planck). El número 137 se encarga de definir una constante de estructura fina denominada *alpha*, la cual establece la forma en que protones y neutrones se unen para formar átomos, es la constante que dicta las propiedades de la materia, sin esta ecuación prácticamente nada podría existir; la forma, el tamaño y la energía de unión están determinadas por esta constante matemática.

El universo interno y externo encuentran un vínculo de unión en las expresiones matemáticas más profundas, la presencia de la proporción áurea y patrones fractales en el cosmos sugiere una conexión entre las leyes matemáticas, la estética y la organización fundamental del universo, la naturaleza y la propia consciencia.

Joseph E. LeDoux, en su libro *Cerebro emocional*, expone cómo el psicólogo Stephen Kosslyn realizó un experimento en el que demostró que el cerebro calcula las distancias geométricas en las imágenes mentales. Este proceso sucede de manera intuitiva, el cerebro realiza constantemente procesos matemáticos no solo cuando giramos el volante al manejar, cuando se pinta una obra de arte o se toca un instrumento musical. Las matemáticas posibilitan crear estructuras de orden en la vida cotidiana. Además, cuando hablamos el cerebro elabora correcciones gramaticales basadas en procesos lógicos, calcula y analiza datos para elaborar creencias y juicios.

Las matemáticas están presentes en la conformación del orden cósmico desde los orígenes, pero también forman parte de los procesos inconscientes que dan forma a la consciencia. Nuestra mente hace miles de cálculos matemáticos de manera autónoma, algunos estudios apuntan a que inclusive el inconsciente es capaz de decidir por nosotros 10 segundos antes de que seamos conscientes de ello. Cuando por ejemplo practicamos algún deporte o simplemente caminamos por la calle, las neuronas matemáticas ayudan a tomar las decisiones más adecuadas en cada momento.

De acuerdo a estudios de neurociencia el cerebro tiene neuronas específicas que se activan durante ciertas operaciones matemáticas. Así mismo se ha logrado observar que en el reino animal la mayoría de especies emplean habilidades matemáticas para cazar, aparearse, volar o regresar a su hogar, pero también para tomar decisiones. Por ejemplo, estudios sobre cuervos han determinado cómo esta clase de aves comprenden el concepto del 0 y emplean la estadística en su toma de decisiones. De acuerdo con Galileo el mundo exterior se describe con lenguaje matemático, por lo que es altamente probable que también nuestro mundo interior esté estructurado por leyes matemáticas (número y geometría). Las matemáticas verticales son un patrón repetido de números que crea un «vórtice», que es la estructura más profunda del universo y es la clave para comprender todas las matemáticas, toda la física, toda la metafísica, toda la medicina, todo el arte y gran parte de los misterios filosóficos y religiosos. Esto ha cambiado la forma con que estábamos mirando a nuestro alrededor. En este tipo de matemáticas se incluye absolutamente todo lo que nos rodea. Este conocimiento ha sido deducido desde la antigüedad y se ha presentado en distintas partes y épocas del mundo como una serie de símbolos que describen la creación.

Todas las culturas piramidales empleaban el mismo patrón de tres puertas de «Templo Tríptico». Otro descubrimiento es una imagen que representa una figura central, un héroe o un dios, mirando hacia adelante y sosteniendo en ambas manos objetos o animales paralelos. La evidencia en las civilizaciones tan diversas como Egipto, India, China, Persia, México, Perú, Colombia y la antigua Europa. Todos estos hallazgos hacen suponer que existe una gran conexión simbólica entre todas las culturas del mundo.

Los descubrimientos arqueológicos han encontrado una correspondencia entre las ruinas de la antigua ciudad de Teotihuacán, que se encuentra a 35 millas al noreste de la ciudad de México. Daniel Flores Gutiérrez, investigador del Instituto de Astronomía por la Universidad Autónoma de México (UNAM), apuntó que Venus, la Estrella Polar, la Vía Láctea, el Sol, además de otros elementos astronómicos como las constelaciones, sirvieron a los pueblos como ejes para orientar la construcción de sus ciudades y edificios.

Priya Hemenway señala en su obra *El código secreto* cómo existiría una relación numérica que desembocaría en las formas geométricas presentes en la naturaleza y que se traducirían en una serie de reglas de proporción que serían utilizadas por los artistas de las diversas culturas desde México hasta Egipto. Por ejemplo, se puede observar que las proporciones de los templos egipcios y las del cuerpo humano tienen una estrecha relación.

Dentro de la expresión artística encontramos en los estudios de Leonardo Da Vinci una gran cantidad de geometría sagrada. *La última cena, La mona*

Lisa, de Leonardo Da Vinci, serían algunas de las obras más conocidas en las cuales están presentes los principios matemáticos codificados en un lenguaje simbólico.

Todos los símbolos sagrados antiguos reflejaron esta cosmovisión, son síntesis, fórmulas que energéticamente esconden profundas verdades detrás de su diseño, como La flor de la vida que, entre otras cosas, proporciona a su estudiante una explicación tanto filosófica como geométrica sobre las actividades del universo en la consciencia.

Algunos estudiosos han correlacionado el estudio de formas geométricas y sus relaciones metafóricas con la evolución humana. Símbolos como la cruz y el mandala, axiomas como el de María la Judía fueron un medio de ascensión para los llamados «maestros iluminados», los cuales desde el punto de vista histórico fueron seres con un nivel de consciencia superior que contribuyeron en gran medida al desarrollo de la civilización. La contemplación de estas figuras geométricas es una meditación que permite una integración entre hemisferios, lo cual permite acceder a grandes principios espirituales que nos ayudan a conocernos a nosotros mismos, conectándonos con nuestro interior para activar nuestra grandeza, poder y sabiduría, estos principios representan una salida a la irracionalidad colectiva.

El diseño de los mandalas fue uno de los grandes postulados de Jung, para entender la forma en la cual estaba estructurado el inconsciente colectivo. Este símbolo fue motivo de investigación durante muchos años al analizar los sueños de sus pacientes profundizando sobre la simbología del mandala definiéndolo como una representación arquetípica que representa la totalidad del alma humana expresada míticamente, es decir, el fenómeno de la divinidad encarnada en cada individuo como un principio universal de ordenamiento psíquico.

El mandala, como símbolo del Sí-mismo, se muestra transformador de la energía psíquica y permanece vivo y es una representación del anhelo de unidad de carácter universal, que permite entrar al individuo en un proceso de integración de todos los aspectos de su personalidad, así la relación del Yo y el Sí-mismo se materializa para dar una dirección al desarrollo de la consciencia. Es una experiencia proveniente del reino psicoide: *El arquetipo en sí es un factor psicoide que, por así decir, pertenece a la parte invisible, ultravioleta, del espectro psíquico. Como tal no parece capacitado para acceder a la conciencia (…), es decir, trascendente"*. Aún más, *"no presenta ninguna característica fisiológica y no puede ser abordado como psíquico, a pesar de que se manifieste psíquicamente [por lo que…] no nos queda más remedio que calificar su naturaleza de "espíritu" "Caracterizado por su numinosidad, el arquetipo es la autorrepresentación del instinto y se manifiesta como símbolo y mito en un proceso de psiquificación.* (Jung, *La dinámica de lo inconsciente*, 2004, p. 17).

La conformación del arquetipo del Sí-mismo posibilita una ampliación de la consciencia, así como una actitud renovada hacia la vida. Cuando las imágenes emergen desde las profundidades del inconsciente colectivo y se filtran a través del inconsciente a la consciencia, estas imágenes ayudan a promover el equilibrio y la armonía. El mandala personal simboliza el cuadrado, es decir, el hombre mismo atrapado en las formas que debe ser purificado, transformando aquellas fuerzas negativas en cada meditación, en un profundo proceso de autoconomiento.

Jung también descubrió que la realización de un mandala en el pasado era considerada una meditación activa, al igual que la construcción de los Sólidos Platónicos en la geometría sagrada o el trabajo con el crisol que realizaban los alquimistas en todas las épocas. Podemos comprender, entonces, que el trabajo con estas figuras inicia en el 2D, en una superficie plana al igual que un mapa que permite representar y dirigirse al universo multidimensional del ser, ya que abarca todas las dimensiones; 3D plano físico (el cuadrado) 4D plano mental (el círculo) 5D plano espiritual que corresponde el centro del mandala.

El mandala emana desde un centro y es una delimitación espacio-temporal que evoca una experiencia interna de conexión en el aquí y ahora. Esta acción es un proceso de autorregulación que permite al sistema nervioso recobrar el equilibrio de la química cerebral disminuyendo la hiperactivación del hipocampo y la glándula pituitaria mediante el fortalecimiento del control del foco atencional promoviendo la autorregulación psíquica. Durante la elaboración del mándala se busca silenciar el Ego para conectar con la consciencia de unidad.

A medida que el trabajo con los mandalas se internaliza, no como una práctica aislada, sino una meditación activa sostenida, el acceso al centro será más fluido, ya que las densidades interrogadas en el cuadrado comenzarán a sublimarse como un auténtico trabajo alquímico de profunda transformación. El centro del mandala es topológicamente el lugar donde reside nuestra consciencia, y es a través de este proceso que podemos llegar a conectar con nuestra esencia espiritual, es la «unión» que evoca la experiencia mística descrita por diversas culturas y religiones.

Los mandalas siempre fueron un instrumento para dirigir la atención en una meditación activa, donde se moviliza mucha energía emocional y psíquica, por lo que es posible remover los patrones atrapados en el cuerpo físico que generan las respuestas automáticas del Ego. Promueven la movilidad y flexibilidad necesaria para adentrar al individuo en el proceso de individuación.

En la psicología de Jung, los puntos cardinales del mandala se relacionan con los pensamientos, sentimientos, intuiciones y sensaciones que las personas necesitan para su orientación psíquica. Este símbolo además se encuentra con frecuencia en los rosetones de la arquitectura gótica, y en el arte cristiano, por lo cual se utiliza normalmente como símbolo de sanación. A menudo este símbolo representa a Cristo y la Virgen dentro del marco de la mandorla. El símbolo del mandala puede potenciar la percepción interior y exterior desarrollando la subjetividad mediante estas ideas arquetípicas.

Dentro del conocimiento cultural la figura histórica de Jesús es de origen divino y de acuerdo a la mitología religiosa vino del exterior para entregarnos un plan de salvación para toda la humanidad. Sin embargo, pocos saben que dentro de esta mitología se encuentra una verdad que puede ser analizada de manera empírica. El desvelamiento crístico aparece al ser humano como un estado mental que trasciende la dualidad mediante una reunificación con la unidad.

Es además una lógica moral que sirve de contrapeso a la irracionalidad de la sombra colectiva. Simboliza la manifestación de Dios en la consciencia del hombre mediante el arquetipo crístico. Este es un salto antropológico que más allá del mito cristiano representa la forma en que lo numinoso se manifiesta en la consciencia mediante imágenes arquetípicas como el mandala. El deseo inconsciente por contactar con una fuente de conexión se manifiesta en cada acto; desde los aspectos más banales hasta los impulsos espirituales más elevados. La actividad del universo en la consciencia se manifiesta siempre de forma simbólica.

C. G. Jung divide los símbolos en «naturales» y «culturales». Los símbolos naturales surgen de los contenidos inconscientes de la psique, tienen profundas raíces arcaicas y se encuentra en los relatos más antiguos de las sociedades primitivas. Los símbolos culturales expresan conceptos trascendentales presentes en las religiones como símbolos capaces de transformar la consciencia y orientar la vida individual hacia una actitud simbólica.

Dentro de este contexto el mandala como una forma geométrica se manifiesta como un puente entre materia y energía, es una representación de los flujos de energía en el mundo de la forma. Encontramos aquí una posible respuesta al por qué las «alucinaciones» sufridas por quien consume enteógenos son relatadas, primeramente, como una deformación o reconfiguración de todos los objetos materiales para dar paso a explosiones de luz y figuras geométricas que se centuplican, formando patrones perfectamente armónicos, simétricos, que vibran y se expanden sin control, sin fin. Estos patrones se asemejan bastante a los mandalas utilizados para meditar.

Los enteógenos deben su nombre a la concepción de que en el interior de cada ser habitan dioses, (del griego «dios interno» y «origen»). En la antigüedad, ciertos grupos de sacerdotes, alquimistas y chamanes mediante experiencias místicas inducidas por plantas de poder, danzas holotrópicas, imágenes alquímicas, mandalas y rituales religiosos profundizaron en la estructura de la vida y el universo mucho más allá de lo que puede ahondarse en un estado de conciencia habitual. Gracias a esto penetraron en su ser interior y lo manifestaron para curar, para adivinar el futuro, para realizar milagros o para transmutar.

Todas estas actividades tienen algo en común: producen cambios bioquímicos en el cerebro. Es decir, son «biofármacos naturales». De igual modo todas las formas de sufrimiento emocional, trastornos psicológicos, traumas, apegos, adicciones y obsesiones son la manifestación de desórdenes bioquímicos. Cada neurotransmisor en mayor o menor cantidad produce una particular formar de sentir y percibir la realidad motivando la conducta hacia determinadas características; la dopamina se relaciona con el placer, la serotonina con la felicidad, el glutamato con la memoria, la acetilcolina con la atención, la endorfina con la euforia, la adrenalina con el estado de alerta, el cortisol con el estrés y la oxitocina con el amor.

El cómo se activan los mecanismos de recompensa determinará en gran medida el estado psíquico de un individuo. Cuando los receptores dopamínicos se encuentran reducidos, cuando existe carencia de ciertos aminoácidos, la sensación de insatisfacción, la ansiedad, la depresión traen consigo consecuencias negativas. Todo esto la ciencia lo ha podido comprobar mediante el análisis de las neuroimágenes, sin embargo, desde la antigüedad los alquimistas ya tenían un concepto primitivo de estas sustancias, por lo cual en sus estudios alquímicos plasmaron un descubrimiento asombroso: los desórdenes bioquímicos producidos por heridas emocionales se pueden curar mediante procesos alquímicos profundos.

El psiquismo está conformado por una unidad denominada mente-cuerpo, ambos se influencian mutuamente, los pensamientos están conectados con sentimiento específicos que impactan los centros hormonales.

Cuando sentimos enojo se liberan ciertas sustancias químicas que activan el sistema suprarrenal y comienzan a poner en marcha los sistemas de supervivencia del organismo. Cuando sentimos tristeza, dolor, culpa se produce una reacción bioquímica diferente que activa ciertos centros hormonales específicos; así los pensamientos y sentimientos consumen gran parte de la energía almacenada en los centros inferiores del cuerpo, estos centros energéticos están encargados de la supervivencia. Vivimos constantemente en estado de supervivencia por lo cual nuestra energía psíquica queda atrapada en estos centros específicos.

La transmutación de las emociones puede cambiar la química cerebral para aportar un mayor bienestar. El ser humano tiene el gran poder para evocar estados de consciencia que le permitan producir los neurotransmisores necesarios para alcanzar un estado de equilibrio entre cuerpo-mente. Si podemos liberar esta energía atrapada en nuestro cerebro podemos activar la glándula pineal para vivenciar experiencias profundas.

Pocas personas saben que la contemplación de imágenes, la música, el baile, la oración, el acompañamiento humano, la escucha terapéutica, la elaboración de mandalas, producen «descargas bioquímicas sanadoras», pues liberan al torrente sanguíneo endorfinas, serotonina, oxitocina, vasopresina, dopamina. Hoy la ciencia recién está comprendiendo esto, pero los chamanes lo sabían y por tal motivo pusieron gran énfasis en sus rituales donde, a través de la música, la danza y la percusión forjaron los primeros métodos psicoterapéuticos conocidos por la humanidad.

Además, su sabiduría ancestral reconocía la importancia de la interpretación de sueños, para ellos el dolor emocional reprimido no desaparece, sino que simplemente va al subconsciente donde toma «formas» como entes espectrales y simbólicos en los sueños (mundo onírico) que luego retornan al mundo de vigilia en forma de psicosis, histeria, neurosis y adiciones. Esta es la razón por la cual los chamanes hacían «lectura de sueños» para buscar curar a sus pacientes o tomar decisiones importantes para la tribu.

El chamanismo se concibe como algo «mítico» e «irracional» debido a que está lleno de «figuras mitológicas y simbólicas» (lobos, tigres, jaguares, colibríes, monstruos, seres extraños y figuras de todo tipo); sin embargo, más allá de las creencias populares es un sistema que buscó comprender las «representaciones simbólicas» del mundo onírico, pues esta clase de conocimiento les aportaba principios de sabiduría cósmica. Para ellos la senda espiritual se encontraba en el contacto con la naturaleza y el reconocimiento del lugar del hombre en el universo. El término «sagrado» les permitía establecer una relación de armonía entre el individuo, la comunidad y el cosmos.

Las historias y mitos chamánicos no intentan retratar el mundo «físico-material», sino el mundo «onírico-simbólico» del subconsciente humano. En tal sentido todas las experiencias místicas, ya sea por medio de danzas holotrópicas, mantras, mandalas, oraciones, ritos religiosos, enteógenos, son formas en las que el ser humano buscaba acceder a esa conexión con el universo, la cual se visualizaba a través de un lenguaje simbólico.

Para los huicholes, el hikuri es una planta ritual que representa los lazos espirituales con la tierra y el universo. De acuerdo al mito de esta cultura el ojo de dios es un símbolo de poder y protección en forma de una cruz de madera cubierta por un tejido de hilos de colores. El entramado crea un rombo que representa cinco puntos cardinales: norte, sur, este, oeste y el centro. Este último es el punto donde todo comienza.

En esencia el ojo de Dios huichol o Tsikuri (que significa el poder de ver y entender las cosas desconocidas) es un símbolo de comunicación espiritual, pues a través de él se crea una comunicación directa entre los hombres y Dios, es la palabra abriendo la puerta a nuestra percepción, así como también se cree que es el medio por el cual las divinidades wixarikas ven al hombre.

En el antiguo Egipto, el Ojo de Horus era un símbolo que tiene una similitud con la glándula pineal la cual se encuentra en el centro del cerebro. Este órgano está entre los dos hemisferios del cerebro. Estudios recientes en neurociencias han demostrado que es posible una interconexión entre hemisferios, los dos hemisferios tienen el potencial para transmitir información el uno al otro, ambos se encuentran conectados, física y funcionalmente, a través de una banda de fibras nerviosas, que se conoce con el nombre de cuerpo calloso, por lo cual lo lógico y creativo convergen en determinados momentos.

Una de las características principales de la glándula pineal es que segrega, entre otras hormonas, melatonina y serotonina regulando los ciclos circadianos y el sueño-vigilia. Esta estructura anatómica tiene células pigmentarias, similares a las del globo ocular. Esta glándula a lo largo de los siglos ha causado infinidad de explicaciones e interrogantes, particularmente sobre el descubrimiento del significado de las experiencias místicas cuyo origen va más allá de la racionalidad, contemplar la divinidad en forma de ideas tan abstractas como Dios ha representado uno de los mayores misterios de la historia.

La melatonina se produce y libera con la puesta del sol al comenzar el atardecer, evocando un estado de sueño en todos los seres vivos, incluidos los unicelulares, así el sueño de Adán es producido en el atardecer para sacar de él a su compañera, lo femenino, el espíritu, el ánima que le permite vencer la soledad experimentando una conexión directa con su propia alma.

De esta manera, cuando Eva entra en contacto Adán, sus hemisferios se vuelven un reflejo del otro, ahora no solo tiene la capacidad de ser consciente, sino que tiene también la capacidad de sentir gratitud y de amar incondicionalmente, por lo que es capaz de encontrar el equilibrio entre logos y eros. Es así como se sincronizan las redes neuronales del corazón y el cerebro armónicamente.

Cuando este proceso de unión de opuestos no es realizado de forma armónica se manifiesta en la vida individual una crisis, al negar la realidad del alma o vivir solo desde el Ego, los vacíos existenciales se manifiestan con la imposibilidad de vivir una vida llena de sentido y propósito. En la época actual las grandes crisis existenciales surgen como desconexión con las dimensiones transpersonales y se perciben como una lucha entre mente y cuerpo, entre materia y energía, entre unión y separación, entre temporalidad y eternidad, y principalmente entre la competitividad individual y la cooperación colectiva. Estos estados de separación provocan angustia, ansiedad, miedo, soledad, y desde la antigüedad fueron consideradas una especie de locura, porque provocaban un alejamiento de la conexión con la totalidad.

De este modo surge la religión que se apoya en la espiritualidad, en la curación por la palabra y en la escucha empática. En la antigüedad los chamanes utilizaron los alucinógenos de manera semejante a la oración, para guiar al cerebro hacia una conexión con los hemisferios cerebrales, con ese macrocosmos que habita en cada ser, y el cual, aunque parezca absurdo, forma parte del microcosmos que somos. La creación es tan grande que no es posible contenerla en nuestro razonamiento, pero a la vez es tan pequeña que puede habitar en nuestra intuición. A causa de esto, los mitos expresan un conocimiento que trasciende nuestro entendimiento pero que ciertamente logra cautivar nuestros sentimientos.

En la narración bíblica de Génesis cuando se dice: «Coman del fruto y serán como Dios», menciona una voz entre el hemisferio Izquierdo, vientre del Yang —lo masculino—, y en el hemisferio derecho, el Ying —lo femenino—, separando el cerebro, y provocando ante esas dos primeras preguntas de Dios, ¿dónde estás? Y ¿cómo sabes que estás desnudo?, la primera crisis existencial del ser humano surge en esta fragmentación de la unidad.

Cuando la dualidad separó lo masculino de lo femenino, el diablo se manifestó en el mundo exterior como la proyección de la sombra del propio Ego y el alma permaneció atrapada en las profundidades de la mente, expulsando de este modo a Dios de la consciencia. A partir de ese momento el arquetipo del diablo representa el Ego que se encuentra entre la materia y el espíritu, entre el hemisferio izquierdo y el hemisferio derecho, entre lo femenino y lo masculino, entre el ánima-*ánimus*.

El ser humano al separarse de la unidad ha dejado de saber quién es, de dónde viene, y hacia dónde va, ha dejado de pertenecer a la eternidad, ya no es energía oscura, ahora debe ser cubierto con vestimentas de carne, de tiempo y de espacio. Ha sido expulsado del paraíso y despojado de la gracia, ahora debe encontrar en el exterior la pregunta correcta que lo lleve a entender todas esas respuestas internas, por eso, llevará en sí mismo a quien lo hizo dudar, al satán. El alma permanecerá en su mente, en la glándula pineal, la cual lo traslada a la sabiduría, pero también a la locura.

Cuando el ser humano perdió el conocimiento de su identidad, su origen y su destino, experimentó un profundo desgarro en la dualidad de su existencia. Esta fractura del psiquismo marcó su salida del «paraíso», sumergiéndolo en un mundo de fragmentación y desconcierto. En este contexto, el axioma de María (simbolizado por la cruz) y el símbolo del Sí-mismo (representado por el mandala) se erigen como sendas hacia la restauración de la unidad perdida. Ofrecen una vía hacia la esperanza de redención frente a la irracionalidad de la sombra. Por ello, el arquetipo del Sí-mismo se asocia con lo divino mediante la integración de los opuestos. Es una manifestación de la integración y la unificación, una elevación por encima de la dualidad a través de la función trascendente. Jung expresó: «No puedo probarte que Dios existe, pero mi trabajo ha demostrado empíricamente que el patrón de Dios existe en cada hombre… Encuentra este patrón en tu propio ser individual y la vida se transforma».

Existen diversas hipótesis que parecen demostrar que la personificación de estas figuras arquetípicas denominadas desde la antigüedad como ángeles y demonios se debe a que la glándula pineal segrega pequeñas cantidades de un compuesto denominado DMT. En ciertas circunstancias, tendrían un papel místico y de conexión con otros estados de conciencia. El Dr. Rick Strassman, profesor clínico en la universidad de Nuevo México, estudió a profundidad la naturaleza de la mente humana y el potencial de las experiencias del nacimiento y la muerte, así como de los estados superiores de meditación y fervor religioso, incluso la trascendencia sexual tiene una correlación con la segregación de este alcaloide triptamínico.

Strassman ha realizado diversos estudios donde logró determinar que la glándula pineal produce cantidades de DMT en momentos de importancia neurológicos, tales como el nacimiento, la meditación profunda, la psicosis y las experiencias cercanas a la muerte. De igual modo Robert Lanza, considerado uno de los principales científicos del mundo director del Advanced Cell Technology, asegura que las dimensiones espacio-temporales son meras construcciones mentales, la eternidad sería una realidad para Lanza.

El estudio del fenómeno de las Experiencias Cercanas a la Muerte (ECM) ha centrado en los últimos años la atención sobre la posibilidad de que la consciencia pueda existir más allá de las limitaciones físicas. En las observaciones de esta clase de experiencias se encuentran estructuras simbólicas, significados profundos y aspectos racionales que parecen ir más allá de una simple falta de oxígeno o alucinación. Dentro de este marco de investigaciones se hace necesario especificar el término «consciencia no local» para definir un proceso de transmisión de información que sucede independientemente del espacio-tiempo, estos estudios pueden arrojar luz sobre qué es lo que le sucede al ser humano al morir.

Históricamente la relación de la glándula pineal con las experiencias transpersonales ya aparece en numerosas imágenes sumerias, mayas y babilónicas; en el astronauta de palenque, en el dios griego Dionisio, en el romano Baco, o en el pelo cónico de Buda y Shiva, se relaciona también con la figura de Cristo. El egiptólogo E. A. Wallis Budge menciona que en algunos papiros se muestra a la persona fallecida con un cono de pino adherido a la corona de su cabeza lo cual simboliza la entrada a la sala del juicio de Osiris. En los misterios griegos se solía llevar un bastón simbólico con un cono de pino adherido, el tirso o báculo de Dionisio. Esta misma investidura ritual se observa en algunos líderes de la Iglesia católica, en la plaza de San Pedro también podemos ver una escultura de una glándula pineal custodiada por dos pavos reales.

Manly P. Hall señala que en la iconografía china se pueden observar plumas de pavo real adheridas a la cabeza de ciertos personajes de la nobleza en la zona que corresponde a la glándula pineal. Estos símbolos se repiten transculturalmente como si hubiera un origen común a toda la simbología. Alrededor de 1630, René Descartes escribió su famosa hipótesis sobre la glándula pineal como el «asiento del alma». Descartes refiere esta glándula como el lugar de residencia del alma. Pero la relación entre el alma y el cuerpo es algo más que la suma de ambas entidades.

Mas allá de los mitos, científicos como Strassman, el doctor Persinger, neuropsicólogo de la Universidad Laurentian de Canadá, o el doctor Sergio Felipe de Oliveira, entre otros, han comprobado científicamente que la glándula pineal, al estimularla, estresarla artificialmente, es capaz de convertir estas ondas electromagnéticas en estímulos neuroquímicos. Las ondas electromagnéticas influyen en el comportamiento de las neuronas de nuestro cerebro llevándolas a manifestar experiencias místicas. Esta capacidad para entrar en este tipo de estados de consciencia puede aportar pistas sobre el origen de esta clase de experiencias.

Como mencionamos, el mandala es un símbolo profundamente arraigado en diversas tradiciones religiosas y culturales, considerado por muchos como un medio para alcanzar estados de conciencia expandida. Se caracteriza por su representación circular, la cual se emplea con frecuencia en prácticas meditativas. Se cree que esta forma de arte no solo facilita la conexión con la divinidad, sino que también se asocia con posibles efectos beneficiosos sobre la glándula pineal.

En diversas manifestaciones artísticas, como en el arte huichol, se evidencia la relación entre los estados de trance y los diseños geométricos, sugiriendo una interconexión entre el mundo espiritual y la geometría simbólica (mandala). Para Jung el mandala simboliza un principio de unión con los aspectos trascendentales de la consciencia, por lo que consideró el mandala como una manifestación del principio de totalidad del Sí-mismo, respecto a esto Jung mencionó: «El mandala es un símbolo vivo. Es la representación del anhelo de unidad y que nos ayuda en el proceso de Individuación».

Alquimia, unión, creación y transformación

Dentro de los estudios que realizó Jung sobre la sabiduría del pasado resalta su acercamiento hacia el conocimiento proveniente de la alquimia. Para Jung era una ciencia para la transformación psíquica, una forma de acceder al oro a través de la transmutación de las facetas densas del plomo. El lenguaje metafórico de la alquimia más allá del espectro mágico nos habla de la posibilidad de iluminar la oscuridad; convertir el dolor en sabiduría y, en pocas palabras, cambiar todo aquello que aparece ante nosotros como inmutable mediante la función trascendente.

La alquimia es una de las formas más elevadas para lograr desarrollar las cualidades del alma, trascendiendo para ello la rigidez del Ego. Para los alquimistas las ilusiones del Ego imposibilitan acceder a las dimensiones espirituales más elevadas, por lo cual el espíritu permanecía atrapado en la materia hasta que el propio adepto fuera capaz de sumergirse en las profundidades de su propia mente para transformar su mirada y percibir aquello que permanecía invisible.

En 1926, Jung «tropezó» con la alquimia y vio que la Psicología Analítica coincidía del modo más curioso con la alquimia. Después de dos décadas de estudio, en 1946 publicó *La Psicología de la Transferencia*, texto donde escribe sobre la naturaleza cuádruple del proceso de transformación, utilizando un opus alquímico del siglo XVI llamado *Rosarium Philosophorum*. Este tratado alquímico contiene 20 ilustraciones de las cuales Jung solo usó diez para describir el proceso terapéutico.

Con un lenguaje de la alquimia griega Jung describe el proceso inicial con la separación de los cuatro elementos, de esta separación emerge un estado de caos que se eleva gradualmente hacia las tres manifestaciones de Mercurio en los planos inorgánico, orgánico y espiritual. Tras adquirir la forma de sol y luna, este proceso culmina en la naturaleza única e indivisible del ánima, la quinta esencia. En el ámbito de la psicología, la transferencia opera con el propósito de reconciliar los opuestos y disolver las neurosis. De manera análoga, en las prácticas alquímicas, la «boda alquímica» amalgama los opuestos de la plata, representando el aspecto femenino (o lunar), con el oro, simbolizando lo masculino (o solar), durante la gestación del *lapis philosophorum*, que representa la totalidad del ser. Jung, en su obra *Aion: Contribución a los simbolismos del sí-mismo*, profundiza en este concepto: *La naturaleza dual del Rebis o lapis philosophorum, que se remonta al concepto alquímico de unión de los opuestos, está caracterizada en la literatura correspondiente de un modo que nos difícil reconocer en ella el simbolismo del Sí-mismo. Psicológicamente, esta es la unión de la consciencia (masculina) y el inconsciente (femenino), y representa la totalidad psíquica.* (Jung, 1986, p. 281)

Estas bodas alquímicas hablan de un proceso de transformación, una forma de integración de todos los elementos que conforman el psiquismo, el cual se puede dar en diferentes frentes de la vida humana: en la unión del Yo con el sí mismo; la integración de la sombra y la divinidad, así como la conexión de la individualidad con la colectividad. Es un proceso donde se busca la conformación del universo interior, el microcosmos en armonía. Tal como la convivencia ritual de sol y luna. El cosmos, según Paracelso[4], contiene la luz

---

4 La historia de la medicina habla de Paracelso, cuyo verdadero nombre es Theophrastus Phillippus Aureolus Bombastus Von Hohenheim (1493-1541), reconociéndole como uno de

divina o vida, pero esta esencia santa está enredada en una trampa mecánica, presidida por una especie de demiurgo, llamado por Paracelso «Hylaster». El Dios araña cósmico ha tejido una red dentro de la cual la luz, como un insecto, queda atrapada, hasta que el proceso alquímico revienta la red. Así cuando se desvanecen las ilusiones del Ego, emerge la posibilidad de entablar una conexión directa con el alma.

Carl Gustav Jung, entre 1955 y 1956, elabora *Mysterium coniunctionis*, una obra donde realizó una serie de investigaciones sobre la separación y la unión de los opuestos anímicos en la alquimia, logrando, de manera extraordinaria, rescatar todos los conceptos antiguos, traspasándolos al campo de la psicoterapia analítica. Para ello resumió la alquimia mediante 4 etapas;

1. La primera de ellas la Nigredo, como la confrontación con la propia sombra y la aceptación de aquellos aspectos reprimidos por la consciencia mediante el desenmascaramiento del Ego.

2. La segunda de ellas la Albedo, que se lograba mediante la ampliación de la consciencia, revelando lo oculto, integrando los opuestos en conflicto este proceso se conoció como la «coniunctio», la hierogamia entre el alquimista y su «Soror Mystique», entre el rey y la reina de los grabados alquimistas.

3. La Rubedo se trata de proceso clave donde el Ego empieza a transmutarse a sí mismo, evolucionando y desarrollando el oro de la personalidad, es aquí donde la repolarización de los opuestos puede transmutar los defectos en virtudes. También representa la unión del espíritu-alma con el cuerpo-mente. Es un símbolo de la integración con la naturaleza y la armonización con el universo.

4. Finalmente, el Opus es el logro de la «totalidad», es decir, el encuentro y acogimiento mutuo entre el Yo y el Sí-mismo que da luz a la divinidad interior. Es una nueva «coniunctio», en la que todos los opuestos se juntan y complementan armónicamente y se conectan directamente con el *unus mundus*, de ahí que la obra alquimista más importante de Jung se titule *Mysterium Coniunctionis*.

---

sus personajes claves, tanto por sus aportes, como por sus retos y polémicas revolucionarias en el área. Fue un médico y alquimista suizo que creó los primeros «fármacos» basados en las propiedades químicas de distintas sustancias no herbolarias; por ende, se le considera precursor de la bioquímica y padre de la toxicología.

Al resultado final de este proceso se le llama «Piedra Filosofal», o también se dice que es una flor de loto, el mandala, o arquetipo del Sí-mismo o *Self*. También representa esta imagen de totalidad y se le equipara con Cristo. Todas estas representaciones diversas del lapis (piedra) están atravesadas por un único hilo conductor, la idea de algo sagrado que es necesario extraer de la sustancia innoble que constituye el comienzo del trabajo. Jung refiere en *Aion: Contribución a los simbolismos del sí-mismo*:

> *La unión de los opuesto en la piedra solo es posible, pues, cuando el adepto mismo se ha hecho uno. La unidad de la piedra corresponde a la individuación, que es el hacerse uno el hombre: diríamos que la piedra es una proyección del Sí-mismo unificado.* (Jung, 1983, p. 181).

Los místicos antiguos pensaban que para tener acceso a lo verdadero se necesita un conjunto de claves que están escondidas en un lenguaje simbólico que escapa al umbral de la consciencia. El imperio de lo visible es la puerta de entrada al reino de lo invisible. De la apreciación estética del mundo, las primeras culturas dedujeron que existe un hilo secreto de la naturaleza y que ha estado desde el principio del tiempo tejiendo nuestra sensibilidad con el entorno, de este modo la imaginación es la conexión que nos une con el alma del mundo.

El nacimiento del mito es el nacimiento de la cultura. Y el mito es el sueño y la naturaleza unidos por un lenguaje simbólico. La representación del mundo como objeto nos permitió ver la naturaleza en su dimensión abierta. Las primeras manifestaciones de la cultura se encuentran conservadas en cuevas como la de Altamira y de Lascaux y corresponden a un periodo de transición entre el Paleolítico y el Neolítico, dichas representaciones artísticas fueron en un inicio interpretadas como magia simpática. El etnólogo Henri Breuil describió las pinturas rupestres de Lascaux en 1940 y planteó una hipótesis en la que las escenas de arte parietal que representaban un animal eran una forma de magia destinada a facilitar la caza.

No obstante, el arqueólogo David Lewis-Williams negó esta hipótesis, proponiendo en cambio que las pinturas fueron realizadas por chamanes, los cuales se retiraban a las cavernas para experimentar trances rituales. Estos chamanes representaban no su mundo, sino el mundo al que solo podían acceder mediante sueños y visiones. Un mundo dibujado en aquellos murales y que se animaba por las noches con el fuego. Los animales representados en pinturas se movían con el juego de la luz y la sombra de sus antorchas. Ese relato en movimiento dio lugar al nacimiento del arte tal y como lo conocemos hoy en día.

Ahí, en la cueva, es donde nace el mito y a través del mito es como la ciencia comenzó a dar sus primeros pasos. Entre el fuego, la imagen y el relato surgió un enlace mágico entre un mundo real y un mundo imaginario que cumplió una necesidad de vinculación con el entorno. La organización narrativa del mundo fue creciendo y expandiéndose a través de los siglos desde las cuevas hasta la civilización moderna. Del pensamiento simbólico surgió el pensamiento religioso asentando las bases de lo profano y lo sagrado. La religión cumplió la función de unir al individuo con el misterio de la naturaleza, concibiendo a los dioses como personificaciones de las imágenes de la naturaleza y el instinto. La alquimia, que forma parte de la larga historia de la imaginación, se fundamenta también en ese relato.

El *unus mundus* quedó representado en aquellos murales que reflejaban la vida cotidiana mediante ese relato en movimiento, las primeras formas del conocimiento son las imágenes, la imaginación es un código enterrado y encerrado en la profundidad de la memoria. Ese vínculo con la naturaleza se ha roto, la lejanía de la conciencia con el mundo interior y la incapacidad de entender la belleza del cosmos generó una parálisis y una fuerte desconexión con las profundidades de la mente. Por tal motivo, Jung intentó recuperar el vínculo que une al ser humano con el cosmos mediante la alquimia.

La gran obra de la alquimia, según lo descrito por Jung y por Patrick Harpur, no era una forma primitiva de la química, sino más bien una ciencia del alma, una psicología profunda que buscaba comprender la esencia del alma del mundo a través de su obra artística. El simbolismo de los procesos alquímicos está en dos claves: la mineral y la vegetal. En el campo de lo mineral, es decir, en el campo de la química, un líquido se calienta, se evapora, se eleva, se enfría y se condensa para volver una vez más a su estado original.

Este proceso creó un modelo metafórico de la espiritualización de la materia y de la materialización del espíritu, el alma intangible que se eleva como en la muerte y luego regresa purificada a la materia. Jung lo interpretó desde la psicología como el fuego de la imaginación, que separa lo consciente de lo inconsciente, que se eleva para después condensarse en el Ego y así revelar los contenidos del inconsciente colectivo hacia la conciencia individual. Llevar las imágenes del alma a la luz de la consciencia es uno de los procesos más profundos de la alquimia.

Jung empleó el lenguaje alquímico como fundamento para la elaboración del *Liber Novus* o *El libro rojo*. Dentro del contexto alquímico, las imágenes se consideran una pieza clave para el acceso a la dimensión espiritual de la materia. En paralelo, Kandinsky, en su obra *De lo espiritual en el arte,* exploró la conexión entre el arte y la vida espiritual de la humanidad. Según este autor, toda expresión artística es el resultado de una identidad espiritual única, y la función del arte radica en iluminar los aspectos más oscuros del corazón humano. La obra artística se construye a través de una vía mística. Aislada de él, su obra toma vida propia a través del artista, es una entidad independiente que posee una existencia real y proviene de las profundidades de la mente. Dicho de otro modo, las imágenes arquetípicas tienen vida propia y surgen desde el inconsciente colectivo para facilitar un proceso de evolución.

Las imágenes presentes en el arte poseen una fuerza anímica que contribuye al desarrollo de la sensibilidad humana. Los símbolos, vehiculados a través del arte, constituyen el código del alma, cuya comprensión es inalcanzable de otro modo. A través del movimiento, el color y las formas, el espíritu de la época navega por las profundidades de la creación universal. Nuestra concepción del universo se fundamenta en leyes matemáticas que operan tanto en la naturaleza como en distintas disciplinas como la ciencia, la literatura, la música y el arte. De esta manera, somos habitantes de un mundo matemático-espiritual, del cual solo una parte permanece accesible a nuestros sentidos.

Desde el sueño de los adultos hasta la ensoñación de los niños, toda la experiencia vital se encuentra fecundada por la imaginación, ya sea mítica, filosófica o científica, establece un vínculo entre el espíritu y la naturaleza. Gracias a la imaginación existen los mundos simbólicos que han inspirado a cientos de artistas y hombres de ciencia.

La capacidad creativa representa la más elevada habilidad humana; gestos, actos y palabras habitan en los cerebros humanos, siendo los ingredientes con los cuales se conforma toda creación humana. Hoy en día, comprendemos que nuestro cerebro comenzó a cambiar cuando los primeros seres primitivos empezaron a producir actos simbólicos. A partir de ese momento, se produjo la primera revolución creativa: el descubrimiento de un mundo simbólico facilitó el aprendizaje y la difusión de técnicas artesanales que nos permitieron dominar la naturaleza.

Los primeros descubrimientos pictóricos surgieron en el paleolítico. Los hallazgos en cuevas como la de Tito Bustillo plantean una gran interrogante, pues no se sabe si fueron hombres o mujeres los que los realizaron, ni mucho menos por qué lo hicieron. Lo único de lo que podemos estar seguros es que nuestros antepasados sintieron un gran impulso por pintar las paredes de las cuevas, quizás como una necesidad de distinción, juego, deseo, poder, sublimación del sexo o miedo, como proponen las teorías de Hans Prinzhorn, reconocido psiquiatra que coleccionó miles de producciones artísticas de enfermos mentales en la Clínica de Heidelberg (1919-1922), y publicó en 1922 *Introducción a la producción de imágenes de los enfermos mentales*. Su trabajo distingue seis pulsiones creativas en los enfermos, niños y seres humanos primitivos: expresión, juego, dibujo ornamental, ordenación compulsiva, copia obsesiva y construcción de sistemas simbólicos. Ese fue también el primer encuentro entre el estudio del origen de la creatividad y sus relaciones con la psicopatología.

Posteriormente, Benjamín Rush en Filadelfia en 1811 argumentó que en la enfermedad mental existen dones de los que nunca antes se había dado muestra. Más tarde, Max Simón (1876) fue el primero en sugerir la utilidad de las producciones artísticas de los enfermos para diagnosticar sus trastornos mentales o cerebrales. Posteriormente, en el año 1946, Lauretta Bender desarrolló el test gestáltico visomotor para medir el nivel de maduración cerebral en niños y adultos mediante el dibujo de 9 figuras geométricas.

Nuestro cerebro es capaz de reconocer imágenes de manera automática cuando nos enfrentamos a una producción artística; trabaja para darle forma y sentido a la información que nos llega. Nuestro inconsciente tiene una habilidad innata para organizar formas y patrones de manera que consigan tener sentido. Estudios recientes han descubierto que el efecto del arte en nuestro cerebro evoca un estado similar al de mirar a la persona amada: aumenta el flujo de sangre al cerebro hasta un 10 %. Se liberan neurotransmisores relacionados con el placer, evocando emociones placenteras. Esto se sabe gracias a una serie de experimentos realizados con mapeo cerebral en la University College de Londres, donde se examinaron los cerebros de los voluntarios mientras observaban 28 imágenes. Este estudio realizado por el profesor Semir Zeki permite plantear cómo las imágenes tienen un efecto psicofisiológico, activando grupos de neuronas, creando reacciones hormonales y estimulando determinadas áreas del cerebro.

Pensando en términos modernos, se puede comprender la alquimia como la capacidad de transmutar las emociones. Cuando se expresa amor y gratitud, se establece una conexión empática y esto evoca un estado receptor, liberando neurotransmisores relacionados con en el reconocimiento social, el vínculo de pareja, la cognición y la regulación de la agresión. Inclusive una actividad tan simple como llorar libera oxitocina y endorfinas, estas hormonas pueden ayudar a generar una sensación de calma interior.

Por otro lado, un nivel alto o bajo de algún neurotransmisor desencadena una forma peculiar de sentir y percibir el mundo. El cortisol activa nuestro sistema nervioso simpático poniendo el mecanismo de supervivencia en un estado de alerta. La melatonina, por el contrario, es la responsable de activar nuestro sistema nervioso parasimpático reduciendo la ansiedad, produciendo un efecto antidepresivo. Además, existe una clara diferencia entre el placer momentáneo (dopamina) que nos vuelve adictos a ciertos estímulos y los sentimientos duraderos (serotonina) que surgen cuando logramos profundizar en aspectos más trascendentales.

Es importante mencionar que a nivel biológico y espiritual la conexión humana surgida desde el amor es un antídoto al veneno que pueden generar las emociones tóxicas, el arte alquímico se podría traducir en la transformación de las emociones negativas y la transmutación de la propia química cerebral. A nivel más profundo la alquimia se trata también de un desarrollo personal, es el poder de la transformación interior.

Cuando se habla de alquimia, se suele pensar en rituales mágicos que escapan a la racionalidad; sin embargo, si se analiza con detenimiento, se pueden rastrear los cimientos de las ciencias modernas, propiamente en la alquimia, en áreas tales como: la matemática, física, química, biología, medicina, filosofía y psicología. Todas ellas, tienen conexión con los conocimientos alquímicos. De igual modo desde una perspectiva empírica se puede dar una interpretación más racional sobre este gran conocimiento mitológico, la antigua concepción filosófica de los 4 elementos puede tener un abordaje totalmente empírico:

Tierra: es la representación del cuerpo humano y todos los minerales que conforman la composición molecular, zinc, calcio, fósforo, carbono, azufre, etc. Cada célula, cada átomo surgió de la fusión del núcleo de una estrella. De igual modo, todos estos minerales conformaron los suelos fértiles, donde las semillas han logrado germinar y florecer a lo largo de la tierra; es así como se han conformado llanuras, mesetas montañas y bosques. Llevando el juego reflexivo unos pasos más allá, se puede insinuar que, al palpar a alguien, se está acariciando al cosmos y al mirarnos frente al espejo, hay en ese reflejo algo más allá de lo que se ve, literalmente el ser humano es un ser cósmico hecho de polvo estelar. Por lo tanto, la tierra simboliza el cuerpo, el mundo material y se suele asociar con la Diosa Gaia que personifica la tierra.

Agua: el hidrógeno fue formado en el Big Bang (la Gran Explosión) y el oxígeno en el interior de las estrellas, el agua que posee el planeta se formó antes que el sol y la Tierra y ha presenciado la evolución del universo. La mayoría de los científicos piensa que la vida se originó en el agua líquida, hasta la fecha actual la vida inicia en el líquido amniótico, el cerebro nada durante toda su vida en el líquido encefálico, el 75 % del cuerpo humano es agua, por ende, cada una de las células del cuerpo humano acoge a sus orgánulos en un medio acuoso. En los mitos de la creación de muchas culturas, desde las primeras mitologías conocidas hasta el libro del Génesis, desde los inuit del norte congelado hasta el pueblo kuba del Congo, se narra cómo el mundo comenzó con las aguas primordiales sin forma; las cuales, a menudo, están asociadas con el caos y el desorden, de los que emergen la tierra seca, el orden y la vida. El agua además simboliza el mundo de las emociones en toda su expresión y se le relaciona con la luna.

Fuego: la vida del ser humano inicia con una pequeña descarga de energía eléctrica en una estructura anatómica del corazón denominada el haz de His[5]. Simbólicamente, el fuego representa la temperatura y fuerza vital que permite no solo crecer, sino es también la energía que permitió el desarrollo de la civilización, relacionándosele con el sol y el logos. En la mitología el fuego era un elemento perteneciente a los dioses que fue robado y entregado a los humanos permitiendo al hombre desde ese momento acceder a un nuevo tipo de conocimiento, por lo tanto, representa la energía psíquica implícita en todo acto de creación, simboliza el pensamiento que diferenció al hombre del resto de animales. El mito de Prometeo simboliza este desarrollo colectivo de la consciencia a través de la historia.

Aire: el aire es una representación de aliento vital que permite estar vivos. Cuando el humano fallece, este aliento abandona el cuerpo, en un sentido más práctico, la vida depende de cada bocanada de aire. El oxígeno es uno de los gases más conocidos del planeta, es una parte crucial de la atmósfera y la hidrosfera de la tierra. Aproximadamente, 2/3 de la masa del cuerpo humano es oxígeno, esto lo convierte en el elemento más abundante en el cuerpo; gran parte de ese oxígeno es parte del agua (H_2O). El aire, simbólicamente, representa las

---

5   El haz de His (fascículo auriculoventricular) es una formación muscular intracardíaca, de aproximadamente 1 cm de longitud, que forma parte del sistema de conducción del corazón, por medio del cual las aurículas trasmiten impulsos eléctricos a los ventrículos. Esto se produce a través de un ritmo interno llamado frecuencia cardíaca que permite bombear sangre a todo el sistema nervioso. En estudios recientes se ha descubierto que el corazón contiene un sistema nervioso independiente y bien desarrollado con más de 40 000 neuronas, tal parece que el corazón puede tomar decisiones y pasar a la acción independientemente del cerebro; y que puede aprender, recordar, e incluso percibir. (Sánchez-Quintana, D., & Yen Ho, S. (2003). *Revista española de cardiología*, (El haz de His) *56*(11). https://doi.org/)

ideas y la comunicación como un medio para lograr la unificación de la humanidad; esta cualidad se asociaba con el mito de Hermes Trismegisto.

Los alquimistas postulaban la existencia de un quinto elemento, la «Quinta esencia», una suerte de energía primordial que servía como causa u origen de los cuatro elementos conocidos. Desde la perspectiva científica contemporánea, estas concepciones filosóficas no entran en conflicto con las teorías actuales. Los científicos han definido 4 fuerzas fundamentales, pero aún luchan por comprender la naturaleza del vacío, esa entidad aparentemente vacía de la cual todo surge continúa siendo un misterio.

En los años 60, se reveló que el vacío está constantemente poblado por campos cuánticos, desafiando nuestra noción tradicional de la nada. Sin embargo, aún persiste la falta de comprensión completa, y las ecuaciones matemáticas todavía tropiezan al intentar describir estos fenómenos. La noción más cercana que tenemos para resolver este enigma es el concepto de energía oscura. En la resolución de este enigma reside el gran secreto que vincula las vastas escalas del cosmos con las diminutas partículas subatómicas. Es en este punto donde se encuentra el puente que conecta lo macroscópico con lo microscópico, el cual despierta la curiosidad más profunda de la mente humana.

Astrología y psicología desde la perspectiva junguiana

Sigmund Freud señala que una de las heridas más profundas de nuestra cultura está ligada a la doctrina copernicana y al darwinismo; estas concepciones transformaron el paisaje emocional de la humanidad al relegar a la tierra de su posición central y al cuestionar el origen y propósito del hombre. Este cambio de paradigma alteró nuestra percepción del mundo, la tierra dejó de ser concebida como un lugar divinamente creado y, con ello, se perdió el sentido de asombro al contemplar el cielo nocturno y al sentirnos íntimamente conectados con las estrellas.

En tiempos antiguos, la cosmovisión desempeñaba un papel crucial en la orientación del destino de los pueblos. Las pirámides, alineadas con el cinturón de Orión, revelan la profunda importancia que tenían para las civilizaciones ancestrales el no perder de vista la conexión con lo divino, con esa creación que nos confiere un lugar y propósito privilegiados. Este es quizás uno de los motivos por el cual la astrología fue tan relevante para los pueblos antiguos.

Dentro del contexto histórico existe una estrecha relación entre la alquimia y la astrología, los planetas transpersonales representan la llave de la trascendencia, son los últimos tres templos planetarios donde el alma eleva los tres niveles de consciencia, con los tránsitos de Urano, Neptuno y Plutón el hombre se transforma, por dentro y por fuera. Si no está consciente del proceso alquímico que favorece el cambio, pierde la oportunidad de evolucionar y en última instancia de llegar a encontrar su verdadera esencia. La astrología estudia los patrones presentes en la naturaleza permitiéndonos vincular el tiempo y el espacio mediante un lenguaje simbólico que corresponde a los elementos de Fuego (Calcinadito), Agua (Solutio) Aire (Sublimatio) y Tierra (Coagulatio).

En la antigüedad existían dos tipos de alquimistas, los «sopladores de botellas», quienes no sentían interés por la espiritualidad, sino más bien buscaban obtener oro. Y los alquimistas «herméticos», quienes buscaban la transmutación interior. Nuestro destino se ve influenciado por los tránsitos planetarios, a pesar de ello el conocimiento interior era concebido como un medio para lograr una evolución de consciencia mediante el desarrollo de la fuerza de voluntad que existe en el interior de cada ser. Este acto permitía al hombre desafiar el determinismo de los astros y a través del libre albedrío volverse partícipe en la creación del propio destino.

Astrológicamente el plomo era el elemento de Saturno que representaba en la carta natal la prima materia con la que se comenzaba a trabajar en el desarrollo y conquista del sol, es decir, la consciencia solar considerada como el oro alquímico, psicológicamente Saturno representa los complejos, traumas e inhibición a tratar en la psicoterapia, para posteriormente realizar las potencialidades de una persona en el camino de individuación. Por otro lado, la Prima Materia está simbolizada en los nodos lunares (Captu Draconis y Cauda Draconis) la cabeza y la cola del dragón. Ambos símbolos del trabajo, alquímico, astrológico y psicológico de cada ser humano. El nodo norte nos habla de un movimiento de acción, la evolución hacia un propósito, el nodo sur nos habla del detenimiento necesario para examinar las experiencias relacionadas con el pasado.

El alquimista realizaba su trabajo con la ayuda de su complemento femenino; la *Soror Mystique*, que es el complemento necesario para poder integrar al sol y la luna, consciente e inconsciente, intelecto e intuición, razón e instinto mediante la función trascendente. La *Soror Mystique* ve a través de los sueños, intuye y descifra símbolos conectando al hombre con su ánima, su inconsciente, su energía lunar y su consciencia solar, conecta lo personal y lo impersonal, el ánima-*ánimus* son los mediadores entre los contenidos inconscientes y la consciencia. No obstante, tiene cierta diferencia el rol de transmitir los contenidos inconscientes en el sentido de hacerlos visibles, le corresponde sobre todo al ánima.

En el *ánimus* se encuentra la función de conocer y particularmente en comprender. Del ánima surgen las imágenes arquetípicas y del *ánimus* la capacidad para otorgarles un significado, juntos logran transformar al individuo mediante la acción simbólica. De acuerdo a esta dualidad, hasta que una mujer acepta la proyección arquetípica de un hombre, está atrapada en un entendimiento masculino de la realidad, así mismo un hombre no puede verdaderamente transformarse hasta que no acepte la conexión con su propia alma a través de la mirada femenina que comparte la vida. El verdadero reto para ambos consiste en liberar el alma de la mirada materialista que condiciona tanto la percepción como la sensibilidad.

En el proceso alquímico, el alquimista simboliza nuestro elemento reflexivo necesario para romper con las estructuras autocreadas. Este el proceso del retorno de Saturno, por el cual se elimina lo viejo, lo caduco, esto queda simbolizado por el retorno lunar por progresiones secundarias que coinciden con el retorno de Saturno. De igual modo, las edades astrológicas son representaciones de los ciclos vitales y las distintas situaciones arquetípicas que vivencia una persona en su historia personal.

Cada signo y planeta tiene una sombra y muchas veces se expresan como rasgos inconscientes que debemos transmutar: sol (soberbia), luna (pereza), Mercurio (envidia), Venus (lujuria), Marte (ira), Júpiter (gula), Saturno (avaricia). Según Jung, alquimista es toda persona que se propone cambiar internamente, todos tenemos la posibilidad de transmutar nuestro sufrimiento, miedos, debilidades y defectos. Los tránsitos planetarios son un movimiento como el de una ola que nos pueden impulsar a encontrar el propio oro interior.

Para Jung la psicología, la alquimia y la astrología eran ciencias hermanas que debían complementarse. Liz Greene, en su libro *Jung's Studies in the Astrology: Magic, Prophecy and the Qualities of Time*, muestra cómo la astrología fue de gran relevancia para el trabajo de Jung, algo que es evidente tras la aparición del libro *Sincronicidad*. Jung comprendía que la astrología estaba basada en arquetipos, en las imágenes profundas de la psique que son determinantes, aunque no seamos consciente de ellas, por lo cual desde esta perspectiva los astros y el inconsciente tienen una conexión profunda y misteriosa que va más allá de la consciencia.

Jung creía que los signos del zodiaco eran manifestaciones del poder creativo o libidinal del inconsciente colectivo. Desde esta perspectiva astrológica la energía libidinal sería una conexión entre el cielo, la tierra y el universo. Los ciclos de tiempo manifestaron primeramente figuras geométricas y matrices numéricas de ordenación, posteriormente constelaciones y símbolos filogenéticos, surgiendo de este modo la astrología.

Esta orden manifestó una correlación entre el mundo imaginario y la realidad concreta expresada en los signos zodiacales, los primeros astrólogos fueron matemáticos y filósofos, los cuales orientaron la vida de los pueblos a través de la observación de las estrellas y planetas. Las pirámides alrededor del mundo desde Egipto hasta México están en sincronía con estos posicionamientos celestes, los antiguos monumentos son un reflejo de la conexión del cielo y la tierra, sus bases cuadradas representan lo terrenal, los cuatro elementos, las puntas de las pirámides señalan hacia la bóveda celeste, por lo cual son un símbolo de conexión con los trascendente conocido como el «axis mundo» (eje del mundo).

Esta ordenación del universo sincrónico son 2 polos de un mismo movimiento de la psique y el cosmos, de lo interno y lo externo, esto sería la explicación del motivo relacional entre el hombre y el universo. Estos matrices ordenadores de energía darían forma a los arquetipos planetarios conocidos por todas las culturas, para Jung estos arquetipos serían los órganos psíquicos que permitieron estructurar la existencia del alma, un principio espiritual de ordenación que permitió la presencia de vida inteligente.

Una de las analogías más importantes de la astrología considera al cosmos como un todo que está vivo, definiendo una mente universal, o inteligencia cósmica (alma del mundo), una posición propuesta por la filosofía griega. La analogía también se aplicó a la fisiología humana. Por ejemplo, las funciones cosmológicas de los siete planetas clásicos se tomaron a veces como análogas a las funciones fisiológicas de los órganos humanos, tales como el corazón, el brazo, el hígado, el estómago, etc.

La Psicología Arquetípica, tal como lo expresa James Hillman, se enfoca en comprender la relación existente entre el alma individual y el alma del mundo, su eje central intenta explorar los patrones inherentes y universales que subyacen en el psiquismo humano. Estos patrones, conocidos como arquetipos, son fuerzas poderosas que configuran nuestra percepción de la realidad, y están vinculados a lo más profundo de nuestra psique.

Desde esta postura se asume que la naturaleza posee un tipo de inteligencia observable en la comunicación entre los árboles, plantas e insectos. Por ejemplo, cuando se observa el vuelo sincronizado de una parvada de estorninos, en su vuelo se comportan como una sola ave que se desplaza en coordinación perfecta, formando en ocasiones la figura de un estornino gigante, un autorretrato en el que cada individuo es al mismo tiempo un fractal del todo, de este modo la naturaleza parece decirnos que los miembros de una especie están conectados por una misma conciencia, o al menos un mismo campo de autoorganización.

El universo, la naturaleza y el hombre poseen un fuerte vínculo de unión, en la antigüedad el alma se concebía como un reflejo de la evolución cósmica, una fuerza primordial que permitió al hombre estructurar una visión existencial de la realidad. Estos principios del alma se heredaron con las estructuras del cerebro, son un aspecto energético expresado a través de la imaginación visible solo por sus efectos en la consciencia, manifestados en los productos culturales desde los primeros tiempos del hombre.

Las historias de hadas, duendes y criaturas mágicas son un reflejo de estas fuerzas psíquicas, en las culturas ancestrales los animales tenían una fuerte representación simbólica que les otorgaba cualidades espirituales. En la psicología junguiana los símbolos animales se consideran de igual modo arquetipos simbolizando todo el gran reino de instintos presentes en la interioridad humana, cuando irrumpen en nuestros sueños traen consigo un importante mensaje que pueden ayudar a nuestro desarrollo evolutivo.

Los arquetipos son parte del alma y se manifiestan de manera más tangible en su vinculación con el mundo. El alma es una entidad viva y la consciencia se encuentra bajo su permanente influencia, por eso Jung refiere que el ser humano está bajo la influencia de dioses mitológicos, por lo cual los factores próximos a la evolución se han transformado en arquetipos y nos influyen constantemente de manera cercana. Los planetas están asociados con ciertas cualidades, signos, y dioses.

La carta astral es un mapa que nos permite cartografiar la forma en que el cosmos estaba configurado al momento de nuestro nacimiento, cada elemento representa cualidades psíquicas que tenemos en mayor o menor medida, cuando conocemos las cualidades de cada signo y planeta podemos definir un camino hacia el desarrollo de la personalidad mediante un plan de acción terapéutico, alguien que es muy intelectual probablemente deba desarrollar la intuición y la sensibilidad para alcanzar el bienestar personal. De igual modo, alguien con una gran intuición probablemente necesitará desarrollar la razón para lograr ser más competente en la vida.

Jung consideraba que este conocimiento era una guía para saber qué aspectos debíamos desarrollar para alcanzar la totalidad. Los elementos de la carta astral además de estar conformados por los signos, contienen aspectos formados por los ángulos geométricos que conforman los planetas, los cuales determinan la configuración de las energías que influyen nuestro carácter. A nivel astrológico existe una fase en la que el planeta baja la velocidad de órbita creando una ilusión óptica de retroceder, dependiendo del planeta y el signo donde retrograde nos permite identificar qué área de nuestra vida requiere de un tiempo para reflexionar, y de este modo determinar qué energías planetarias debemos trabajar en determinado plano de nuestra vida.

Todo planeta retrógrado invita a realizar un trabajo interior. Por ejemplo; si Saturno son límites y estructuras, el movimiento retrógrado nos indica que es momento de revisar qué creencias nos limitan desde el inconsciente, de igual modo en Mercurio retrógrado podemos profundizar en los bloqueos que impidan desarrollar nuestras habilidades socio-emocionales, de este modo, es posible repolarizar esta energía transmutando una debilidad en una gran fortaleza, por lo cual con el tiempo podemos llegar a ser buenos oradores, escritores, personas influyentes, etc.

El sol y la luna son uno de los principales puntos de la carta astral, cuando decimos el signo de una persona nos referimos al posicionamiento del sol como el representante del Yo o el Ego, cuando hacemos mención a la luna nos referimos a la conexión con el instinto y las emociones. Cabe mencionar que primeramente entramos en contacto con la energía lunar en los primeros meses de vida, posteriormente con la energía solar, luego la energía ascendente de Saturno y así consecutivamente con las demás fuerzas planetarias. Además, existe un sistema de casas astrológicas que inicia en el signo ascendente, de ahí lo trascendental de saber nuestra hora de nacimiento, las casas astrológicas determinan en gran medida la energía que configura las situaciones arquetípicas que vivenciaremos a lo largo de nuestro ciclo vital, de ahí surge la capacidad predictiva de la astrología.

Las 12 casas tienen 2 divisiones: las casas diurnas son las que están por encima del horizonte (7, 8, 9, 10, 11 y 12), se relacionan con el mundo exterior, la vida social, la profesión, los objetivos y desafíos. Las casas nocturnas son las que están debajo del horizonte (1, 3, 4, 5 y 6), se relacionan con el mundo interior, la vida personal, la familia los recursos y el bienestar personal. También podemos agruparlas por triplicidad de acuerdo a su elemento: casas fuego (1, 5, 9) se asocian con los logros sociales, casas tierra (0, 6, 10) se asocian con los logros materiales, casas aire (3, 7, 11) se asocian con los logros sociales y las casa agua (4, 8, 12) se asocia con los logros emocionales.

De igual modo es importante conocer los arquetipos que tienen influencia en la carta natal, por ejemplo: Lilith representa un punto de la trayectoria de la luna más alejado de la Tierra, mientras que el punto más cercano lleva el nombre astrológico de Príapo, un personaje singular de la mitología greco-romana, el eje Lilith/Príapo representa en Lilith la dualidad entre el anhelo inconsciente y la rebeldía desmesurada, en Príapo simboliza la búsqueda de la aprobación de los demás y la zona de confort que limita nuestro crecimiento. Dependiendo el signo y casa que influya serán los efectos particulares que ejerza en nuestra vida. Esta polaridad debe hacerse consciente analizando qué arquetipo está en la sombra, y así aprender a tomar distancia de los pensamientos autónomos y observar con desapego los propios procesos internos que surgen desde este eje dual.

Lilith y Príapo se necesitan mutuamente para ser fértiles y crear, dentro de la terapia junguiana el poder reunir todas nuestras partes fragmentadas como resultado del proceso de individuación nos permite conformar la imagen del Sí-mismo, el arquetipo de la totalidad psíquica representado simbólicamente en la carta natal. El ser andrógino es el símbolo de la identidad suprema en la mayoría de sistemas religiosos, representa el punto de comienzo a la aproximación de la totalidad a través de la integración de contrarios.

También un elemento importante de la carta astral es Quirón. Jung conceptualizó este arquetipo con el sanador herido, en él nos dice que todo curador es también un paciente. Es a través de este arquetipo que entramos en contacto con nuestro dolor, y a través de esta profunda herida surgen los dones para sanar a otros. El signo donde se encontraba Quirón el día de nuestro nacimiento simboliza la herida que debemos sanar. Los elementos predominantes en nuestra carta natal se asocian con nuestra visión consciente del mundo y el elemento ausente y antagónico con una carencia o debilidad inconsciente, de igual modo cada signo contiene una sombra y un aspecto positivo que debemos integrar. El conocimiento de los signos del zodíaco sirvió a Jung para determinar las cualidades que están presentes en el inconsciente colectivo y se manifiestan en los símbolos y mitos culturales a través de la historia de los pueblos.

Teoría del desarrollo de la personalidad

Jung solía recurrir a la carta natal de sus pacientes para tener una visión más amplia de su perfil, además estudió la astrología con rigor científico, sabemos que realizó un experimento estadístico sobre el horóscopo de cientos de parejas para validar la astrología, estudio que discute en su libro *Sincronicidad*. Estos descubrimientos influenciaron parte de su teoría de la personalidad, una teoría única que se sitúa bajo la influencia de arquetipos y la cual se expresa mediante las 4 funciones psicológicas.

Dentro de cada persona existe una reserva de energía arquetípica planetaria, poderosas fuerzas que fueron descritas desde la antigüedad como dioses y diosas. La teoría psicoanalítica describe el ánima y el *ánimus* como aspectos inherentes a la psique de cada individuo, estos arquetipos juegan un papel crucial en el desarrollo psicológico, así como en la forma que interactuamos con los demás.

En la mitología griega, el ánima se revela a través de diosas poderosas y multifacéticas, encarnadas en figuras como la sabia Atenea o la apasionada Afrodita, cada una personifica distintas cualidades del ánima y reflejan la complejidad y riqueza emocional del alma femenina. Jean Shinoda Bolen, en su obra *Las diosas de cada mujer,* aborda este fenómeno desde una perspectiva arquetípica, explorando las profundas diferencias de personalidad y la interrogante sobre por qué algunas mujeres priorizan el matrimonio y la familia, mientras que otras valoran más la independencia y la autorrealización. Una misma mujer puede manifestarse de manera extrovertida o introvertida según las circunstancias.

Cuanto más intrincados sean los problemas intrapsíquicos de una mujer, es más probable que contenga en su interior diversas diosas activas, núcleos arquetípicos que dan lugar a constelaciones de complejos que proyectan diversas situaciones típicas. Por lo tanto, una tarea indispensable para el proceso terapéutico es saber elegir qué diosas cultivar y cuáles trascender. Una mujer es capaz de comprender sus propios procesos internos para superar una serie de dicotomías restrictivas, como lo masculino-femenino, madre-amante, profesional-ama de casa, entre otros.

Por otro lado, el *ánimus* se manifiesta en dioses y héroes como el poderoso Zeus o el heroico Hércules, cada uno ejemplificando diferentes aspectos de la masculinidad. Jean Shinoda Bolen, en *Los dioses de cada hombre*, aborda los patrones internos que dan lugar a diversas personalidades, elecciones profesionales, pasatiempos y relaciones interpersonales en los hombres. Desde una perspectiva arquetípica, los dioses griegos permiten comprender la complejidad del mundo interno de los arquetipos. Es esencial conocer los rasgos característicos de figuras autoritarias como Zeus y Poseidón, así como la sensualidad de Dionisio o la creatividad de Apolo y Hefesto. De manera similar a las mujeres, los hombres deben identificar sus dioses regentes para decidir cuáles cultivar y cuáles trascender.

Los hombres se comprenden mejor al adentrarse en su mundo interno para elegir los caminos que les permitan desplegar su potencial evolutivo, reconociendo qué arquetipos están más activos en sus vidas. Por su parte, las mujeres mejoran sus relaciones personales con padres, hijos, hermanos, amantes, al saber qué diosas están activas en cada faceta de su vida.

La evolución de la personalidad es posible gracias al autoconocimiento que surge cuando un individuo reconoce la energía planetaria arquetípica presente en el universo y en su propia interioridad, de ese modo adquiere la posibilidad de desplegar todo su potencial evolutivo gracias al desarrollo de su propia consciencia. Este proceso está simbolizado en el viaje arquetípico del héroe el cual se representa en el mandala astrológico y se expresa también en el mito de los 12 trabajos de hércules, los cuales están relacionados con los 12 signos del zodiaco, en cada faceta el héroe tiene un reto que le permite evolucionar.

Con Aries debe aprender a dominar su mente, con Tauro debe controlar el deseo y las ilusiones del Ego, Géminis representa la habilidad de utilizar el poder de la palabra, Cáncer significa el desarrollo de la intuición, Leo evoca el desarrollo de la voluntad, Virgo es la fuerza necesaria para trascender los conflictos, en el signo Libra es necesario dominar las más bajas pasiones para avanzar, en Escorpio el héroe debe confrontar la muerte para lograr un transformación, en Sagitario se hace indispensable el desarrollo de la sabiduría interior, Capricornio trae consigo el reto de vencer los miedos. Acuario, por su parte, implica canalizar la imaginación de forma creativa, finalmente Piscis simboliza la liberación del alma de las propias estructuras del Ego.

Los 12 trabajos de Hércules simbolizan la lucha humana contra las propias sombras, es el caos de donde finalmente surge el orden mediante un proceso de liberación de las fuerzas arquetípicas que operan bajo el umbral de la consciencia, es por tal motivo una analogía al proceso de individuación, representa la integración y unificación. De acuerdo a esta perspectiva todo ser humano es un universo en movimiento, en el interior de cada individuo existen fuerzas arquetípicas en acción, el inconsciente colectivo tiene vida propia, por tal motivo se hace necesario un desarrollo de consciencia para trascender el reino de los dioses.

La teoría analítica encuentra de igual modo un proceso para el desarrollo de la personalidad y la ampliación de la consciencia en el modelo de 12 arquetipos de Jung. Estos arquetipos universales expresan un proceso gradual de crecimiento, es un camino por el cual un individuo avanza por diversos estadios mentales. Simbólicamente todos iniciamos como huérfanos e inocentes, desde un alma infantil, si tenemos suerte nos convertimos en guerreros heroicos, exploradores, rebeldes y creadores desde un estado juvenil. Conforme alcanzamos un estado adulto nos volvemos amantes, cuidadores, gobernantes de nuestro propio reino interior, para así crear finalmente una personalidad trascendente con cualidades de magos, sabios y bufones.

Cada uno de los estadios mentales de los 12 arquetipos representa un reto para integrar tanto las cualidades como las propias sombras de cada uno de ellos. Si el individuo lograr tener la movilidad vital necesaria podrá desplegar todo su potencial evolutivo, podrá avanzar hacia un estado de totalidad. De acuerdo a Carlo S. Pearson «los arquetipos se expresan en el psiquismo como una tensión entre opuestos cuya meta es llevar al individuo hacia el propio crecimiento interno, cuando se logran integrar armónicamente en la consciencia se tiene un desarrollo de ciertas cualidades; seguridad, identidad, responsabilidad, autoridad, poder y libertad». Estos rasgos de la personalidad posibilitan la transformación del individuo.

El desarrollo de la personalidad solo es posible por la propia capacidad del Yo para mediar la tensión entre opuestos; gracias a esta capacidad es que es posible el desarrollo de la consciencia. El Yo vive una experiencia psicológica que se encuentra más allá de la consciencia. Del encuentro entre el «Sí-mismo» y el Yo surge una dinámica que puede ayudar a que la consciencia y el inconsciente se activen y unan a través del símbolo para impulsar el desarrollo creativo de la personalidad. La finalidad de este proceso evolutivo es trascender la dualidad para dar luz a un alma individuada.

CAPÍTULO 5. CONCEPTOS FUNDAMENTALES DE LA PSICOLOGÍA ANALÍTICA DE CARL GUSTAV JUNG

Jung, a través de su teoría, elaboró una propuesta única que se diferenció de la concepción tradicional de Freud de tal forma que incorporó aspectos culturales que habían quedado fuera de la ecuación del psicoanálisis clásico, por lo que la visión de Jung de la psique fue una ampliación de los límites impuestos por la versión ortodoxa del psicoanálisis freudiano. De este modo Jung dejó un legado que nos permite acceder a una visión más profunda de la mente humana que abarca no solo los aspectos individuales, sino todos los elementos colectivos que forman parte del legado cultural de la humanidad. Esta nueva visión de Jung sobre la mente fundó la escuela analítica que conocemos hoy en día.

Para comprender la visión de C. G. Jung es necesario contemplar los diversos elementos que conformaron un modelo teórico único en su tipo y para ello se hace necesario tener un panorama general de los diversos conceptos que plantea la Psicología Analítica. Aun cuando se tenga esta perspectiva global de la teoría analítica, cada aspecto abordado en este libro requiere por sí solo un mayor grado de apreciación. La obra de Jung es demasiado extensa para resumirla en un solo texto, pero la idea de este trabajo es lograr que el lector pueda tener un acercamiento a la comprensión de la esencia del modelo junguiano, así como a la vida y las propias motivaciones que orientaron el grandioso trabajo de Jung.

Mapa de la psique

Como se ha venido señalando en los primeros capítulos de este texto, los eventos que marcaron a C. G. Jung desde su infancia provocaron en su etapa adulta un fuerte impulso hacia la arqueología; lo que explica su gran interés por la mitología y, consecuentemente, sobre por qué desarrollo un mapa del alma. De acuerdo a la visión analítica el ser humano está conformando por una serie de elementos que interactúan entre sí siguiendo la misma dinámica presente en el universo. En su libro *Recuerdos, sueños, pensamientos* Jung escribe: «Nuestra psique está formada en armonía con la estructura del universo, y lo que sucede en el macrocosmos sucede igualmente en los rincones infinitesimales y más subjetivos de la psique».

Para Jung era de vital importancia comprender que dentro del psiquismo el arquetipo del *Self* buscaba constantemente la integración y la autorregulación, era un principio ordenador cuya tendencia era un constante despliegue de la relación del Sí-mismo y el Yo. Algo importante es reconocer que tanto la sombra como el ánima-*ánimus* son arquetipos que logran manifestarse en la conciencia mediante complejos y proyecciones, sus orígenes parten del inconsciente colectivo, en el reino de los sueños y símbolos. Sin embargo, a través del proceso de individuación, el Yo logra incorporar la sombra e integrar el ánima-*ánimus*, así el *Self* se individualiza del inconsciente colectivo para conformar el Sí-mismo. Jung en tal sentido mencionó lo siguiente: «Algo importante de remarcar es que como la imagen anímica pertenece a lo colectivo, a lo general, lo primero que debe hacerse es darle un rostro propio a nuestra ánima-ánimus. Debemos diferenciar nuestra alma del alma colectiva. Es decir, debemos darle un rostro individual a lo que antes era general».

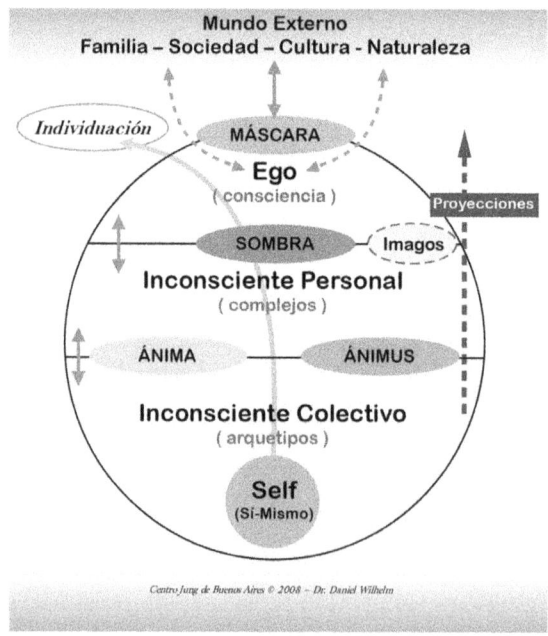

Dentro de su visión psicoanalítica, Jung se vio en la necesidad de elaborar un plano para guiar el viaje hacia el mundo interno. Este mapa es muy similar al que hicieron científicos y astrónomos al explorar y cartografiar el universo físico, con el podemos orientar nuestros esfuerzos en comprender a profundidad las dimensiones de la psique. Primeramente, para comprender el mapa de la psique es necesario conceptualizar la psique como un sistema conformado por tres principales estructuras; consciencia, inconsciente personal e inconsciente colectivo.

Consciencia (Ego); para la Psicología Analítica, el Yo es el centro de la conciencia y surge desde las primeras fases del desarrollo. Es un estado de alerta que nos permite percibir el entorno y usar la voluntad para tomar decisiones, los procesos conscientes están influenciados en gran medida por creencias, prejuicios y suelen tener sesgos subjetivos acordes a la realidad psíquica individual. Además, la consciencia está configurada por la tipología de la personalidad. Jung definió 8 tipos de procesos cognitivos que diferencian la consciencia humana.

El Yo es definido por Jung como un objeto parciamente psíquico de una naturaleza biológica y espiritual o trascendente. el Yo se conforma como una base somática, conformando una imagen del cuerpo que se experimenta como una unidad, pero es tan solo una imagen psíquica del cuerpo. El fenómeno de la somatización es de carácter mental y se expresa como un fenómeno psíquico que produce una alteración en una dimensión que no es fisiológica. Cuando un individuo acude al médico debido a que tiene la sensación de estar sufriendo un paro cardiaco o cualquier otro padecimiento y no se encuentra una causa médica se hace evidente que el malestar tiene su origen en el estrato psíquico, de igual modo, al estudiar la curación por el efecto placebo se hace notorio que la consciencia del Yo tiene una base somática (corporal) y una psíquica.

El cuerpo psíquico es término que establece relación y comunicación entre lo físico y lo psíquico, aunque no está definido de manera clara dónde comienza uno y dónde termina otro. Jung refiere el concepto de energía psíquica entendido como una totalidad que se moviliza tanto en los procesos físicos como en los procesos psíquicos, las percepciones instintivas y las imágenes arquetípicas tienen una interconexión. El reino psicoide es para Jung un puente entre los mundos físico y psicológico, una forma en la cual el inconsciente se hace presente en el mundo material.

Murray Stein plantea cómo la consciencia abarca los contenidos psíquicos tanto los pertenecientes al mundo externo como al mundo interno, es un estado de alerta que nos permite ser conscientes del mundo a la vez que conforma una imagen interna que se identifica con el cuerpo. Conforme el Yo se desarrolla evolutivamente va percibiendo la separación del objeto conformando una imagen interna que experimenta como una unidad que es manifestada como una somatización del cuerpo físico, el Yo representa el centro del Ego y se forma a partir de nuestro nacimiento cuando registramos, analizamos y valoramos todas las experiencias que acontecen en nuestra vida. La dualidad entre sujeto y objeto establece los primeros pasos hacia la conformación de la consciencia.

Se puede definir al Ego como la instancia psíquica que permite al ser humano sobrevivir. Buscando el placer y huyendo del displacer se logran dar los primeros pasos hacia la consciencia almacenando recuerdos positivos o negativos. Los vínculos de apego con los cuidadores primarios son definidos por las emociones surgidas durante los primeros momentos de interacción con el ambiente. Así, se van formando asociaciones con los objetos, estableciendo percepciones, ideas y sentimientos.

El Ego comprende los pensamientos, recuerdos y emociones de las que una persona está al tanto. Este sistema sería también responsable de los sentimientos de identidad y de continuidad. El Ego, desde el modelo teórico junguiano, no es sinónimo de codicia o narcisismo, sino más bien representa una dualidad en la que la voluntad y el libre albedrío también pueden manifestar comportamientos altruistas. No obstante, el Ego es una instancia psíquica que con el tiempo se puede volver paranoico, sospechando de todo y de todos, creando máscaras, complejos, ilusiones y mecanismos de defensa, por lo cual, de ser necesario, atacará primero antes que salir lastimado. Conforme el tiempo transcurre, el Ego vive reaccionando a peligros imaginarios, suposiciones subjetivas, necesidades insatisfechas. El Ego ciego lleva a la autodestrucción. El Ego consciente conlleva de mejor manera a una relación constructiva consigo mismo y con el mundo.

El Ego representa también un centro de energía que ordena, direcciona y moviliza los contenidos de la consciencia. Tiene la facultad de reprimir, proyectar, introyectar o identificarse con ciertos contenidos. Su capacidad para adaptarse, observar, analizar y crear una perspectiva se debe principalmente a la capacidad de dirigir el foco atencional a la voluntad. El Yo debe lidiar con todos los contenidos inconscientes que emerjan elaborando juicios sobre su valor y, a veces, tomando decisiones en cuanto a la eventualidad de actuar o no actuar sobre los mismos. El deber del Yo es elegir éticamente cómo gestionar los contenidos que emergen desde las profundidades del espacio interior.

El inconsciente personal; una de las observaciones más importantes de Jung fue que la psique está compuesta por muchas partes y centros de consciencia, la psique es relativamente un universo interno del cual el Yo es tan solo un habitante más. La primera suposición de la existencia de una conciencia se sustenta sobre todo en la cualidad de que ciertos contenidos de la psique pueden aparecer y desaparecer en determinados lapsos de tiempo.

El inconsciente es el resultado de la interacción entre el Ego y el ambiente. Dentro del inconsciente personal se forman los hábitos, costumbres y creencias que influencian las decisiones y actitudes de la personalidad. Es también un umbral no tan profundo donde se reprimen todos aquellos sucesos que pudieran perturbar al Yo, ocultando todo lo no reconocido entre la persona y el ambiente.

En los primeros años de vida el Yo se encuentra en un estado urobórico, se conforma como una unidad indiferenciada donde no es posible siquiera percibir una diferencia con la madre, sujeto y objeto forman parte de una totalidad. A medida que ocurre el desarrollo, esta totalidad comienza a diferenciarse y se separa en partes. Cuando nace el Yo una parte de esa totalidad se transforma en el inconsciente. El inconsciente se va agrupando alrededor de imagos, ideas, emociones internalizadas y experiencias traumáticas, formando así subpersonalidades llamadas complejos. La demostración del inconsciente desde la perspectiva analítica se debe en gran medida a la incapacidad del Yo por mantener su autonomía.

Las unidades funcionales del inconsciente personal son los complejos. Jung observó que primeramente se forma el complejo del Yo, luego existen una multitud de complejos personales menores, entre los cuales el complejo materno y paterno se presenta como los más importantes, finalmente se encuentran numerosas imágenes y constelaciones arquetípicas, muchas de las cuales pueden hallarse en oposición entre ellas dando lugar a conflictos intrapsíquicos o un tipo de personalidad neurótica.

Se podría definir el «inconsciente personal» como las aguas poco profundas que rodean las islas, donde el Yo suele nadar y donde es normal que los complejos salgan a flote de vez en cuando y vuelven a sumergirse bajo las aguas. En algunas ocasiones, la luna influencia las mareas y el Yo es arrastrado por estas corrientes, creando un estado momentáneo de ahogamiento; una vez que las mareas de las emociones se tranquilizan, el Yo vuelve a salir a flote recuperando el control.

Inconsciente colectivo; a esta parte más profunda del inconsciente se le podría definir como la profundidad del mar sobre el cual flotan los continentes, en las profundidades habitan espíritus, monstruos, sirenas y criaturas de la oscuridad, existen cientos de naufragios de grandes embarcaciones, fósiles, tesoros olvidados, ciudades devastadas, historias ocultas desde los inicios de los tiempos.

Una forma de diferenciar el inconsciente colectivo y personal sería entenderlos primeramente como los ríos (I. C.) que se conectan al mar, las corrientes de agua que bajan desde la montaña llevando consigo información personal de los pueblos (emociones, recuerdos, fantasías); estos ríos desembocan en el mar (I. C. C.), donde se fusionan con las mareas de los tiempos y pasan a ser parte de la profundidad del tiempo. En algunos casos excepcionales, algunas criaturas del mar llegan a subir por los ríos posesionando a las personas, creando toda clase de fenómenos psicológicos destructivos que irrumpen en la consciencia desde las vastas profundidades del inconsciente.

En el inconsciente colectivo se encuentra toda la información biológica de la experiencia personal de un individuo, desde el primer vertebrado hasta el último *Homo sapiens*. Esta gran biblioteca biológica almacena todos los caminos recorridos por los antepasados, esto pasajes ocultos permitieron aumentar las probabilidades de supervivencia de nuestra especie. En el inconsciente colectivo se encuentran patrones de comportamiento innatos, y actitudes funcionales que permitieron sobrevivir de mejor manera a todos los miembros de una especie; también es el lugar donde habitan los arquetipos. Jung en *La interpretación de la naturaleza y la psique* menciona lo siguiente:

> *En este lugar sólo quiero señalar que son los factores decisivos de la psique inconsciente, los arquetipos, los que constituyen la estructura de lo inconsciente colectivo. Lo inconsciente colectivo representa una "psique" idéntica a sí misma en todos los hombres. Los arquetipos son los factores formales que organizan los procesos psíquicos inconscientes; son patrones de conducta. Al mismo tiempo, poseen una "carga específica", es decir, desarrollan efectos numinosos que se manifiestan como afectos.* (Jung, 2003, p. 29)

Para Jung el inconsciente está estructurado en un lenguaje simbólico, los arquetipos organizan los procesos psíquicos. Dentro del estrato inconsciente existen contenidos que no pueden ser comprendidos conscientemente, pero que paradójicamente, a la vez, son una estructura que posibilita la actividad de la consciencia. Por ejemplo, entablar una conversación es un acto solo posible por la actividad del lenguaje; un tipo de comunicación que está fundamentada en una serie de imágenes que conforman un vocabulario; a la vez, esta serie de imágenes en forma de letras se moldearon mediante un «relleno» de energía anímica, motivo por el cual una misma frase o palabra, dicha con un tono de voz, una pausa, o leve intención, puede provocar un efecto totalmente distinto, dependiendo el contexto, aunque en teoría se trate de la misma palabra siempre existe un variado número de interpretaciones.

Así también sucede con los chistes, los cuales pueden producir un gran efecto en un grupo de personas y, por el contrario, a otras personas simplemente no les generan la misma reacción, y esto se deberá en gran medida a factores inconscientes que escapan a la luz de la consciencia. El psicoanálisis lacaniano describe que el inconsciente está estructurado como un lenguaje que crea un lazo social con el mundo exterior.

Lacan muestra la diferencia con la comunicación de las abejas que con una danza perfecta les comunica a sus compañeras dónde se encuentra el objetivo, sin equívoco ni malentendido. Sin embargo, con el lenguaje humano no sucede lo mismo. Toda palabra tiene siempre un más allá, que sostiene varias funciones y envuelve varios sentidos. Lacan postula que solo podemos saber el significado de nuestro mensaje retroactivamente cuando el otro escucha, puntúa y da sentido al mensaje. Jung a través de sus estudios sobre la asociación de palabras demostró que el lenguaje está vinculado estrechamente con la constelación de un complejo de tal forma que el lenguaje aparece en la consciencia, pero sus raíces siempre penetran en lo más profundo de la psique.

Persona: el complejo de adaptación social es la persona o máscara, es una instancia psíquica que media entre el Yo y el mundo social. Es una interfase que permite interactuar con el mundo exterior y está constituida por todas las características que se valoran socialmente. La persona representa la «máscara», la cual debe utilizar el individuo en su adaptación a la vida social cotidiana. Jung eligió este nombre refiriéndose al término en latín que significaba la máscara que usaban los actores del teatro antiguo. La sociedad exige que todo sujeto represente un rol, a manera de máscara en un teatro, como si el sujeto nunca pudiera mostrarse a los demás con la totalidad de su personalidad.

La máscara es la imagen que se crea para mostrarse ante el mundo como listos, valientes, elegantes, intelectuales, compasivos, sanos, espirituales, etc.; pero también, como víctimas de las circunstancias protegiéndonos ante el rechazo, la humillación, abandono, traición e injusticia. Por lo general, la máscara son aquellas actitudes adquiridas por influencia de un contexto sociocultural, o también pueden llegar a ser influenciadas por actitudes que buscan distanciarnos de las heridas del alma; las actitudes bromistas, abusivas y sobredimensionadas muchas veces actúan como mecanismos de defensa. De igual modo, todo lo que no es funcional a la máscara es reprimido hacia la sombra. Jung en su obra *Dos escritos sobre psicología analítica* define lo siguiente:

> La personalidad consciente es un recorte más o menos arbitrario de la psique colectiva y está compuesta por una suma de hechos psíquicos que dan la sensación de ser personales. Una consciencia exclusivamente personal insiste con una cierta inquietud en sus derechos como propietaria y autora de sus contenidos e intenta crear con ello una totalidad. Sin embargo, todos aquellos contenidos que se niegan a encajar en dicha totalidad son o bien pasados por alto y olvidados, o bien reprimidos y negados. La palabra persona es de echo la expresión acertada en este caso, pues originalmente la persona era la máscara de que se servían los actores para cubrir sus rostros y por la que podía reconocerse el papel que debían desempeñar en escena. (Jung, 2007, p. 178)

Jung afirmaba que los individuos requieren de ciertas actitudes para encajar en determinados ambientes; así entonces, la máscara cumple la función de protección del Ego, pero también es un medio para imponer la «autoimagen» ante el mundo. Las redes sociales, los avatares, filtros, cirugías plásticas, son intentos de integración de lo individual con lo colectivo, por medio de una imagen cuyo simbolismo no logra conectar con su verdadera intencionalidad. El verdadero Yo está más allá de lo que «creemos ser». En su aspecto más negativo, la máscara muchas veces puede transformar al individuo en un personaje que no concibe su individualidad por fuera de la identidad que le confiere un determinado rol social. La persona está formada por tres elementos:

1. Aquello que le es innato: sus dones y talentos, sus genes.

2. Aquello heredado del contexto sociocultural, todas las expectativas sociales.

3. Lo que cada uno desea ser, y lo que quiere mostrar a los demás.

La «máscara» en muchas ocasiones también sería un mecanismo inconsciente que intenta alcanzar la totalidad mediante una actitud adoptada del contexto sociocultural; sin embargo, esta actitud por sí sola no es suficiente para lograr un proceso tan profundo. Por lo cual, adoptar un cierto rol puede llevar a una inflación del Ego. Una persona que se ha sobreidentificado con una determinada actitud o creencia solo logra alejarse más de la posibilidad de contactar con su verdadera esencia. Por paradójico que parezca, mientras más identificación haya con la luz más sombra se produce. Por el contrario, cuando el individuo acepta su verdadera naturaleza, es cuando más posibilidad existe de transformarse:

> *Al analizar a la persona, disolvemos la máscara y descubrimos lo que aparentaba ser individual es en el fondo colectivo, que la persona, es en otras palabras, únicamente la máscara de la psique colectiva. Cada uno de nosotros adopta un nombre, adquiere un título, ejerce una función, y es esto y aquello. La persona es una mera apariencia, lo que, hablando en broma, cabría bautizar como una realidad bidimensional.* (Jung, 1928, p. 179)

Muchas veces, la sociedad limita las capacidades de expresión y no se logra la conexión con el *Self*, por miedo, inseguridad, dependencia, costumbre o comodidad. La máscara, dice Jung, debe estar en un proceso continuo de transformación, pues es una manifestación de la psique colectiva, un mediador entre el mundo exterior y el individuo. No obstante, las vivencias personales pueden, muchas veces, generar tal rigidez, que es imposible apartarse de determinado rol social evitando que el *Self* pueda emerger.

Cuando el individuo se aparta de su verdadero ser, suele caer en un sesgo que imposibilita ver con claridad la realidad; así, se sale del presente, se abandona la esencia, se queda fijado en neurosis. Entonces, la máscara lucha por mantener, a toda costa, una «imagen» sin importar las consecuencias; encubre la hipocresía, la mentira, la banalidad, la maldad, distorsiona la realidad a conveniencia. Al final, al no enfrentar con coraje estas presiones, al no contactar con la verdadera esencia, la persona se ve imposibilitada para tener un desarrollo evolutivo.

Hay un arquetipo relacionado con la persona: el de la muerte y resurrección, el destierro o el triunfo. El propio Jung pagó este precio al decidir que su persona fuera auténtica, cuando la sociedad psicoanalítica de Viena lo desterró. Jung decidió enfrentarse con valentía a la soledad y a la burla, siendo fiel a su verdadero ser; escuchó su corazón y eligió un camino, aun sin saber si lo conduciría al éxito o al fracaso. Esto lleva a cuestionarnos: ¿cuántas máscaras llevamos? ¿Qué tanto escuchamos a nuestro *Self*? ¿Qué se está dispuesto a sacrificar para ser felices siendo nosotros mismos? ¿Se tiene la flexibilidad necesaria para descubrir al verdadero Yo? La última pregunta y la más importante en la vida: ¿quiénes somos realmente?

Para Jung la histeria consiste en una disociación sistemática, causada por la falta de conocimiento de la persona respecto a su sombra, solo conocemos nuestro lado bueno y no es posible seguir negando lo malo. Un individuo puede llegar a asumir su rol de «superhombre» y debido a esta falta de conocimiento del otro lado surge una gran inseguridad interna que conlleva a la represión de un gran complejo de inferioridad, cuyo origen es la evitación de algún punto que no se desea admitir.

De igual modo cuando se logra adoptar el rol social de la época y se logra ser «exitoso», con el tiempo la neurosis surge como un impulso desde lo más profundo que busca llenar el vacío de la banalidad, por lo tanto, el alma se expresa a través del síntoma llamado ansiedad, agresividad, adicciones, obsesiones, etc. Por su parte, la psicosis se entiende como una desconexión de la realidad de la consciencia donde el sujeto queda absorto en el mundo arcaico del alma poseído por sombras y fantasmas.

Sombra: la sombra corresponde a aquella parte inferior de la personalidad oculta del campo visible de la consciencia. Son aquellos rasgos o cualidades que no se logran ver y se manifiestan en forma de proyección sobre otros. La sombra es diferente del Ego, con el que sí se puede negociar y entrenar hasta convertirlo en un honorable guerrero. Con la sombra no existe tal diálogo, es un combate frontal sin tregua. El reino de la sombra es el reino de los monstruos mitológicos anteriores a la creación.

Sin embargo, antes de la llegada de luz, la sombra rescató el alma de las tinieblas y la resguardó hasta que el sol volviera a brillar; no obstante, al amanecer, con la llegada de la civilización, todos los humanos se convierten en seres de luz, víctimas de la indiferencia de sus semejantes, negando aquella parte sombría que les permitió sobrevivir. A partir de ese momento, ahí afuera surgió el mal; en los culpables, en el diablo, en la mujer, en los pecados, en las tentaciones, nunca en el ser humano. Pero como se sabe, cada mañana al leer los periódicos, «la sombra» sigue ahí en el pantano, reclamando su lugar en la creación. La sombra propia escapa de la comprensión, pues proviene de un reino anterior a la consciencia, donde la oscuridad de la noche aún sigue cubriendo bajo su manto aquella parte negada, que espera, pacientemente sentada bajo la cruz, ser reconocida al amanecer.

La sombra sucede como efecto reflector de la luz entre un individuo y una fuente de luz (sol). La sombra se crea porque hay una fuente de luz y una persona que tapa los rayos de luz creando una forma de sombra concreta. La sombra varía según la posición, según la persona y la cercanía de la fuente de luz; de tal modo que la sombra es la consecuencia de la creación de la consciencia. La consciencia, al situarse en la parte superficial de la personalidad, funge como un representante de la civilización y crea un efecto a través de la religión, las leyes y las normas, donde se niega aquella parte salvaje e inconsciente que aún existe en la humanidad. Por lo tanto, la sombra adquiere un poder mayor y, por el contrario, cuando se logra cambiar la posición del sol hacia un centro (corazón), el efecto de la sombra es menor.

Este proceso de integración luz-sombra se da a través de la introyección de todos aquellos conceptos espirituales. Cuando se hace lo correcto, no por salvación o castigo divino, sino porque se comprenden, profundamente, los principios y valores que conlleva a ser mejores personas; entonces, a partir de ese momento, la consciencia solar brilla desde el centro del corazón. Este es el proceso que permite unir mente y alma mediante una actitud simbólica. El símbolo de la cruz refleja el origen de la consciencia solar a través del tiempo-espacio, sin dejar de considerar la naturaleza inconsciente que aún mora bajo las sombras de la creación.

La evolución humana no hubiera sido posible sin un pasado prehumano y animal. Cuando las preocupaciones se limitaban a sobrevivir y a la reproducción no se tenía consciencia de la propia existencia; por lo cual, la mente estaba regida por ese «lado oscuro» del sí mismo. Ahora, la parte negativa del ser humano es personificada como diabólica; pero aún se encuentra en el espacio psíquico como un mecanismo de supervivencia. La cualidad de la sombra es amoral (ni buena ni mala), como en los animales.

Un animal es capaz de cuidar amorosamente de su descendencia, al tiempo que puede ser un asesino implacable para obtener comida. Pero él no escoge ninguno de ellos, simplemente, hace lo que le permite sobrevivir. Desde la perspectiva humana, el mundo animal parece brutal, inhumano; sin embargo, la tendencia autodestructiva del ser humano no se puede encontrar en ninguno de los instintos salvajes; por lo que, aun siendo los seres más evolucionados del planeta, se puede llegar a ser «peores» o «mejores» que los animales. Los símbolos de la sombra incluyen la serpiente, el dragón, los monstruos y demonios. El arquetipo de sombra no habita únicamente en cada persona, en ocasiones, también está presente en «grupos de personas», en sectas, en algunos tipos de religiones o incluso en partidos políticos.

La sombra colectiva se expresa en determinadas situaciones como una expresión de las fuerzas que operan bajo el umbral de la consciencia y se manifiestan en determinadas circunstancias arrastrando a las masas hacia la irracionalidad más cruel. El nazismo fue uno de los ejemplos más terroríficos que marcaron la historia de la humanidad, pero en el día a día podemos ver sus efectos en los partidos deportivos, crisis humanitarias, linchamientos sociales y, por supuesto, en los grandes conflictos globales. La sombra se alimenta de la negación y la represión para proyectar en el exterior los propios conflictos internos.

La sombra es más destructiva, insidiosa y peligrosa cuando más la «reprimimos». Jacobo Grinberg en su libro *Fluir sin el yo* refiere lo siguiente: *La masca es lo aceptado y la sombra lo rechazado. Cuando la sombra se activa, el sujeto acusa al exterior o a otros sujetos por su aparición. En el caso más grave la sombra se manifiesta como alucinaciones o delirios de persecución. El sujeto incapaz de aceptar como parte de su identidad real a los aspectos "negativos" los proyecta a los otros", salvaguardando así su identidad con los aspectos positivos. Cuando la tensión entre personalidad y la sombra se hace insuperable, sobreviene una crisis de identidad, la que, o bien, se somatiza provocando una enfermedad y en su extremo la muerte, o bien activa un proceso de incorporación de la sombra a la máscara.*

La sombra también se manifiesta como un complejo, cuando una persona proyecta la imagen de sí mismo en ese preciso momento se conforma también la imagen de todo aquello que no es. La sombra representa la parte inferior de la personalidad donde están contenidos los rasgos ocultos y reprimidos, es el lado opuesto a todo lo que creemos ser y no somos capaces de reconocer, la expresión de sombra es también una referencia de todo aquello que permanece oculto a la consciencia.

Self: se puede definir el *Self* como la luz de la consciencia que emerge hacia la parte superficial de la personalidad a través del proceso de individuación.

El opuesto, contrario a lo inconsciente, es la posibilidad de integración de los contenidos psíquicos. El *Self* sería la esencia real que hay en cada individuo tras la máscara, se le podría considerar como el impulso espiritual que desafía los instintos más salvajes. Es muy probable que el *Self* sea responsable de la creación cultural, como un regulador de la energía libidinal.

El *Self* fue definido por Jung como el potencial que tiene cada individuo para contactar con la divinidad interior, es aquella instancia psíquica que, una vez lograda la integración con la persona y la sombra, se convierte en el Sí-mismo, su tendencia es hacia una autorregulación.

El Sí-mismo genera una imagen interna que permite manifestar un sentido de plenitud y armonía. Todo individuo tiene en su interior la capacidad de autorrealización; en las profundidades de cada ser existe la virtud como un potencial para el bien, la compasión, la compresión y el amor. El Sí-mismo es la imagen arquetípica que conduce a la unión, el *Self* es el núcleo que debe ser activado para lograr la manifestación de este arquetipo de totalidad.

En este sentido, el símbolo de la cruz representa la transición de la dualidad hacia la unificación mediante una ecuación alquímica; donde solo descendiendo a la parte inferior de la personalidad, reconociendo y elevando la sombra hacia la consciencia solar es que se puede repolarizar los opuestos, transmutando los defectos en virtudes. Cristo es la manifestación de una conciencia moral sin la cual la humanidad está condenada, una y otra vez, a la autodestrucción por las acciones de su propia ignorancia. Por lo tanto, el símbolo de la cruz es un punto de resolución de los opuestos en conflicto. Jung en su obra *Aion: Contribución a los simbolismos del sí-mismo* refiere:

> *Ahora bien; si la teología caracteriza a Cristo como simple y puramente espiritual y bueno, debe surgir del otro lado algo "ctonico" o "puramente natural" y "malo", que represente precisamente al Anticristo. De ahí surge un cuaternario de opuestos, el cual, en el plano psicológico, se unifica por el hecho de que el si-mismo no se da como puramente "bueno" y "espiritual"; en consecuencia, su sombra resulta mucho menos negra. Este cuaternario caracteriza la si-mismo psicológico, pues, como totalidad, debe incluir por definición aspectos claros y oscuros, así como el si-mismo comprende también la masculino y lo femenino, simbolizando entonces como el cuaternario matrimonial.* (Jung, 1986, p. 74).

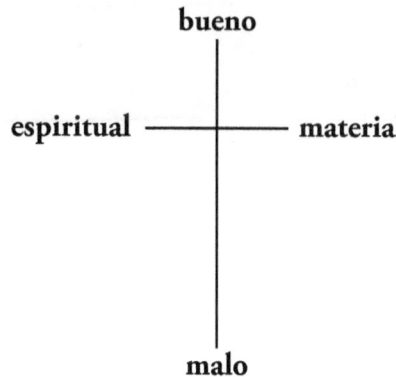

El Sí-mismo unifica los mundos inconscientes y conscientes hacia un estado de conciencia superior representado a lo largo de la historia como sucedió con Jesús, Buda, Mahoma, Quetzalcóatl, etc. Aunque también sucede con objetos de carácter divino como el Santo Grial, o con sitios mitológicos, como el Jardín de Edén, Valhalla, la Atlántida, etc. La meta de la vida es lograr que cada aspecto de la personalidad se exprese de forma equitativa. Por tanto, no se es ni masculino ni femenino, ni divino ni salvaje; se es ambos. Lo mismo para el Yo y la sombra, para el bien y el mal, para lo consciente y lo inconsciente y, también, para lo individual y lo colectivo.

Ánima-*ánimus*: el Yo y la «máscara» se necesitan para sobrevivir e interactuar con el mundo exterior. El *Self* y la sombra para crecer; de igual modo, ánima-*ánimus* son un medio para acceder al inconsciente y alcanzar la totalidad. Independientemente del género, lo masculino se volverá lo intelectual, lógico, formal; mientras que lo femenino será lo intuitivo, sensitivo, creativo. De este modo, sol y luna se complementan para orientar la estrella de la individuación personal. Así, el *ánimus* es el inconsciente masculino en la mujer, el ánima el inconsciente femenino en el hombre; el orden simbólico determina la concepción propia del mundo, ambas instancias permiten entrar en contacto con el inconsciente.

Cuando se empieza la vida como fetos, se poseen órganos sexuales indiferenciados y es solo, gradualmente, bajo la influencia hormonal, cuando el ser humano se vuelve macho y hembra. De la misma manera, cuando se empieza la vida social como infantes, no se es masculino o femenino en el sentido social. Casi de inmediato, el individuo se desarrolla bajo la influencia social, la cual gradualmente hace que se convierta en hombre y mujer. Esto, debido a la influencia cultural; no obstante, la fuerza, la sensibilidad, y demás rasgos característicos de cada género son aspectos que todo ser debiera poseer dentro de su psiquismo.

La imagen inconsciente siempre está representada por el sexo opuesto al individuo. La imagen anímica del hombre es femenina mientras que la imagen anímica de la mujer es masculina. Dichas imágenes de carácter colectivo se presentan en sueños, mitos y fantasías, y se proyectan en individuos del sexo opuesto. Estas imágenes anímicas sirven como una guía para el alma y es a través de ellas que el individuo se comunica con el inconsciente colectivo. Su acción en la consciencia se proyecta en la vida amorosa, como sugiere un mito griego, se está siempre buscando la otra mitad; esa otra mitad que los dioses le quitaron a los humanos, en los miembros del género opuesto. Cuando el ser humano se enamora, a primera vista, es porque se ha topado con algo que ha llenado el arquetipo ánima o *ánimus* particularmente bien.

En todas las culturas, las expectativas que recaen sobre los hombres y las mujeres difieren. Y, la denominada «guerra de sexos» ha confrontado a hombres y mujeres en una lucha competitiva por ver quién es el «mejor». No obstante, los opuestos son aspectos que se complementan. El ánima es el aspecto femenino presente en el inconsciente colectivo de los hombres, y el *ánimus* es el aspecto masculino presente en el inconsciente colectivo de la mujer, juntos permiten crear una conexión entre mente y alma.

Esta formulación de Jung se ve aclarada por otra, muy posterior, en la que plantea que el ánima es el eros, la tendencia a la conexión, a la vinculación y la cercanía. Hay un párrafo en el libro «AION», donde Jung refiere lo siguiente: «Del mismo modo que el ánima se convierte mediante la integración en un eros de la consciencia, así el ánimus lo hace en un logos y, como aquélla presta a la consciencia masculina relación y referencia, ésta presta a la consciencia femenina pensatividad, reflexión y conocimiento"[…] "Sus personificaciones representan una función de mediación entre la consciencia y lo inconsciente". Con esta insistencia en hablar de "consciencia masculina" y "consciencia femenina"». Podemos deducir que encontramos al ánima como un complejo particular que puede llevarnos a las reacciones emocionales y sentimentales de carácter irracional, el complejo materno está íntimamente relacionado con esta función porque el ánima es también un arquetipo disponible para toda la humanidad sin distinción de géneros. Entonces ánima es eros, vinculación, cercanía e integración, un estado que en su polo negativo nos puede poner en contacto con un arcaico estado de indiferenciación, un camino regresivo que puede destruirnos o no, todo depende de la manera como integremos este arquetipo. De igual modo el *ánimus* se puede asociar con el complejo paterno, el logos que en su faceta más negativa puede llevarnos a una ceguera, parálisis y desconexión de la realidad interna.

Se interpreta, en consecuencia, que el ánima-*ánimus* también definen la imagen interna del padre y la madre. En la fase adulta, al proyectar un hombre su ánima, tendrá una tendencia a enamorarse de personas parecidas a la madre, y el proceso contrario sucederá con las mujeres. Si, posteriormente, los complejos del ánima y del *ánimus* se logran enfrentar evitando identificar al Yo con ellos, e integrando en la conciencia sus rasgos, el inconsciente revela el «Sí-mismo», representado en una personalidad superior que adopta en el caso del hombre rasgos de maestros, hombres heroicos, médicos y sacerdotes; al tratarse de la mujer, muestra los rasgos de figuras maternas, vírgenes, doncellas, ancianas sabias.

El ánima es tanto un complejo personal como una imagen arquetípica no solo de madre, sino de hija, hermana, amada, sacerdotisa, bruja. El ánima no es el alma en el sentido dogmático, sino un arquetipo que sintetiza todas las representaciones de la historia del lenguaje y la religión. El *ánimus* es el aspecto masculino interno de la mujer y es también una síntesis de todas las experiencias ancestrales de hombre que tiene la mujer, es de igual forma un complejo personal y una imagen arquetípica de creador y procreador, es un mediador entre lo consciente e inconsciente.

El ánima de un hombre funciona como su alma, el *ánimus* de la mujer se muestra como la voz de su mente inconsciente. Cuando la mujer es poseída negativamente por su *ánimus* domina su logos y puede quedar anclada en ideas fijas, opiniones colectivas, creencias. En su aspecto positivo expresa ideas filosóficas y actitudes espirituales. Cuando un hombre es poseído por su ánima puede ser presa de la irracionalidad de las proyecciones emocionales, en su aspecto positivo expresa un contacto equilibrado con su sensibilidad anímica.

En la técnica de imaginación activa el ánima proyecta las imágenes hacia la consciencia y el *ánimus* aporta claridad para integrar su significado. El deseo del ánima es unir y reconciliar mientras que el *ánimus* procura discernir y discriminar, los alquimistas a través de su gran obra contemplaron en el ánima-*ánimus* la puerta y la llave hacia la trascendencia.

Definición y complejidades en torno a la libido

En el psicoanálisis freudiano clásico el término «libido» se utiliza generalmente para hacer referencia a un afecto (o emoción) vinculado a una pulsión concreta, que puede asociarse al Ello o al Yo. Para Freud la libido se encuentra contenida en el Ello, una de las tres estructuras de la mente descritas por este autor. Mientras que el Ello representa la parte más básica y primitiva de nuestro ser, el Yo y el Superyó surgen a lo largo del desarrollo para satisfacer las demandas del organismo y del entorno y para proveernos de una conciencia moral.

Según la teoría de Freud, la libido se expresa de formas distintas en función del estadio del desarrollo en el que se encuentre el individuo en un momento determinado, las fases evolutivas serían comunes a todos los seres humanos; cada una de ellas se relaciona con una zona erógena concreta en la que se focalizaría la libido. Freud describió 5 etapas del desarrollo psicosexual para definir los rasgos de la personalidad, por su parte Jung propuso que las 5 etapas del desarrollo psicosexual tenían una representación simbólica; la etapa oral simboliza nutrición y apego, la etapa anal representa el poder y los límites, la etapa fálica caracterizada por el complejo de Edipo sería analógica al símbolo de ser tragado por lo urobórico para renacer con una identidad propia; el periodo de latencia expresa la sublimación de la libido y finalmente la etapa genital representa la definición del género sexual.

Para C. G. Jung la libido tiene un carácter mucho más amplio el cual puede transformarse mediante el símbolo para dar forma a los contenidos culturales. Esta energía tiene un carácter creativo y espiritual el cual queda manifestado en la actividad religiosa del individuo y en las personificaciones de los instintos. Para Jung era evidente que no todas las expresiones psíquicas obedecían a un propósito sexual, aun cuando en la historia de la especie humana existió un momento en la escala evolutiva donde solo se vivió con el propósito de aparearse y sobrevivir. Desde un punto evolucionista estos impulsos básicos de supervivencia se transformaron posteriormente en actos no sexuales como la música, el arte, los mitos y demás actividades cruciales para el progreso de la civilización.

La energía psíquica de un impulso por satisfacer un deseo se convirtió también en expresiones culturales gracias a la capacidad de la mente humana para crear analogías, así la libido se transformó en voluntad y encontró en el símbolo como el del sacrificio aspectos necesarios para dar forma a la actividad religiosa expresada en los grandes símbolos de transformación.

Desde el enfoque junguiano la transformación de la personalidad solo es posible cuando se logra movilizar una determinada cantidad de energía vital. El crecimiento psíquico, por ende, representa un movimiento dinámico entre opuestos en conflicto, y gracias a esto, es que surge la posibilidad de transmutar la personalidad. Todos los seres que habitan en este mundo son producto de una energía inicial de carácter sexual, un movimiento reproductivo entre opuestos que permite la continuidad de cualquier especie en el tiempo, además este mismo impulso vital es el responsable de la actividad creadora del hombre.

Se considera que la libido es una fuerza primaria que engendra la posibilidad de existir en este mundo y sin la cual nada podría existir. Es por ello que en el psicoanálisis tradicional se considera que todo, absolutamente todo, está impregnado por esta fuente de energía; incluso, la imaginación, los pensamientos y sentimientos son formas de energía surgidas de este primer impulso sexual. Por lo tanto, la libido es la energía detrás de cada acto de creación y finalmente en su estado más elevado esta misma energía se sublima para dar forma a la cultura.

El concepto de libido fue propuesto por Sigmund Freud, como la energía sexual expresada en términos pulsionales. Todo ser humano tiende a buscar objetos de satisfacción, con los cuales poder satisfacer los impulsos primarios con el tiempo y, ya como adultos, se van remplazando los objetos de satisfacción hasta que, finalmente, el individuo se vuelve compulsivo, adicto al cigarro, al trabajo, al reconocimiento social, etc. No obstante, al decir de Jung, toda la dinámica que motiva a tener una cierta actitud hacia la vida está direccionada siempre por el posicionamiento de la libido.

La energía psíquica surge como inquietud en lo profundo del ser que motiva a realizar una actividad; dicha energía inicia en la infancia, como un instinto de placer y, más tarde, como un fuerte impulso de exploración, el cual se sublima conforme se va llegando a la adultez mayor. Los pensamientos, sentimientos, impulsos y sexualidad son formas en las que la energía se va manifestando y tomando distintas formas como el arte, la música, la poesía, etc. Toda la cultura es una forma de energía libidinal sublimada. En tal sentido, se cita en la obra *Símbolos de transformación*:

> *Toda fuerza y en general todo fenómeno es cierta forma de energía. La forma es imagen y modo de manifestación. Expresa dos clases de cosas: en primer lugar, la energía que en ella adquiere forma, y en segundo lugar el medio en que aparece la energía. Puede afirmarse, por un parte que la energía crea su propia imagen, y, por otra, que el carácter del medio obliga a la energía a adoptar una forma determinada.* (Jung, 1963, p. 109)

Para poder explicar la terminología de la energía libidinal, se debe comprender la ingeniería a la inversa de todas las conductas. El comportamiento observable está configurado por una secuencia mental previa, que permite planificar una serie de actividades, enfocando y dirigiendo la energía en forma ordenada. Gracias a ello, un individuo puede caminar, dirigirse al lugar de trabajo y realizar toda una serie de actividades; pero ¿qué sucede previo a esto?, ¿por qué hay personas que tienen la inquietud de aprender a tocar un instrumento musical o levantarse muy temprano para hacer ejercicio, aprender un idioma nuevo, o cualquier otra actividad que requiera de voluntad propia?, ¿qué es lo que hace que una persona se sienta motivada y otras, simplemente no encuentren la fuerza para realizar alguna actividad?

Para entender la libido también se puede ejemplificar como la fuente de poder de un computador, esta fuente de energía hace posible escribir un texto dentro de un sistema operativo, ejecutando un programa determinado; pero, si por algún motivo, se dañara la fuente de poder, no sería posible si quiera encender el computador, por lo tanto, lo que permite dar movimiento a todos estos códigos numéricos y simbolismos electrónicos que conforman el sistema operativo es la energía. Gracias a ello, se puede realizar toda una serie de funciones; desde escribir una carta, navegar en internet, o llevar el hombre al espacio. La libido comparte cualidades con el sol, el fuego y la energía eléctrica, simbólicamente representa el aliento divino que hace latir el corazón y la chispa de conocimiento que permitió la evolución de nuestra civilización. Al decir de Jung escribe lo siguiente en *Símbolos de transformación*:

> *La comparación de la libido con el sol y el fuego es esencialmente "analógica". En ella hay también un elemento "causativo", puesto que el sol y el fuego, como potencias bienhechoras son objeto del amor humano.* (Jung, 1963, p. 117)

Consecuentemente, la energía libidinal es de vital importancia para el correcto funcionamiento del psiquismo. El trastorno depresivo se puede definir como una reserva de energía; tan baja que algunos sujetos refieren que no es posible siquiera levantarse de la cama. El simple hecho de tener actividad mental resulta agobiante, en este estadio mental se encuentran prácticamente sin energías para pensar, actuar, o cambiar su situación. Por el contrario, Los sujetos con hiperactividad suelen tener tanta energía que es difícil concretar una actividad o mantener una secuencia ordenada en el tiempo. La energía libidinal no se refiere únicamente a la energía psíquica que dispone la consciencia de forma voluntaria, sino que es una energía propia del arquetipo; por lo tanto, su campo de acción va más allá de la consciencia y no se halla siempre a disposición del Ego.

La fuerza de los opuestos

La comprensión de la teoría de opuestos es un concepto central de la teoría junguiana, para comprender cómo la dinámica del psiquismo humano está regida por opuestos complementarios presentes en el universo. El surgimiento de la consciencia solo puede ser explicado por un movimiento de energía psíquica surgida por la interacción entre opuestos. Todo aparato electrónico necesita de un polo positivo y negativo para la transmisión de energía eléctrica, de igual modo, la psique necesita de la tensión entre opuestos para producir un continuo movimiento dinámico. Cada pensamiento, emoción y complejo representa un *quantum* de energía.

El universo desde el modelo físico es explicado como la interacción entre opuestos como materia/antimateria, positivo/negativo, todo/nada, etc. Desde la neurociencia se contempla que las neuronas operan también por un principio de opuestos(presináptica/postsináptica) para crear un potencial de acción. De tal forma que la ordenación del universo y la propia consciencia surge gracias a este principio universal.

Siguiendo esta secuencia de ordenación cósmica, es muy probable que la consciencia surgiera como un movimiento de exhalación e inhalación o, como diría Jung, un movimiento de progresión y regresión libidinal. Intentar definir un Big Bang de la consciencia es algo difícilmente posible, existen diversas teorías que intentan explicar cómo es que surge la conciencia. Primeramente, desde el punto anatómico se cree que la consciencia fue el resultado de un largo proceso evolutivo. Los antepasados percibieron el mundo en sus orígenes desde un modo primitivo; es decir, a través del cerebro reptil. Posteriormente, dada las condiciones de las crías de la especie humana, fue necesario desarrollar un cerebro de tipo mamífero, denominado «sistema límbico», y finalmente, las nuevas conexiones sinápticas dieron forma al neocórtex.

La corteza prefrontal permitió procesar las funciones ejecutivas; la atención, autocontrol, flexibilidad, memoria de trabajo. Estas nuevas funciones cognitivas demandaban una gran cantidad de energía, por lo cual el ser humano fue modificando su *modus vivendi* utilizando estas capacidades para elaborar estrategias de supervivencia basadas en su creatividad e ingenio.

El desarrollo de herramientas de caza hizo posible que la especie humana pudiera competir con animales más fuertes y ágiles, conforme el ser humano evolucionó fue utilizando cada vez más su inteligencia; la colaboración entre miembros de una misma especie permitió pasar de cazadores-recolectores a agricultores-ganaderos. Los individuos que utilizaron el lenguaje para cooperar entre sí tuvieron más probabilidades de sobrevivir. Así la consciencia surge como una dualidad entre la parte salvaje e instintiva del ser humano y la cultura que ayudó a entender y aprovechar mejor la naturaleza.

Dentro de esta línea evolutiva la religión cumplió con una gran función social para lograr la integración entre los distintos individuos que conforman una comunidad. Los símbolos aportaron una vía hacia la sublimación de las pulsiones biológicas ayudando a regular la tensión entre naturaleza y cultura. Dentro de la obra *Dinámica de los opuestos* Jung plantea cómo los opuestos están unidos por hilos invisibles, la psique se mueve por un principio complementario que busca autorregularse. Cuando la psique percibe un desequilibrio busca la manera de regular la energía psíquica producida por la tensión entre opuesto, su tendencia es lograr la unilateralidad a todas las polaridades que generan tensión. Jung definió dentro de su modelo teórico que el psiquismo está regido por esta dinámica, así como se manifiesta la realidad externa, así también se manifiesta internamente:

- Luz-oscuridad
- Noche-día
- Pulsión de vida-pulsión de muerte
- Inconsciente-consciente
- Evolución-extinción
- Individual-colectivo
- Naturaleza-cultura
- Real-imaginario
- Placer-dolor
- Egoísmo-altruismo
- Instinto-espíritu
- Cristo-diablo
- Dios-hombre
- Ánima-*ánimus*
- Introversión-extroversión
- Pensamiento-sentimiento
- Intuición-sensación

Jung propone que los opuestos son responsables del desarrollo de la consciencia. Tal parece que la oscuridad y la luz se conjugan para producir un movimiento continuo de energía, los opuestos se complementan; juntos mañana y noche conforman el transcurrir de los días, y así cada opuesto se complementa para crear un movimiento de continuidad.

Sigmund Freud planteó dentro de su teoría las pulsiones (vida, muerte) como las piezas fundamentales de la vida psíquica. La pulsión es en último término el origen de toda actividad mental, siendo representante psíquico de los estímulos somáticos del cuerpo, y consta de fuente (órgano de donde nace la pulsión), fuerza (grado de empuje a la acción), meta (satisfacción de la excitación) y objeto (lo que la satisface). La represión por medio de la censura hace que finalmente los contenidos psíquicos reprimidos al inconsciente retornen a la consciencia en forma de intuiciones, sueños, símbolos, actos fallidos, somatizaciones.

La libido se expresa bajo esta dualidad; pulsiones de vida y muerte que son opuestos complementarios: Eros es vida y vitalidad, dinamismo, sexualidad y búsqueda de placer y supervivencia mientras que Tánatos representa el deseo inconsciente de muerte, de vuelta a lo inorgánico, de regresión, reposo y disolución. Eros es unión y Tánatos disgregación. Sin embargo, ambas pulsiones aparecen conjuntamente e incluso se fusionan en parte, conduciéndonos a distintos tipos de conducta. De hecho, no existe acción humana en la que no existan ambos componentes. Por lo que podemos decir que no hay muerte sin vida ni vida sin muerte, sin este par de opuestos la tierra sería un lugar vacío carente de movilidad sin ningún tipo de manifestación de vida.

El dolor es el motor para buscar la sanación, tal como el error es el camino para encontrar el acierto. Se puede comprender en una analogía que una planta solo puede germinar cuando su semilla se rompe en la oscuridad, sus raíces surgen desde la profundidad hasta la luz del sol y una vez ahí, la conjugación de luz, oscuridad, agua y tierra le permiten florecer. Finalmente, cuando el ciclo de vida llega a su final se marchita y sus nutrientes vuelven a la tierra para permitir el nuevo crecimiento de una nueva planta y así perpetuar el ciclo de su especie. Así todos los seres tenemos un destino de vida y un propósito único que inicia con nuestro nacimiento y culmina con nuestra muerte.

La sublimación de Eros y Tánatos es rastreada por todas las expresiones culturales humanas en forma de arte, poesía, música, cine; prácticamente, en toda creación cultural se puede rastrear el pincel característico de Eros y Tánatos. Jung, además, conceptualiza la energía libidinal como una fuerza creativa y espiritual. Prácticamente, toda la civilización humana ha sido formada por la sublimación de la energía libidinal; por lo cual, a ello se debe el gran avance cultural, entendiéndose, en consecuencia, que la libido es una fuerza que se transforma a través del símbolo y está interconectada con los principios de sincronicidad que operan tanto en la realidad interna como externa.

El código binario de la energía libidinal es Eros y Tánatos. La pulsión de vida se manifiesta como el sol; movimiento, creación y expansión en todos los aspectos de la vida. Cuando la pulsión de vida se manifiesta, todo se pone en movimiento; mientras que, por el contrario, la pulsión de muerte es representada por la luna como una fuerza magnética que atrae de nuevo al reposo, es la noche y el sueño como una entrada al mundo onírico que pone en marcha otro tipo de vivencia.

La pulsión de vida está presente en los hábitos saludables, en la buena alimentación, en el ejercicio y vitalidad de los momentos de goce y disfrute, es la energía que desborda de euforia cuando se ve a un ser querido, cuando se canta y se baila en compañía de amigos. Por el contrario, la pulsión de muerte está presente en todas las conductas suicidas, cuando se fuma un cigarrillo, se bebe en exceso, o se practican deportes de alto riesgo, cuando se sale al mundo de manera agresiva, y el individuo se bate a duelo con quien sea; pero también cuando parece que la energía ha sido sustraída y no se tienen ganas de hacer nada. La pulsión de muerte está presente en aquellos días grises cuando todo parece ir más lento.

De acuerdo a la Psicología Analítica la dinámica del psiquismo se estructuró siguiendo un sistema de leyes energéticas presentes en la naturaleza y el universo como diría Einstein: «La energía no se crea ni destruye solo se transforma». En tal sentido, estas reglas ofrecen la posibilidad de comprender cómo es que la energía se moviliza entre polaridades; para tal fin, Jung explica como principios de los opuestos la equivalencia y la entropía.

El flujo de energía psíquica caracteriza la actividad del alma humana, es lo que moviliza al individuo hacia un determinado fin. Esta energía está presente en el cuerpo humano otorgándole la vida y la motivación para vivir, esta energía está presente tanto en la vida despierta como en la vida del sueño y, como mencionamos, encuentra su expresión en los diversos símbolos y arquetipos que caracterizan la actividad del pensamiento humano.

Murray Stein en el *Mapa del alma según Jung* menciona la teoría general de la energía y la psicología como un sistema con leyes propias argumentando que la energía es finalista y tiene que ver con la transferencia de movimiento entre objetos psíquicos. La postulación de esta teoría se asemeja a la descripción de una cadena de acontecimientos donde una acción genera una reacción y donde la energía se transforma y se mueve de acuerdo a un principio de entropía, fluctuando entre parámetros altos y bajos pasando de lo consciente a lo inconsciente y viceversa, también de acuerdo a la ley de la neguentropía, se mueve hacia estados más complejos.

Cada deseo inmediatamente sugiere su opuesto; por ejemplo, si se tiene un pensamiento positivo, no se puede dejar de tener el opuesto en algún lugar de la mente. Si, conscientemente, se es totalmente positivo, inevitablemente, lo negativo surgirá de manera inconsciente. Esto también permite comprender que, si en un momento de la vida se es totalmente irresponsable, dentro del polo opuesto de la personalidad está el potencial oculto para ser responsable; si el individuo se considera cobarde, muy probablemente dentro de sí existe un grado de valentía inimaginable.

Gracias a la dinámica de opuestos se puede tener la esperanza de que nada es definitorio, si se saben transmutar los opuestos en la bajeza de los defectos personales se esconden las mayores virtudes sociales. El egoísmo individual oculta un potencial para transformase en un Ego colectivo. Jung estableció una serie de leyes para comprender el funcionamiento de la energía psíquica;

Equivalencia: la energía resultante de la oposición se distribuye equitativamente en ambos lados. Esto dependerá en gran medida de cómo se afronte ese deseo no satisfecho. Si no se reconoce en la consciencia ese pensamiento, no se puede liberar de sus efectos; por el contrario, si se suprime en el inconsciente la energía psíquica retornará con mayor fuerza a la conciencia, en forma de un complejo. El complejo tiende a establecer una constelación alrededor de un tema en concreto, proveniente de un arquetipo. Los problemas psíquicos surgen cuando el individuo se sobreidentifica con todo aquello que se considera moralmente aceptable. En ese momento se crea una «imagen» de lo correcto y se niega que se tenga la capacidad de hacer algo contrario a esa imagen; pero es en ese preciso momento cuando se consolidará en un complejo alrededor de la sombra. Ese complejo empezará a tomar vida propia y retornará a la consciencia da alguna manera la identificación con un contenido psíquico siempre crea una proyección.

Entropía: establece la tendencia de los opuestos a atraerse entre sí, con el fin de lograr una resolución que permita distribuir la energía psíquica, adecuadamente. Jung extrajo la idea de la física, donde la «entropía» se refiere a la tendencia de todos los sistemas físicos para distribuir la energía. Cuando se es joven, los opuestos tienden a ser muy extremos, y el individuo se vuelve radical en su sistema de percepción, solo se pueden ver las cosas como positivas o negativas, por ello se cae en un sesgo donde se idealizan personas, situaciones; e incluso, en los peores escenarios el individuo se niega a ver la realidad.

Para trascender los opuestos hace falta, en primer lugar, reconocer qué se quiere mejorar como persona; en segundo lugar, para crecer como individuos se debe aceptar que no se es un ser angelical, solo cuando se reconoce que se ha lastimado a las personas que se aman, que se ha sido injusto con uno mismo y con los demás, es cuando se puede llegar a la verdadera transformación. Sin esta capacidad de reconocer la perversión y la maldad dentro de cada uno, no existe la posibilidad de acceder a la divinidad. Este proceso de autosobreponerse por encima de los opuestos y el poder ver ambos lados de lo que se es es llamado «trascendencia».

Progresión y regresión: Jung comprendió que cuando la energía psíquica se estanca y no se utiliza de manera progresiva se activan los complejos, por lo cual la energía se moviliza hacia el inconsciente dando como resultado depresión, conflicto interno y una pérdida de motivación en la vida individual. La progresión de la libido es un término que refiere la capacidad de utilizar la voluntad para la correcta adaptación al mundo, cuando el individuo fracasa esta energía hace una regresión hacia el inconsciente donde activa algún complejo.

La progresión fomenta la adaptación al mundo, aunque la regresión activa el complejo por extraño que parezca también posibilita el crecimiento interno. Estos síntomas ofrecen información valiosa para el proceso de integración psíquica poniendo al individuo en contacto con el mundo interior, confrontándolos en una crisis, forzando un movimiento hacia la adaptación interna que conllevará eventualmente a un crecimiento externo. Una vez que la libido logre moverse en la dirección de la progresión es posible transformar las debilidades, las carencias y el dolor en fuerza, voluntad y sabiduría.

Los principios de la progresión y la regresión se encuentran dentro del mito del héroe. El símbolo del uróboro remite al inconsciente mientras que el héroe representa el movimiento de la libido para conformar su propia consciencia. La adaptación que conlleva un desarrollo del Ego permite vencer los obstáculos internos necesarios para aportar su individualidad al mundo; es gracias a esta progresión que el héroe puede ascender y descender por las profundidades del psiquismo hasta finalmente trascender.

La progresión y regresión se encuentran relacionadas del mismo modo que introversión y extroversión, son formas de regulación energética. La progresión es un movimiento vital que se expresa extrovertidamente cuando los objetos del mundo influyen significativamente o introvertidamente cuando la progresión es captada por aspectos subjetivos. La regresión también puede manifestarse por medio de la introversión aislándose del entorno o, por el contrario, extrovertidamente refugiándose en una vida exterior.

En tales términos es necesario tanto el contacto interior para reflexionar sobre la propia vida como la adaptación exterior para crecer y aportar a la colectividad. El grado de funcionalidad individual en la sociedad está en relación directa con la adaptación al propio mundo interno, así mismo un individuo solo se podrá adaptar al mundo interior si se está adaptando a las condiciones del mundo externo.

La libido se mueve en el exterior y en el interior de atrás hacia adelante y viceversa, su dinamismo aporta una constante transformación a través de los ciclos vitales y las diferentes experiencias de vida. El movimiento de la energía libidinal es precisamente lo que posibilita las transformaciones de la consciencia, la complejidad de la existencia humana pone en movimiento la energía que permite transitar por la vida, experimentar la dualidad de la existencia, cometer errores; todo como parte del camino para encontrar aciertos, experimentar la inestabilidad, para anhelar el equilibrio, sufrir la injusticia, para luchar por la justicia, conocer el sufrimiento para encontrar la redención.

En terapia, el conocimiento de opuestos es un mapa que permite comprender que todo es una dimensión de opuestos; por lo tanto, si estás en A es porque en la distancia se encuentra la posibilidad de B y viceversa; si se está experimentando dolor, es porque en el otro extremo aguarda, pacientemente, el alivio; si se está enfermo es porque la cura espera, tolerablemente; si nos desagrada la imagen frente al espejo, es porque en el interior se encuentra el verdadero Yo esperando ser descubierto. Sin embargo, A y B son parte de lo mismo, a toda virtud siempre hay una fuerza que corrompe, solo la posición C permite trascender. En terapia, el trabajo con «la sombra» posibilita esta capacidad de crecimiento, el aceptar la irracionalidad, tanto como se acepta la propia racionalidad, es la posibilidad de dar una dirección al desarrollo del Yo.

Tipología de la personalidad

El tipo psicológico es un modelo característico de una actitud general que se halla presente en muchas formas individuales, la configuración de la energía libidinal del Yo se puede abordar mediante la clasificación de los tipos psicológicos, los cuales se basan en las cuatro funciones humanas fundamentales:

- Intelectual
- Sentimiento
- Intuición
- Sensación

Y los tipos psicológicos pueden dividirse en dos clases:

1. Los tipos racionales (pensamiento y sentimiento).
2. Los tipos irracionales (sensación e intuición). Tomando en cuenta estas clases de tipos psicológicos, Jung identificó 8 tipos psicológicos:

- Tipo intelectual extravertido: esta clase de personalidad basa su percepción en juicios intelectuales, los cuales se sustentan en datos objetivos. Son personas a quienes les cuesta trabajo aceptar nuevos cuestionamientos respecto a los paradigmas que rigen la sociedad. En este tipo de personalidad, el dogmatismo puede surgir como el resultado de experimentar lo contrario de sus sentimientos reprimidos en el inconsciente, dando como resultado proyecciones.
- Tipo sentimental extrovertido: este tipo de personalidad tiene rasgos de la psicología femenina, por lo cual los tipos sentimentales son más pronunciados en el sexo femenino, esto debido al resultado de la educación de su sentimiento que se presenta como carácter personal.
- El tipo sensorial extrovertido: el tipo sensorial se caracteriza por su contacto con la realidad, posee un sentido de objetividad, su tendencia es hacia la búsqueda del goce. Para los tipos sensorial extravertido, la vida es una búsqueda de experiencias intensas que conduzcan a la plenitud real.
- Tipo intuitivo extravertido: este tipo de personalidad está volcada casi exclusivamente hacia los objetos externos, ya que la intuición es un proceso inconsciente. Ni la razón ni el sentimiento pueden persuadirlo de buscar libertad e independencia, su tipología de personalidad les permite buscar relaciones sociales donde puedan generar experiencias gratificantes.
- Tipo intelectual introvertido: este tipo de personalidad se rige por el pensamiento subjetivo, sus ideas son lo que orienta su actitud hacia la vida; no obstante, tienden a protegerse a sí mismos de sus sentimientos reprimidos, por lo cual pueden parecer personas frías.
- Tipo sentimental introvertido: este tipo de personalidad no suele expresar sus sentimientos, dado que se ocultan tras una máscara son personas indiferentes, inaccesibles y con tendencia hacia la melancolía.
- Tipo sensorial introvertido: esta personalidad se encuentra sumergida en sus propias sensaciones psíquicas. Consideran el mundo exterior como irrelevante, por lo cual se centran en sus propias sensaciones internas.
- Tipo intuitivo introvertido: esta personalidad se caracteriza por ser soñadores, visionarios. Suelen ser misteriosos y, muchas veces, son

genios incomprendidos, tienden a reprimir la sensación del objeto y aunque no pueden comprender sus propios procesos psíquicos aun así pueden desarrollar grandes intuiciones.

Dentro la Psicología Analítica, se puede encontrar la tipología de la personalidad como el resultado de investigación y experiencias, recabadas durante el tiempo que Jung trabajó con sus pacientes; de este modo, la tipología explica la diferencias que dan lugar a las distintas formar de percibir, interpretar y actuar en la realidad. La principal diferencia entre extroversión e introversión radica en los distintos puntos de la localización de la libido.

Estas diferencias individuales configuran la manera de actuar, sentir, pensar e intuir, por lo que existen personas que son sumamente intelectuales, cuya vida depende de una rutina que les genere orden; también, existen personas sumamente emocionales, cuya vida es orientada por fuertes sentimientos; y algunas otras personas son altamente intuitivas y se guían más por sus corazonadas que por lo que su propia mente les dice; además, hay otras personas que se guían por la sensaciones, buscan en todo momento la intensidad de las experiencias. Jung sugiere que existen cuatro maneras o funciones de percepción:

- Mediante la sensación: la forma de percibir la realidad es por medio de la acción de obtener información a través de los significados de los sentidos. Una persona sensible es aquella que dirige su atención a observar y escuchar, y, por tanto, a conocer el mundo. Jung consideraba a esta función como una de las irracionales, o lo que es lo mismo, que comprende más a las percepciones que al juicio de la información.
- Mediante el pensamiento: la forma de procesar la realidad es mediante la evaluación de la información o las ideas de forma racional y lógica. Jung llamó a esta función como racional, pues la toma de decisiones es en base a juicios, en vez de una simple consideración de la información.
- Mediante la intuición: este es un modelo de percepción que funciona fuera de los procesos conscientes típicos. Es irracional o perceptiva como la sensación, pero surge de una bastante más compleja integración de grandes cantidades de información, más que una simple visión o escucha. Jung decía que era como «ver alrededor de las esquinas».
- Mediante el sentimiento: la forma de percibir la realidad es mediante el acto de sentir, como el de pensar. Es una cuestión de evaluación de la información. En este caso, está dirigida a la consideración de la respuesta emocional en general.

Las funciones superior e inferior definen la estructura sobre la cual una función está presente dentro de un espacio que solo puede ser ocupado por un elemento, en una especie de cubo de Rubik[6] de cuatro partes. La función dominante o superior es accesible a la conciencia, es decir al foco atencional; mientras la función inferior escapa a la consciencia quedando sumergida bajo el umbral de consciencia. Estas funciones se encuentran en distintos niveles de profundidad algunas más accesibles a la consciencia que otras.

La función dominante está determinada en gran medida a las situaciones que se afrontan. No obstante, esto no es algo estático, la personalidad puede desarrollarse si una persona que es dominada por la función superior logra tomar distancia de los pensamientos autónomos y explorar la percepción desde distintos posicionamientos (pensamientos, emociones, sensaciones e intuiciones) para ello se puede abordar una situación desde distintas perspectivas preguntando; ¿Qué crees? ¿Qué sientes? ¿Qué sensación te genera? Y, finalmente, ¿qué piensas?

> *El acceso al inconsciente y a la función más reprimida se abre por sí mismo, por decirlo así, y con suficiente garantía preservativa para el inconsciente, cuando se provoca el desarrollo por la via de la función secundaria. Así, por ejemplo, en el caso de un tipo racional. Esta presta al punto de vista consciente una visión panorámica tal de lo posible, de lo que sobreviene, que la conciencia queda suficientemente protegida contra la acción destructora del inconsciente.* (Jung, 1985, p. 189)

Existe, además, una variedad de combinaciones que dan lugar a las distintas tipologías de la personalidad, sin embargo, Jung estableció dos principales diferencias; la introversión y la extroversión. La «introversión» la definió como el rasgo característico de todas aquellas personas que prefieren vivir el mundo desde la interioridad; son personas que, a través del cultivo interior, logran entablar lazos con el exterior, su realidad interior se proyecta en el mundo; por el contrario, las personas «extravertidas» viven el mundo del exterior hacia el interior, el mundo les provee los elementos para construir su realidad, tienden a buscar la aprobación de los demás mediante modas y costumbres,

---

6   Cubo de Rubik. (o cubo mágico). Juego creado en 1974 por el húngaro Ernő Rubik, escultor y profesor de arquitectura. Es un rompecabezas mecánico tridimensional de 4 caras con colores primarios, con un mecanismo de ejes que permite a cada cara girar independiente, mezclando así los colores. En este juego, el reto consiste en hacer coincidir los mismos colores en la misma cara del cubo.

son personas que la soledad les incomoda y necesitan, constantemente, ir en busca de aquello que les genere emociones fuertes.

Principalmente, se encuentra la interioridad como una estructura trinitaria, en la cual se asocia con el logos interior; mientras que la exterioridad se asociada con una estructura cuaternaria donde la consciencia logra proyectarse en el mundo exterior, asumiéndose que lo interno y externo son cualidades arquetípicas abstractas aun cuando, se sea introvertido o extrovertido, se vive en el mundo tanto interno como externo y cada individuo posee su propia manera de hacerlo, de manera más o menos cómoda y útil.

Todo ser humano posee estas funciones, y se diría que simplemente se usan en diferentes proporciones. Cada uno tiene una función superior que se prefiere, y que está más desarrollada; otra secundaria, de la cual se es consciente de su existencia y se usa solo para apoyar a la primera. También se tiene una terciaria, la cual está muy poco desarrollada y de la cual no es muy consciente y finalmente una inferior la cual está muy pobremente desarrollada, por lo que permanece en la sombra. La mayoría de los individuos solo desarrollan una o dos de las funciones. Una vez más, Jung considera la trascendencia de los opuestos como una idea, en *Tipos psicológicos. Tomo 2* leemos lo siguiente.

> *Sólo puede actuar como función secundaria, naturalmente, una función cuya esencia no esté en contradicción con la función principal. Así, por ejemplo, nunca aparecerá junto al pensar el sentir como función secundaria, pues su esencia contradice demasiado la del pensar. La experiencia nos dice que la función secundaria es siempre una función cuya esencia es distinta a la función principal, pero no la contradice. Para todos los tipos con que tropezamos en la práctica vale el principio fundamental de que, además de la función principal, disponen de una función secundaria relativamente consciente desde todo punto de vista distinta de la esencia de la función principal.* (Jung, 1985, p. 187-188)

Para Jung, la psique es un órgano que está buscando constantemente equilibrarse, y de acuerdo a su inclinación y funciones se configuran ciertos tipos de personalidad que, a su vez, están influenciados por los arquetipos de la cuaternidad y la trinidad que dirigen la libido hacia el interior o el exterior. Por lo tanto, son dos «tipos de consciencia» que procesan la realidad de diferente manera. A pesar de las diferencias, existe una relación entre ambas tipologías.

> *El lenguaje del alma es el cerebro derecho, la metáfora la narrativa y lo paradójico; completamente diferente del cerebro izquierdo, el discurso lógico, dualista y argumentativo del ego. Los insights del alma no llega como resultado del esfuerzo, sino como una Gestalt surgida de nuestro anhelo por conocer la respuesta.* (Pearson, 1992, p. 60)

El conocimiento de las funciones psicológicas es clave para comprender el proceso evolutivo en el que la consciencia puede ampliar su campo de visión y la personalidad puede desplegar todo su potencial. Dentro del proceso de individuación es necesario integrarse, tomar consciencia del doble aspecto, esto requiere un gran esfuerzo por unir pensamiento y sentimiento, sensación e intuición, aspectos que por su naturaleza son opuestos entre sí.

El Sí-mismo no es solamente la integración de las cuatro funciones psicológicas, por lo general una cualidad está más presente que la otra de acuerdo a la tipología de la personalidad, por lo tanto, el lado contrario siempre tiende a actuar y fortalecerse en la sombra. La función inferior tiende a encontrarse reprimida en la parte inferior y la función superior tiende a dominar la consciencia, integrar cada función es esencial para lograr el proceso de individuación.

Jung detalló el significado específico de cada función: la sensación establece que algo está presente, es concreta. El pensamiento nos permite conocer su significado; es abstracto. La intuición señala de dónde proviene y hacia dónde va. El sentimiento nos comunica su cualidad afectiva. Todo el conjunto de funciones tiene el potencial para fusionarse y formar una totalidad.

El símbolo se encuentra en el centro de las funciones opuestas como un mediador de la polaridad. La vía trascendente permite unificar e integrar los opuestos para lograr integrar los contenidos del inconsciente en la conciencia, provocando un cambio de actitud. Cuando aceptamos la naturaleza dualística y reconocemos el lado positivo y el lado negativo de la limitada percepción humana es cuando adquirimos la capacidad de reconocer las propias proyecciones para así comprenderlas e integrarlas; una vez integradas se puede empezar a experimentar una nueva integridad psíquica.

Las polaridades y proyecciones se necesitan integrar para conformar una unidad, el Sí-mismo por tal motivo se proyecta en imágenes arquetípicas típicamente relacionadas con imágenes de mandalas. El mandala representa la unidad simbólica donde pueden integrarse las 4 funciones psicológicas aportando al propio camino de individuación mediante la conformación de una «consciencia de unidad» que trascienda la dualidad.

El proceso de «individuación»

El proceso de individuación es una de las mayores adquisiciones de los derechos humanos, que resalta el reconocimiento del potencial que existe en cada persona para convertirse en un ser único. Por tal motivo el proceso de individuación es una tarea pendiente para lograr crear un mundo más justo y equilibrado, solo a través del reconocimiento de la individualidad que caracteriza a cada persona es posible sanar la condición humana actual, por lo que es una metodología hacia la metamorfosis del psiquismo. Representa la evolución de la consciencia cuando finalmente la armonización de los opuestos permite integrar los elementos que por naturaleza están en conflicto.

El proceso de individuación es un camino de unificación e integración mediante el símbolo, representa una vía de trascendencia de la dualidad mediante la función trascedente. El ser humano aparece dividido y fragmentado entre la persona, el Ego y los arquetipos que operan bajo el umbral de la consciencia. Para lograr ser totalmente autónoma la psique pasa por un proceso de transformación según las experiencias por las que atraviesa el Yo. Cuando se logra la resolución final entre el Yo, persona, sombra, ánima y *ánimus* las propias proyecciones del individuo van despareciendo paulatinamente devolviendo al Yo su autonomía. Jung escribe en *Aión: Contribución a los simbolismos del sí-mismo*:

> *La totalidad constituye un factor objetivo, que se presenta al sujeto de manera autónoma, lo mismo que al ánimus o el ánima; y si como esta tienen una posición jerárquica más alta que la sombra; así la totalidad asume una posición y valor superiores a los de la sicigia. Unidad y totalidad se sitúan en el nivel más alto de la escala objetiva de valores.* (Jung C., 1986, p. 37)

En octubre de 1916 Jung dio una conferencia en el Club Psicológico con el título «Adaptación, individuación y colectividad». Allí habló acerca del significado de la culpa, el primer paso hacia la individuación es la culpa trágica. La acumulación de la culpa exige expiación, afrontar el enojo, la tristeza y miedo mediante el reconocimiento de las propias sombras es uno de los primeros pasos hacia la transformación de la consciencia.

La experiencia de vida de un individuo da como resultado un conflicto intrapsíquico entre opuestos, no obstante, las exigencias de la vida son los que motivan al Yo a buscar una transformación que le permita trascender los opuestos. En el transcurso de la vida un individuo siempre está impulsado por un deseo inconsciente por reconectar con la fuente que lo une con el todo, esto se expresa en el hiperconsumo, las modas, las experiencias recreativas y el anhelo espiritual de las personas religiosas.

A pesar de todos los esfuerzos la integración psíquica no se puede dar bajo las condiciones del Yo puesto que esta conexión va más allá de los procesos propiamente conscientes, la capacidad de unificar lo inconsciente y consciente solo es posible a través de un arduo trabajo simbólico. La imaginación activa es una técnica junguiana que posibilita al Yo relacionarse con todos los aspectos que yacen más allá de la consciencia. Las imágenes que surgen del inconsciente pueden ser canalizadas por herramientas como el arte o la narración mitológica.

La imaginación activa busca salir de los límites de la intelectualidad con el fin de encontrar una mediación entre opuestos, es un medio por el cual pensamiento, sentimiento, intuición y sensación pueden encontrar un punto de concordancia. Por lo cual, el reconocimiento de la realidad interna y externa activa un núcleo psíquico desde el cual el *Self* puede realizar un movimiento dentro de las estructuras de la personalidad para lograr la integración.

Desde el enfoque de Psicología Profunda los síntomas son vehículos de expresión del alma, el síntoma aporta valiosa información para el proceso de integración. Por lo cual, la imaginación activa es un medio para crear un diálogo activo entre el Ego y el *Self*. Los contenidos psíquicos que surgen de manera espontánea son interpretados bajo la luz de la consciencia, logrando unificar lo consciente y lo inconsciente mediante imágenes dotadas de un profundo significado. En este sentido, Jung refiere lo siguiente en *Tipos psicológicos* 2:

> *La imaginación es sencillamente la actividad reproductiva o creadora del espíritu, sin constituir una facultad especial, pues se la puede observar en todas las formas fundamentales del acaecer psíquico: en el pensar, en el sentir, en el percibir y en el intuir. La fantasía como actividad imaginativa es para mí sencillamente la expresión directa de la actividad vital psíquica, de la energía psíquica que sólo es dada a la conciencia en forma de imágenes o contenidos, del mismo modo que la energía física sólo aparece en forma de estado físico que por la vía física estimula los órganos de los sentidos.* (Jung, C. 1985, p. 233)

Para lograr transitar por el camino de individuación es necesario en primer lugar diferenciarse del resto; es decir, de la familia, amigos, sociedad, hasta finalmente contactar con la verdadera esencia del ser, vaciando para ello al Yo de todos aquellos contenidos depositados por el ambiente externo. La imagen anímica del alma es una guía que establece posibilidades creativas para aumentar el propio autoconocimiento. Es importante indicar que la imagen anímica pertenece a lo colectivo, a lo general, por lo cual es indispensable. Diferenciar la propia alma del alma colectiva se debe individualizarla otorgándole un rostro individual, es decir una identidad personal, cuando no existe una imagen clara del Yo no existe un alma diferenciada del inconsciente colectivo.

Si se sigue atado a un alma colectiva en los arquetipos de la época, se sigue a merced de las fuerzas anímicas que operan bajo el umbral de la consciencia, por lo cual es necesario resignificar el alma. Para el hombre el ánima constituye su alma individual, para la mujer el *ánimus* constituye su propia alma individual, ambas imágenes anímicas son necesarias para lograr la trascendencia.

Una vez lograda la consolidación de una imagen interna clara diferenciada del inconsciente colectivo se accede a un centro de la personalidad donde el Yo puede lograr un punto de integración; alma y Ego se necesitan mutuamente para lograr tal proceso, el uno sin el otro está incompleto. Finalmente, una vez definida la individualidad, la disolución del Yo lleva a la trascendencia y a la conformación de la «consciencia de unidad».

El impulso del *Self* es buscar una transformación paulatina de la personalidad, tanto de la realidad externa como la realidad interna, es un viaje hacia el descubrimiento de la verdadera esencia que se oculta bajo números complejos. Como resultado de este proceso, se produce un completamiento del individuo. El grado de dificultad de hacer conscientes los diferentes complejos suele ser progresivo y puede observarse a través de los sueños. El proceso de individuación se sustenta sobre la esencia del ser mismo, sobre la capacidad para avanzar hacia el destino final, ¿cuál es ese destino? Eso dependerá en gran medida de la propia travesía heroica.

Los actuales vacíos existenciales, las crisis personales, las patologías mentales suceden debido al conflicto interior del Yo entre la individuación-separación, la diferenciación-indiferenciación y la conformidad y adaptación social que generan gran ansiedad. Las personas tienen que luchar para ser «exitosas» en un mundo altamente completivo. Además, deben tener un determinando nivel adquisitivo, estatus social o encajar con ciertos parámetros de belleza. Todo lo que vaya en contra de estos lineamientos sociales suele generar grandes sensaciones de inferioridad y frustración. Tanto la incapacidad por adoptar un determinado rol social como la imposibilidad de contactar con el propio *Self* generan un gran malestar.

El desarrollo de la persona es un problema típico que requiere un equilibrio entre el mundo interior y el desarrollo externo, ambos son de suma importancia, tanto el reconocimiento de la propia individualidad como la relación con el mundo social son aspectos fundamentales para la autorrealización. Sin embargo, siempre existe riesgo cuando el individuo se preocupa en exceso por adaptarse al mundo social llegando a percibir una determinada máscara como la totalidad de la personalidad. Así mismo, también existe un problema cuando no se presta atención al mundo externo y se ocupa exclusivamente del mundo interno. Tanto la realidad del alma como la experiencia de la consciencia son de vital importancia para el desarrollo de todo el potencial individual. Para Jung existen 3 «enfermedades psíquicas»:

1. La ceguera; consiste en no ser capaz de percibir los contenidos inconscientes, condicionamientos y complejos que influencian la voluntad del Yo.

2. Escisión: la división interna sucede por la imposibilidad de lograr una integración entre aspectos opuestos de la psique y la personalidad; consciente-inconsciente, Ego-*Self*, femenino-masculino, eros-logos, razón-emoción. Para lograr superar la escisión es necesario restablecer la unión y coexistencia de las polaridades mediante el proceso de individuación.

3. Parálisis; sucede cuando existe una visión identificada con solo ciertos aspectos, esto limita la conexión con el mundo interior. Los complejos, miedos y condicionamientos inconscientes evitan la posibilidad de tener la movilidad vital necesaria para evolucionar.

Estas 3 enfermedades del alma expresan una de las más grandes dificultades para lograr alcanzar la realización personal. El concepto del arquetipo del Sí-mismo es lo que le da estructura a la psique y permite movilizar el desarrollo evolutivo del *Self* mediante un proceso de integración que da lugar a un alma individuada. La trascendencia de la consciencia pudiera considerarse uno de los propósitos más elevados que otorga a cada ser un destino y propósito único.

CAPÍTULO 6. ANÁLISIS JUNGUIANO ACERCA DE LOS PROCESOS «MÁS ALLÁ DE LA CONSCIENCIA»

La visión psicoanalítica de Jung fue un viaje de exploración del alma humana que lo llevó a descubrir un vasto universo interior comparable con los descubrimientos aeroespaciales. Al navegar por las profundidades de la mente Jung quedó fascinado por aquellos aspectos que iban más allá de la consciencia y que la ciencia no se había atrevido a explorar.

En las profundidades de la mente humana existe un tipo de inteligencia cósmica que guía la evolución y adaptación del hombre en la tierra. Su expresión son los símbolos y mitos que unen la diversidad individual con una misma fuente onírica que conecta con un todo del cual somos parte. Pensadores como Platón, Descartes, Freud, Jung la llamaron alma, subconsciente o inconsciente colectivo. Sin importar su denominación debemos saber que es una fuerza creativa que impulsa nuestros actos, decisiones y creaciones; el arte, la ciencia y espiritualidad son su expresión más visible y han guiado el desarrollo técnico y humano de toda la civilización.

La desconexión del Ego con esta inteligencia cósmica que nos habla a través de sueños, arte e imaginación es la razón por la cual el hombre moderno puede quedar reducido a un ser salvaje o un robot autómata que busca controlar y dominar su realidad basado en un falso sentido de superioridad intelectual. En un momento histórico en que nuestro comportamiento bien puede llevarnos a la extinción ambiental, autodestruirnos en guerras o terminar por autosometernos a nuestro desarrollo tecnológico es necesario plantearnos la cuestión ¿qué nos hace conscientes?

El ser humano forma parte de un todo, que nosotros llamamos universo, limitado a la vez en el tiempo y el espacio. Nuestro propósito es desarrollar consciencia a partir de nuestra experiencia de vida, el cosmos se encarna en nuestro cuerpo para manifestar el milagro de la vida. En todas las épocas de la humanidad y en todas las tradiciones espirituales del mundo, el ser humano ha elaborado diferentes sistemas de conocimiento simbólicos para experimentar caminos de evolución a partir de la integración consigo mismo, el otro, la naturaleza y el cosmos.

¿Quiénes somos?

¿De dónde venimos?

¿Hacía a dónde vamos?

Ese es el gran sentido de la vida, descubrir nuestro lugar y propósito como seres pensantes que pueden percibir, sentir y observar al universo dentro de sí mismos.

Interpretación junguiana de los sueños

Para la ciencia que estudia las experiencias oníricas los sueños en un primer plano son un tipo de frecuencia vibratoria, una onda energética denominada delta. Cuando las ondas delta fluctúan en el cerebro es posible tener un sueño reparador, la creatividad y estados meditativos se relacionan con ondas theta, mientras que el estado consciente se relaciona con ondas beta y alpha. Podemos definir de este modo el sueño como una fluctuación entre ondas de energía con parámetros altos y bajos. Por lo cual en estado de sueño el umbral de atención disminuye y por unas horas la actividad consciente queda disminuida conforme se atraviesa por una serie de ciclos más profundos.

El sueño sucede mediante cinco fases, inicia con el adormecimiento, llegando a la frecuencia theta así el umbral de atención va reduciendo su actividad hasta llegar a las fases delta. Esta fase se caracteriza por el movimiento ocular rápido, en este proceso la información captada por la corteza prefrontal y los recuerdos adquiridos juegan un papel importante, el sueño se relaciona con la región subcortical y el hipocampo, cuando dormimos se restaura el sistema nervioso, además las situaciones que revivimos en el sueño nos ayudan a procesar nuestros deseos, ideas y emociones para consolidar la memoria.

Todos pasamos la mayor de nuestra vida interactuando en la tercera dimensión y podríamos suponer que es donde se conforma la consciencia del Yo y de donde nuestros sentidos captan el entorno sin embargo bajo la superficie siempre permanecemos conectados a esa dimensión onírica. Desde la perspectiva junguiana los sueños forman parte de la realidad del alma, son aquellos aspectos de la mente profunda que logran expresarse en la psique para ayudar a dirigir el rumbo de la vida consciente, son también un mecanismo que procura mantener el equilibrio interior.

Cuando dormimos revivimos imágenes de nuestra vida, accedemos a revelaciones de una forma casi mística, nuestros sueños están relacionados con nuestra vida de vigilia, para Jung los sueños son algo que más que productos de la imaginación, dentro del sueños es posible acceder a una realidad que se encuentra más allá de los limites espacio-temporales. Para la psique estas realidades son experiencias que pueden aportar valiosa información, son una gran fuente de autoconocimiento y se les puede considerar como extensiones de los propios pensamientos. Muchas ideas creativas pueden surgir desde los sueños como lo expresan un gran número de artistas e inventores. Desde la antigüedad se pensaba que los sueños eran formas en que Dios se revelaba ante el hombre.

Nuestra mente responde a órganos sensitivos y sensoriales, en nuestra dimensión humana nos movemos tridimensionalmente. Sin embargo, existe más allá del mundo material una realidad que se expresa a través de nuestros más grandes sueños e intuiciones es aquí donde surge el deseo, la inspiración y la fuerza para vivir intensamente nuestras más grandes motivaciones. Al analizar los sueños de manera cualitativamente se observa que existe una comunicación mediante símbolos íntimamente relacionada con la imaginación, el arte y los mitos. Dentro de la actividad onírica se expresan el movimiento de los arquetipos, los que más comúnmente se expresan en los sueños son el *ánimus*, el ánima o la sombra. Todos representan una parte del soñante.

Los complejos también se expresan en los sueños y su función es ayudar a incrementar el entendimiento de las actitudes inconscientes. Cada figura que aparece en un sueño puede representar un aspecto del soñador. Algunas escuelas psicológicas otorgan esta característica también a los objetos inanimados que surgen en los sueños. Desde este enfoque, los sueños son un mecanismo de la psique para integrar todos aquellos contenidos negados o reprimidos por la actividad consciente, desde este modo la tendencia de la psique es hacia una búsqueda constante de autorregulación de la energía psíquica.

Se pueden concebir los sueños como el resultado de 2 opuestos complementarios. El mundo onírico y el mundo de vigilia, la consciencia y el inconsciente son el sol y la luna, el día y la noche, conformando juntos una totalidad. Jung usaba la expresión *coniunctio oppositorum* (unión de los opuestos) para definir un proceso de integración de todos los opuestos que se encuentran en los mitos de los pueblos, los sueños y la experiencia humana en general. Jung en *El hombre y sus símbolos* menciona que:

> *Muchos sueños presentan imágenes y asociaciones que son análogas a las ideas, mitos y ritos primitivos. Estas imágenes soñadas fueron llamadas por Freud "remanentes arcaicos"; la frase sugiere que son elementos psíquicos supervivientes en la mente humana desde lejanas edades.* (Jung, 1995, p. 47)

A quien se identifica con su lado intelectual, el *ánima* emocional se le aparecerá en los sueños; eventualmente, si es ignorada se presentará de manera hostil. Por el contrario, quien se identifica, conscientemente, con lo emocional, encontrará la figura del *ánimus* intelectual en sus sueños. El ignorar, tanto el ánima como el *ánimus*, tiene repercusiones en la calidad de vida de quien rechaza su realidad interna. Por lo general los arquetipos buscan expresarse a través de los sueños para lograr compensar el rechazo de la consciencia. La «compensación» es un eje central de la teoría del sueño junguiana, mente y alma son una unidad separada por el estado de vigilia, pero en su génesis forman parte de un solo mundo, la consciencia y el inconsciente tiene un potencial para lograr unirse mediante el símbolo.

La unión de los opuestos es un tema arquetípico, presente también en los mitos y ritos de las antiguas civilizaciones. El *Self* complementa, compensa y completa las actitudes restringidas del Yo, en un camino que busca que el soñante se convierta en la totalidad que es. Todo esto mediante el enfrentamiento de todos los contenidos rechazados por la consciencia. El ser humano va oscilando entre las polaridades, para posteriormente integrarlas en una síntesis más abarcadora, y así sucesivamente.

El concepto de «*enantiodromía*» que Jung toma de Heráclito refiere el juego de los opuestos en el devenir, la idea de que todo puede transformarse en su contrario (*enantios* = opuesto, *dromos* = movimiento rápido). De la muerte surge la vida, de la vida surge la muerte, y así sucesivamente, en un flujo ininterrumpido de movimiento y cambio, por lo cual la realidad de la consciencia tiene una conexión íntima con el mundo inconsciente de visiones y sueños, realmente desde una perspectiva filosófica no podemos estar seguros si al dormir despertamos, o al despertar dormimos.

Jung sostenía que existen «sueños *complementarios*» que son también correctores de la actitud consciente, manifiestan un cambio o matización que la actitud de la vigilia debe realizar, o la completación de un patrón que en la actitud consciente solo se está realizando de forma parcial e incompleta. Además, Jung definió los «sueños *prospectivos»,* que anticipan situaciones futuras. Esto no implica que sean sueños adivinatorios, sino que el inconsciente analiza los sucesos que es posible anticipar dadas las situaciones de la vida del soñante.

Jung mencionó también la existencia de «sueños *paralelos»,* estos son aquellos cuyo significado coincide o apoya los actos de la vida de vigilia. Estos pueden aparecer cuando la persona está en el camino correcto, pero duda de sí; entonces, el inconsciente le envía el mensaje de que va por el camino correcto. Los 2 principales tipos de sueños son los individuales que se alimentan de los sucesos que acontecen en la vida ordinaria y los transpersonales que vienen influenciados por arquetipos y suelen reflejar motivos mitológicos.

Para el psicoanálisis, los mitos tienen una similitud con los sueños. La diferencia entre los mitos y los sueños radicaría en que los sueños son vinculados al plano individual e inconsciente y los mitos al plano social y consciente. Tanto los mitos como los sueños forman parte de la inteligencia imaginativa, además el mundo onírico representa un requisito indispensable para el correcto funcionamiento de la psique, el flujo de imágenes representa un flujo de energía psíquica. Un humano promedio no puede soportar más de 11 días sin dormir. Si no se va al mundo onírico, tal parece que el mundo onírico retorna hacia la persona. Cuando no se duerme bien, o se tiene un sueño poco profundo las imágenes se desbordan hacia la consciencia provocando episodios psicóticos.

Los mitos, al igual que los sueños, expresan un tipo de inteligencia imaginativa. Muchos de los sueños son, tanto en su tono como en su contenido, similares a los mitos. Así como pueblos diferentes crean mitos distintos, también diferentes personas sueñan distintos sueños; pero a pesar de las diferencias, todos los mitos y todos los sueños son «escritos» en un lenguaje simbólico.

El lenguaje simbólico es un lenguaje que estructura el inconsciente y en el que las experiencias internas, los sentimientos y los pensamientos, son expresados como si fueran experiencias sensoriales. Es un lenguaje que tiene una lógica distinta del idioma convencional que se habla a diario, es una lógica en la que no son espacio y tiempo las categorías dominantes, sino la intensidad y la asociación.

En los sueños la lógica es igual de útil que la gravedad en el mar. Cuando dormimos nuestro sol y su estructura lógica es guiada por la luna hacia una ensoñación profunda, la energía onírica sube fluyendo libremente sin barreras que la limiten, el Yo navega guiado por la intuición y se sumerge en las profundidades del inconsciente, para emerger al amanecer cuando el sol vuelve a brillar y la luna queda sometida, de nuevo, al razonamiento lógico del mundo de vigilia.

El lenguaje simbólico nos permite comprender aspectos relacionados tanto con la consciencia como con el mundo onírico. Para descifrar los sueños con exactitud y eficacia es necesario que el intérprete conozca las circunstancias vitales y la psicología consciente del soñador. Así, la técnica para llegar a conclusiones adecuadas sigue las siguientes etapas:

1. Descripción de la situación actual de la consciencia.
2. Descripción de los acontecimientos precedentes.
3. Recepción del contexto subjetivo e identificación de los elementos.
4. Establecimiento de los paralelos mitológicos, identificación de arquetipos y complejos.
5. Identificar la estructura del sueño, la organización de los espacios, lugares, tiempos, personajes y trama emocional.
6. La amplificación de los sueños para indagar en la información personal del paciente mediante la asociación libre.
7. Profundizar en los significados que emerjan de los sueños, para ello es de vital importancia que analista y paciente puedan construir juntos una narrativa definiendo de manera clara el motivo del sueño buscando el mayor número de asociaciones presentes en la vida del soñante, el sueño debe aportar un significado de relevación para el proceso evolutivo individual.

Es posible que la historia de la humanidad comenzara en un sueño a través de la imaginación. Desde aquel momento, ese sueño ha moldeado la evolución de la civilización, actualizando y retroalimentándose, gracias a individuos asombrosos que han logrado retribuir a este mundo onírico imaginario, ampliando sus colores, símbolos e historias; un ejemplo de esto son los testimonios que se encuentran en la historia como, por ejemplo, el relato del químico August Kekulé el cual en 1865 aseguró que había descubierto la estructura de la molécula del benceno gracias a que había soñado con una serpiente que se mordía su cola.

Otro caso extraordinario es el del joven matemático Ramanujan, uno de los más grandes genios matemáticos que utilizó el poder de su intuición para hacer brotar las más complejas fórmulas matemáticas, el método intuitivo e informal de Ramanujan desafió el formalismo científico de su época. Su caso demostró cómo el lenguaje matemático está inscrito en los cerebros de todos los seres humanos como una parte importante de la estructura del inconsciente. Ramanujan fue reconocido en gran medida por ver el numero Pi en sueños y en más de una ocasión aseguró que la diosa Namagiri le mostraba en sueños las ecuaciones de sus fórmulas en forma de metáforas y fábulas.

De igual modo Descartes, una noche de 1619, mientras dormía, tuvo una serie de sueños que cambiarían su vida y las matemáticas. Los dos primeros sueños podrían describirse mejor como pesadillas; pero el tercer sueño era intrigante. Con los sueños, todo depende de la interpretación que les asignas. En el caso de Descartes, el efecto fue profundo; pues quedó convencido de que apuntaban en una sola dirección: había que establecer una ciencia que abarcara toda la sabiduría humana basándose en la razón. Tras esa noche de poco descanso, Descartes formularía la geometría analítica y la idea de aplicar el método matemático a la filosofía.

La pregunta: «¿Qué es y qué no es?» le abrió los ojos a la verdadera naturaleza de la realidad. A partir de ese momento, Descartes cuestionó todo lo que veía, tratando de separar lo verdadero de lo falso, y se planteó a sí mismo las interrogantes: «¿Hay algo que yo sepa de lo que esté seguro? ¿Cómo podía estar seguro de que no estaba soñando en momentos en que se creía despierto? Parece una idea descabellada, pero en realidad, un sueño revolucionó las matemáticas.

Suena fantasioso, pero solo es el comienzo; se vuelve más interesante de acuerdo al reverendo John W. Price, la teoría de la relatividad de Einstein fue motivada por la meditación sobre un sueño que tuvo de adolescente en el cual soñó que estaba montando un trineo por una pendiente empinada y nevada. Cuando se acercó a la velocidad de la luz en su sueño, los colores se mezclaron en uno. A raíz de ese sueño Einstein se inclinó a estudiar la velocidad de la luz.

El fundador de Google, Larry Page, recuerda la noche en 1996, cuando tenía 23 años había soñado vívidamente sobre la descarga de toda la web en los ordenadores. Larry refiere: «Tomé un bolígrafo y empecé a escribir, pasé la mitad de esa noche garabateando los detalles y convenciéndome a mí mismo de que iba a funcionar».

August Kekulé, Ramanujan y Descartes no fueron los únicos que obtuvieron inspiración de su sueño, Otto Loewi soñó dos noches seguidas con un experimento que ayudó a probar su hipótesis de la transmisión química en organismos. James Cameron inventó su personaje Terminator gracias a un sueño en el que veía una chica huir de un robot con ojos rojos, además personalidades como Billy Joel, Paul McCartney, Alberto Durero, Paul Bourget, visualizaron creaciones artísticas en sueños. En la historia grandes inventores encontraron una fuente de inspiración en el mundo onírico;

- El alfabeto armenio - Mesrob Mashtots (405)
- La máquina de coser - Elías Howe, (1846)
- La estructura del benceno - Friedrich August Kekulé (1865)
- La tabla periódica - Dimitri Mendeléiev (1869)
- La estructura de átomo - Niels Bohr (1913)
- La insulina - Frederick Grant (1921)
- Inconsciente colectivo - Carl Gustav Jung (1936)
- El avión Antonov An-22 Antei - Oleg Antonov (1988)

No es sorprendente que artistas, escritores y científicos hayan encontrado en la experiencia onírica un canal de inspiración para crear o encontrar respuestas a sus más grandes desafíos, aquellas mentes brillantes canalizaron sus sueños para a través de sus descubrimientos moldear la realidad. Además, por extraño que parezca en la historia encontramos un registro bibliográfico de inventos e ideas que surgieron en un momento específico a través de diversas personas, es decir, ideas creativas surgían en un mismo momento de la época con cierto paralelismo, por ejemplo; Issac Newton y Gottfried Leibniz inventaron el cálculo de forma independiente. Carl Wilhelm Scheele y Joseph Priestley descubrieron el oxígeno. Charles Darwin y Alfred Russel Wallace postularon la selección natural.

Louis Daguerre y Fox Talbot inventaron los primeros métodos fotográficos. Charles Cros y Louis Ducos du Hauron coincidieron en enviar, el mismo día 2 de mayo de 1869, a la Sociedad Francesa de Fotografía métodos similares sobre la reproducción de los colores en fotografía. En 1869, Dmitri Mendeléyev publicó su primera tabla periódica de los elementos organizada en orden creciente de masa atómica. Al mismo tiempo, Lothar Meyer publicó su tabla propia periódica con los elementos ordenados de menor a mayor masa atómica.

En 1920 surgieron múltiples inventores de la televisión (John Logie, Philo Farnsworth, Kenjiro Takayanagi, Charles F. Jenkins, Vladimir Zworykin), cada uno de ellos con su propia versión del televisor. Los hermanos alemanes Skladanowsky y Woodville Latham inventaron los primeros proyectores cinematográficos. En 1958 Jack S. Kilby y Robert Noyce, dos científicos estadounidenses, tuvieron la misma idea cuando trabajaban en dos compañías distintas.

Es un extraño fenómeno, como si la creatividad tuviera un mismo origen dentro del imaginario colectivo, esto hace suponer que en las profundidades de la mente existe una clase de inteligencia colectiva. Esta visión del mundo onírico plantea que no son solamente ideas fantasiosas o ficciones sino que realmente existe un procesamiento de información y una correlación directa con la realidad, desde esta perspectiva se puede considerar al sueño como una dimensión no menos real que la realidad tridimensional.

Existen, además, registros de grandes genios, artistas, cineastas como Albert Einstein, Salvador Dalí, Thomas Alva Edison, Sigmud Freud, entre otros, que lograron dar luz sus invenciones, gracias a un estado de consciencia similar al sueño, conocido como estado «hipnagógico». La técnica de la creatividad hipnagógica ha sido estudiada por el Instituto del Cerebro en París logrando evidenciar cómo al inducir un estado de sueño se logran aumentar las posibilidades de resolver problemas matemáticos.

En un estudio similar investigadores del Instituto Tecnológico de Massachusetts (MIT) lograron influir en el contenido onírico de ratas al reproducir un estímulo auditivo previamente asociado con los eventos diurnos del roedor. A través de esta investigación lograron explorar cómo el hipocampo codifica los sucesos experimentados en la memoria, para ello construyeron un laberinto donde exploraron la capacidad del cerebro para hacer conexiones simpáticas al dormir. Los ratones del experimento soñaban con atravesar el laberinto y sus cerebros asimilaban y organizaban el conocimiento de la ruta del laberinto, como resultado al día siguiente los ratones atravesaban el laberinto con mejores resultados. Los investigadores lograron registrar su actividad neuronal y observaron cómo el hipocampo actúa como una especie de cine continuo, reproduciendo los eventos del día.

La imaginación activa

Para Jung la imaginación sería la capacidad que permite acceder al mundo de los arquetipos, fuerzas estructuradoras de la consciencia que se manifestarían en la inteligencia del ser humano a través de símbolos. La imaginación no dependería de la percepción del mundo objetivo, sino que surgiría de una fuente trascendental que sería la verdadera razón del arte y la espiritualidad. Los arquetipos serían expresiones de una consciencia subsistente por sí mima de la que emanaría la inteligencia por medio de la imaginación.

Todos hemos experimentado en algún momento la inspiración, aunque algunos individuos la viven de manera constante y la utilizan como motor de su labor creativa; a estos individuos excepcionales los denominamos artistas. Cuando se encuentran en estado de inspiración, sus ideas fluyen libremente; las palabras fluyen hacia el papel, las imágenes son plasmadas en lienzos y se sienten capaces de resolver los problemas más complejos o de concebir respuestas ingeniosas.

Esta actividad mental se conoce como creatividad. Durante este proceso, diversos circuitos y ondas cerebrales se activan y colaboran entre sí para completar las tareas. La atención se amplía hacia regiones aparentemente inexploradas por los sentidos, mientras se exploran los recovecos más profundos de la memoria genética y memética de la especie. Un análisis detallado de los circuitos, áreas o estructuras cerebrales implicadas en la creatividad incluiría el hemisferio derecho, el lóbulo prefrontal, el lóbulo temporal, las áreas de asociación temporo-parieto-occipitales, el área visual ventral, el sistema límbico, el área parahipocámpica, el giro fusiforme, el cerebelo anterior, entre otros.

En resumen, todo el cerebro, o más precisamente, el conjunto cerebro-mente trabajan para poder dar luz a una creación creativa. Aun así, a pesar de tener una explicación mecanicista no contamos con un modelo que explique de manera completa el funcionamiento coordinado de todas estas estructuras, a lo largo de la historia se han propuesto diversas teorías; inicialmente se recurrió a las musas como fuente de inspiración, luego se mencionó al subconsciente, y posteriormente, la noción de arquetipos, símbolos e inconsciente colectivo nos proporcionaron mayores indicios sobre este fenómeno psíquico.

Jung comprendió, a través de su arduo trabajo, que las imágenes eran una vía de acceso directo al inconsciente; en su obra *Mysterium Coniunctionis*, narra cómo la «imaginación activa» es un método diseñado por él, para abrir un diálogo con el inconsciente. La imaginación activa constituiría la aportación de Jung a la alquimia. El desarrollo de la original técnica de la imaginación activa hizo posible que, posteriormente, otros autores desarrollaran técnicas y recursos basados en principios similares a la técnica de Jung; entre las más conocidas pueden mencionarse: el ensueño dirigido de Robert Desoille, el psicodrama de Jakob Levy Moreno, o el estado hipnagógico estudiado más recientemente por científicos.

Tanto para el budismo, como para el hinduismo, cualquier cosa: una imagen, un pensamiento, la respiración, incluso el ser humano, es una imagen de la «totalidad» y su prima materia no es otra cosa que su propia subjetividad, su propia conciencia, esa chispa psíquica; que Mesiter Eckhart (1260-1328) llama *fünkelin* a «la esencia increada del alma creada», es la cualidad de la atención, el fuego de la alquimia. La disolución de las fronteras entre lo espiritual y lo material que llevaban a cabo los alquimistas para alcanzar nuevos horizontes de percepción. De acuerdo a Jung, psique y materia son dos aspectos de una misma y única cosa. Esta única cosa material-espiritual es llamada por Gerhard Dorn (1530-1584) *unus mundus*, la unidad primordial que se dividió en el cielo y la tierra, pero que persiste en todas las cosas.

> *Como la psique y la materia está contenidas en uno y el mismo mundo y además están en contacto permanente y descansan, en última instancia, sobre factores trascendentales, no sólo existe la posibilidad, sino también cierta probabilidad de que materia y psique sean aspectos distintos de una y la misma cosa. Los fenómenos de sincronicidad apuntan, según me parece, en esa dirección ya que tales fenómenos muestran que lo no psíquico puede comportarse como psíquico y viceversa, sin que exista entre ambas un vínculo causal.* (Jung, *Arquetipos e inconsciente colectivo*, 1996, p. 159)

El alquimista, a través de un arduo trabajo personal, logra la unión original: «Una consumación del *mysterium coniunctionis* que puede esperarse solo cuando el espíritu, alma y cuerpo son unificados con el *unus mundus* original«; el cual es el inconsciente (las aguas caóticas); no obstante, la unión ahora debe hacerse en la conciencia, en la luz, en el individuo individuado. Cabe mencionar que, este *unus mundus* o «unidad latente del mundo» es lo que, según Jung, explica en los fenómenos de sincronicidad. Esto lo menciona en su libro *La interpretación de la naturaleza y la psique*.

> *Pues en este mundo inferior, es decir, el globo terráqueo, hay una inherente naturaleza espiritual, capaz de Geometría, que ex instinctu creadoras, sine ratiocinatione, mediante la combinación geométrica y armoniosa de los rayos de luz celestiales, llega a la vida y se estimula a sí misma a usar sus fuerzas. La sede de la sincronicidad no está, afirma, en los planetas, sino en la tierra, pero no en la materia, sino precisamente en el Ánima telluris. De ahí que toda clase de fuerza natural o viva en los cuerpos tenga cierta "similitud divina".* (Jung, 2003, p. 97-98)

Según Jung, los alquimistas deificaron la materia. Interpretándole, se puede entender que la hicieron sensible a la imaginación; es decir, la poetizaron. Vieron en ella una poesía continua, la sometieron a sus pasiones, la pulieron para que reflejara el mito del Dios que se abisma y encarna en la Physis, y que trae consigo todo un bestiario fantástico de fases evolutivas. Captaron el eterno devenir del «verbo» en la materia, lo creativo continúa (usando el término de Clemente de Alejandría, citado por Limón, Á. L. L. 2019)[7].

La gran obra alquimista era un proceso para trabajar la imaginación mediante la creación artística, las imágenes eran expresión del espíritu, eran algo más que una simple creación material, pues dentro de sí contenían una forma de acceder a las profundidades de la mente. Jung hizo lo mismo con el inconsciente, asumiendo que debe hacerse consciente de la misma manera que la materia debe hacerse espíritu. La piedra filosofal es lo que se produce en el alma humana, la síntesis del inconsciente y el consciente, de la materia y el espíritu.

Cuando se habla de la imaginación activa, la coagulación del espíritu tiene, además, una salida poética: se alienta al paciente a pintar, escribir, esculpir o hacer música con el material del inconsciente con el que ha venido trabajando. El inicio del proceso terapéutico es un descenso, una confrontación con la propia oscuridad, con la inmundicia de la tierra y del alma. El Nigredo, la melancolía, la depresión, la enfermedad, el elemento saturnal. Uno se involucra y atiende a lo que dice el inconsciente que habla a través de símbolos y fantasías.

> *La hipótesis de las luminosidades múltiples se basa, por un lado, como ya hemos visto, en el estado causi-consciente de los contenidos inconscientes y por otro lado en la existencia de ciertas imágenes que pueden encontrarse en los sueños y en las fantasías visuales de individuos modernos o en documentos históricos que deben ser interpretadas simbólicamente.* (Jung, *Arquetipos e inconsciente colectivo*, 1970, p. 135)

La imaginación activa es un proceso similar al sueño, donde se busca descender el umbral de conciencia para contactar con la fuente onírica, esto sólo es posible si se existe un involucramiento del paciente con el caudal de fantasías que son liberadas del inconsciente; específicamente, dentro de un proceso de Psicología Analítica. Estas fantasías, que coquetean con la psicosis, brotan del inconsciente colectivo y Jung las consideró como la herencia espiritual de la humanidad. Decía Jung: «La imaginación activa consiste esencialmente en ejercicios sistemáticos para eliminar la atención, produciendo un vacío en la

---

7   Clemente de Alejandría (150-216 del siglo II) creó obras muy importantes como *El protréptico*, *El pedagogo*, y *Los Stromata*, los cuales constituyen una auténtica trilogía, destinada a acompañar eficazmente la maduración espiritual del cristiano. (Limón, Á. L. L. 2019).

consciencia. Se concentra uno en un estado de ánimo particular, y se concentra en toda la fantasía que va surgiendo de ahí. Se permite con libertad que lleguen las imágenes».

A través de la imaginación activa se produce un efecto de numinosidad, equivalente a una sanación (o resignificación vital) por el efecto de las imágenes. Jung es cauto y dice que no se puede tener certeza de que la integración de la piedra filosofal ha ocurrido o puede ocurrir en el ser humano. Otra idea importante en la psicología junguiana es la del «desarrollo de la personalidad», que se encuentra estrechamente vinculado con el proceso de «individuación» y la técnica de la «imaginación activa».

> *Esta experiencias y consideraciones me permitieron advertir que existen ciertas condiciones inconscientes colectivas que actúan como reguladores y propulsores de la actividad creadora de la fantasía y que, al poner al servicio de sus fines el material existente en la consciencia, producen configuraciones correspondientes. Actúan exactamente como motores de los sueños, por lo cual la imaginación activa nombre que he dado a este método remplaza hasta cierto grado los sueños.* (Jung, 1970, p. 148-149)

Aprender a diferenciar la imaginación de la realidad es parte imprescindible del proceso de individuación, también se lleva a cabo por medio de la asimilación en la conciencia de elementos estructurales inconscientes, como las imágenes arquetípicas, los complejos y sus imágenes asociadas, los afectos, los recuerdos reprimidos y sus componentes emocionales, ideas, etc. De tal forma que, el desarrollo de la personalidad y la individuación son procesos estrechamente vinculados, a través de una relación recíproca que facilita la ampliación de la consciencia.

A lo largo de su obra, Jung hace numerosas referencias al proceso constructivo de la personalidad que se lleva a cabo a través de la imaginación activa; en *El libro rojo* plasmó más específicamente su arduo proceso alquímico para confrontar sus propios contenidos psíquicos, en un primer momento todo aparecía ante Jung como un gran caos sin sentido, donde la irracionalidad parecía ser la característica principal, sin embargo, como descubriría más adelante existen estructuras racionales que debían romperse para poder encontrar significados más profundos.

Todos estamos desconectados de nuestra alma, por tal motivo los contenidos psíquicos se nos presentan como imágenes ajenas al Yo, la perspectiva que nos aporta *El libro rojo* nos invita a ver el mundo interior como un lugar habitado por personajes, personificaciones del psiquismo humano que nos acompañan en nuestra biología y nos revelan significados relevantes para nuestro desarrollo psíquico. Dentro de este gran escenario el Yo es tan solo un personaje más con el cual el Sí-mismo debe dialogar. En otros términos, esto significa encontrar el equilibrio entre la esfera del complejo Yo/Ego y las estructuras inconscientes que pertenecen a los complejos del inconsciente personal, y también a las imágenes simbólicas vinculadas a los arquetipos del inconsciente colectivo.

El dinamismo psíquico se pone en movimiento a través de la imaginación y contribuye a la autorregulación del sistema psíquico, contribuyendo, de esta manera, a alcanzar un equilibrio más estable a través del proceso de compensación. Gracias a *El libro rojo* las fantasías del inconsciente adquirieron legitimidad para comprender cómo el alma nos acompaña en todo momento y se expresa a través de imágenes que nos confieren revelaciones sobre todos aquellos aspectos que ignoramos o rechazamos.

En la historia del arte, encontramos figuras destacadas como Kandinsky, Agnes Pelton y Hilma af Klint, quienes abordaron con audacia la conexión casi mística entre el arte y las dimensiones espirituales de la vida. Las pinturas de Agnes Pelton son una expresión visual de sus búsquedas espirituales, utilizando la materialidad de la pintura para representar intuiciones espirituales que difieren de las simples ilusiones visuales. Estas obras no son de fácil comprensión, ya que emergen de sus sueños, visiones y una profunda percepción de la naturaleza.

Por otro lado, en la obra de Hilma af Klint se refleja la búsqueda de respuestas sobre el lugar que ocupamos en el cosmos. Cada individuo busca su conexión original con el universo, donde la naturaleza espiritual representa el alma humana. Hilma af Klint creó una serie de 193 obras artísticas que integran la astronomía, biología, teosofía y relatividad de una manera única. A través de sus pinturas, Hilma elaboró un mapa para explorar las preguntas sin respuesta sobre el origen de la vida y el universo.

Los llamados «cuadros del templo» son un conjunto de obras de Hilma que contienen un gran número de simbolismos, donde predominaban las espirales y caracoles (símbolos de evolución o el ciclo de la vida), la U (representación del mundo espiritual), la W (materia) y los círculos superpuestos que forman la *Vesica Piscis* (símbolo de unidad).

Hilma af Klint refería que toda la información que plasmaba en sus obras no venía directamente de su mente racional, sino que un ser llamado Hamaliel le proporcionaba el conocimiento necesario para guiar sus obras. Esto recuerda un poco a lo descrito por Jung sobre Filemón, una figura con la cual dialogaba y le proporcionaba claves para avanzar en el entendimiento de su propio mundo interior. Tanto Agnes Pelton como Hilma af Klint, al igual que Jung con *El libro rojo*, decidieron mantener sus obras en secreto, y no fue hasta años después que sus creaciones artísticas se dieron a conocer al público.

C. G. Jung nos propone la psique y el cosmos como dos polos de una misma realidad. Para la Psicología Analítica la expresión artística tiene gran importancia, ya que a través de estas se representa, de manera simbólica, el orden estructural presente en el cosmos; este orden se manifiesta de igual modo en el inconsciente. En este sentido los artistas tendrían una conexión profunda con el acontecer psíquico en la medida que son capaces de proyectar en sus obras y producciones el alma de la humanidad. Jung decía: «El arte es una especie de innata unidad que se apodera de un ser humano y lo convierte en su instrumento». La función social del arte es reflejar el alma del espectador mostrando la oscuridad y luz que hay en ella, de este modo se puede conocer la verdadera naturaleza del ser, es a través de la expresión artística que podemos recordar nuestro deber como humanos.

Freud postulaba que la obra de arte compartía el mismo origen que los sueños: ambos eran manifestaciones de deseos inconscientes y se creaban a través de los mismos mecanismos. Esta similitud permitía la extensión del discurso psicoanalítico hacia el análisis de la obra artística. Por otro lado, Kandinsky sostenía la creencia de que el arte constituía un lenguaje universal capaz de comunicarse directamente con el alma. Las formas geométricas y los colores, aunque no representaran objetos reconocibles del mundo físico, reflejaban pensamientos, sentimientos y emociones que incidían directamente en la experiencia perceptual de la realidad.

En el volumen 15 de la obra completa de Jung, editada por Trotta, se aborda una temática de resonancias hegelianas, orientando la atención hacia el autoconocimiento del espíritu de la época a través del arte y la ciencia. Este libro incluye varios ensayos breves dedicados a figuras como Paracelso, Freud, Wilhelm y Joyce. Teofrasto Paracelso fue médico, alquimista y filósofo. Sus escritos, en su mayoría crípticos, resultan fundamentales para comprender el tratamiento del inconsciente propuesto por Jung. Según Paracelso, existe una conexión inextricable entre el individuo y el universo. En otras palabras, sostiene que hay una relación no causal, pero, según Jung, sí sincrónica e irrefutable, que vincula la naturaleza de los astros con la naturaleza humana, la gran obra artística une el macrocosmos exterior con el microcosmos interior.

El hombre no vive exclusivamente en un universo físico, sino en uno simbólico. El lenguaje, el mito, el arte y la religión conforman parte de este universo simbólico, tejiendo la intrincada red que constituye la experiencia humana. Cada especie viviente tiene su propio mundo perceptivo, su *umwelt*, según propuso Jakob von Uexküll, biólogo alemán, quien sugirió la existencia de múltiples mundos perceptivos conectados pero incomunicados entre sí.

El lenguaje simbólico es un punto de unión entre la realidad interna y externa. Cassirer define que el humano no vive en un universo físico, sino en un universo simbólico o, dicho de otra manera, el humano no accede directamente a las cosas, sino que se vale de una compleja red simbólica para acceder a ellas y así poder ordenar conceptualmente la realidad. El humano necesita tender puentes entre su ser propio y lo ajeno, trascendiendo la necesidad natural a través de una configuración espiritual, cuya génesis reside en una capacidad creadora que se expresa de diversas formas.

El espíritu de la época/profundidad

Cuando Jung se refiere el término «espíritu» lo hace desde una concepción de un polo opuesto a la materia. Los pilares de esta civilización comienzan en la sensibilidad imaginativa, como una función evolutiva que posibilitó a los antepasados acceder a una realidad simbólica, desde la cual se tejen significados cada vez más abstractos. El lenguaje simbólico, por lo tanto, permitió a los primeros homínidos interactuar con una realidad imaginaria, generando una proyección entre el mundo de los objetos y el mundo interno.

Consecuentemente, la estructura psíquica de la especie humana creó una realidad interna, codificando el mundo mediante mapas mentales, creando así una herencia histórica, la cual se puede estudiar a través del arte, la mitología y la cultura de los pueblos originarios, de tal forma el mundo simbólico moldeó la realidad transformando para siempre nuestra mirada.

Se puede definir «el espíritu de la profundidad» como la fuerza anímica responsable del desarrollo evolutivo, el fuego inicial que dotó a la humanidad la posibilidad de transitar un camino de evolución, es por lo tanto una fuerza que empuja a la civilización hacia el progreso. Este progreso evolutivo inicial va definiendo cada época de acuerdo a las creaciones culturales del momento, definiendo de manera clara la identidad de los pueblos en cada momento histórico.

El espíritu de la época responde a filosofías, costumbres, creencias y deseos inducidos por el colectivo de la época, este espíritu se expresa a través del tiempo como una identidad cultural del momento, mediante momentos arquetípicos de los cuales todos formamos parte, el espíritu de la profundad nos moviliza hacia una diferenciación a través de nuestra propia individualidad.

Desde tiempos inmemoriales, la humanidad ha dirigido su mirada hacia el firmamento en busca de orientación y comprensión ante los acontecimientos de la vida diaria. En momentos de adversidad, solemos buscar alternativas y explicaciones para dar sentido al caos que nos rodea, explorando diferentes modalidades y enfoques. En este sentido, el universo ha servido como un recurso invaluable, pues históricamente los seres humanos han observado el cosmos en busca de respuestas a sus interrogantes existenciales. Fueron los antiguos griegos quienes iniciaron el proceso de cartografiar las estrellas y otorgar nombres a las constelaciones que aún utilizamos en la actualidad.

Los pasos iniciales del hombre sucedieron gracias a la curiosidad y el asombro por el mundo que los rodeaba. Desde el primer momento que se pudo acceder a una realidad interna, «el espíritu de la humanidad» que habita en cada persona guio los pasos hacia una transformación progresiva a través de la historia, marcando los grandes momentos de cambios socioculturales. James Hillman expresó: «Sencillamente, para mí la astrología devuelve los acontecimientos a los dioses. Depende de imágenes tomadas de los cielos, invoca un sentimiento politeísta, mítico, poético, metafórico de aquello que es inevitablemente real. Esto es lo que hace a la astrología eficaz como un campo, un lenguaje, un modo de pensar».

Cuando el tiempo y el espacio interactúan dan como resultado un espíritu del tiempo que determina el ambiente cultural de cada época. Esta fuerza anímica fluye por espacios psíquicos y hace posible proyectar las intuiciones que nos hacen receptivos a nuevas ideas, posibilidades y ambientes. La ley moral y la ley divina brotaron desde el interior del ser proyectando ideas creativas que moldean la realidad. El desarrollo tecnológico y humano también están influenciados por aspectos espirituales que trascienden el mundo ordinario.

Los rituales y los mitos marcaron el rumbo del progreso actual. Se podría decir que en cierta medida las ideas vienen a nosotros para ser manifestadas en el mundo, surgen desde aquel mundo fantasioso para orientar nuestras más grandes intuiciones. Todos los pensadores, artistas e inventores desarrollaron su creatividad mediante procesos que iban más allá de la racionalidad. Con el poder de su imaginación fueron capaces de soñar mundos nuevos. Ajith Kumar decía: «¿No somos todos soñadores? Solo porque un hombre soñó con volar es por lo que viajamos en aviones. Detrás de todos los inventos, vemos los sueños de la gente». Se ha propuesto que la fuerza del espíritu humano es una fuerza cósmica que proviene de los arquetipos planetarios, el ser humano es un receptor de la divinidad; los movimientos celestes marcan ciclos que determinan el flujo de energía arquetípica planetaria, cuando estas fuerzas anímicas encuentran su manifestación en las expresiones simbólicas logran transformar la consciencia, posibilitando nuevas formas de percibir e interpretar la realidad.

El primer impulso de los ancestros fue hacia el arte y la espiritualidad, gracias a los primeros rituales se desarrolló la creatividad que fomentó el deseo de conocer el mundo; a su vez, este deseo forjó los primeros mitos. La astrología y la alquimia fueron de las primeras ciencias conocidas por el hombre. A partir de ese momento, el conocimiento fue evolucionando hasta conformar sistemas de pensamiento cada vez más complejos.

El conocimiento de la astrología definió las fuerzas planetarias como los elementos que ayudaron a configurar la realidad interna y externa; por ello, se dice que dentro del espacio psíquico habitan los dioses como representación de los principios astrológicos que otorgaron la movilidad vital necesaria para que la humanidad evolucionara. El conocimiento astrológico contempla los planetas como energías arquetípicas planetarias que conforman parte de la identidad personal de cada ser:

- Sol: luz de la consciencia, individualidad e identidad del Yo externo. Simboliza la energía vital proyectada hacia el futuro y el poder creador representado por el *ánimus* y el héroe.
- Luna: sentimientos, reacciones emocionales, la identidad del Yo interno. Simboliza la energía maternal y el pasado, la matriz del ser, representada por el ánima y la gran madre.
- Mercurio: pensamiento, percepción, comunicación y conocimiento. Simboliza el impulso intelectual por comprender y explicar el mundo, representado por la figura de Hermes.
- Venus: amor, belleza, placer. Simboliza el impulso de complacer y ser complacido se le relaciona con el ánima en su conexión con la imagen interna del ideal femenino.

- Marte: energía física, acción, lucha y esfuerzo. Simboliza la fuerza y agresión, representado por el guerrero arquetípico y el ánimus en su conexión con la imagen interna del ideal masculino.
- Júpiter: expansión, magnitud, amplificación, elevación. Simboliza el crecimiento y la abundancia, representa la necesidad de contactar con totalidades mayores.
- Saturno: contracción y restricción, estructuras y límites, lo tradicional lo establecido. Simboliza la disciplina, la responsabilidad, representa la autoridad y el juicio.
- Urano: libertad e individualismo, rebelión y revolución. Simboliza la liberación y la emancipación, representa los cambios y la invención de lo nuevo.
- Neptuno: trascendencia y experiencia espiritual. Simboliza la unidad oceánica y la unidad indiferenciada, representa lo ideal y lo imaginario.
- Plutón: el poder primario de la destrucción y la creación. Simboliza la evolución y transformación, representa el inconsciente reprimido y los ciclos arquetípicos de la existencia humana.

En la astrología occidental, se cree que cada era astrológica refleja cambios fundamentales en la mentalidad y la cultura colectiva. Desde esta postura se propone que la era de Piscis, que ha estado en curso durante los últimos dos milenios, se ha caracterizado por valores como la espiritualidad, la religión organizada y la empatía.

La simbología de Piscis se encuentra intrínsecamente entrelazada en la historia de Jesús. El mar, los peces, el acto de sanación, y el sacrificio de su muerte, encapsulan la esencia misma de Piscis: la capacidad de sacrificio, la pérdida de la propia individualidad. Estos elementos, influenciados por la conjunción entre sus regentes, Júpiter y Neptuno, han desempeñado un papel fundamental en nuestra evolución psíquica. A través de estos eventos históricos, emerge una conexión con nuestras facultades más profundas: la empatía, la intuición, la sanación y, sobre todo, el perdón hacia uno mismo y hacia los demás, todas ellas son virtudes que se manifiestan gracias a este mito que ha marcado el rumbo de la historia.

Por otro lado, la actual era de Acuario supuestamente traerá consigo un enfoque más centrado en la innovación, la tecnología, la igualdad y la humanidad como un todo. En cuanto a la revolución tecnológica, esta es una realidad palpable que ha transformado profundamente la sociedad en las últimas décadas. La tecnología ha cambiado la forma en que vivimos, trabajamos, nos comunicamos y nos relacionamos entre nosotros. Ha generado avances significativos en áreas como la medicina, la educación, la economía y la ciencia, entre otros campos.

La intersección entre la era de Acuario y la revolución tecnológica puede interpretarse de diversas maneras. Algunos sugieren que la llegada de la era de Acuario coincide con un aumento en el progreso tecnológico y la innovación, y que estas fuerzas están impulsando la humanidad hacia un futuro más igualitario y conectado.

La era de Acuario refleja la esperanza de un cambio que trasciende las meras innovaciones tecnológicas, es una época de transición hacia una nueva forma de colaboración y un mayor sentido de comunidad. Acuario se vincula con la inteligencia y la colaboración en la tarea de crear algo en beneficio del bien común. El espíritu del tiempo en esta época nos insta a convertirnos en pensadores críticos y a ser más conscientes de nuestras interacciones con las comunidades a las que pertenecemos. Es un tiempo para el surgimiento de la responsabilidad colectiva con nuestro futuro.

En la astrología se considera que la personalidad humana es una expresión de la interacción de estos principios cósmicos, relativamente diferentes, pero que, en conjunto determinan la actitud de una época. En principio, el ser humano tiene dentro de sí mismo, no una, sino varias esferas de entendimiento que engloban desde la inteligencia hasta el entendimiento práctico. El ser humano expresa la inteligencia del cosmos en cada acto cambiando su realidad tanto interna como externa, los grandes movimientos planetarios coinciden extraordinariamente con los grandes cambios y revoluciones que impulsaron el desarrollo humano. El cielo y la tierra interactúan para dar lugar a la expresión de diversas formas de pensar.

La visión del mundo se extiende hacia adentro para construir el ser interior, y hacia afuera para construir el mundo. Configuran en profundidad la experiencia psíquica, los modelos de la sensibilidad y la interacción con el mundo. Somos un microcosmos dentro del macrocosmos del mundo, que participa en una realidad interior que moldea el mundo exterior.

Por lo tanto, se podría definir que el «espíritu de la época y a la profundidad» en sincronía con la mente y el alma forman parte de un mismo mundo el cual se expresa a través del inconsciente colectivo para dar forma a la historia, tejiendo historias asombrosas, gracias a individuos extraordinarios que canalizaron a través de su imaginación ideas extraordinarias. Este viaje inicia con los primeros ritos, la primera obra artística y el primer impulso de altruismo y continúa actualizándose mediante la renovación cultural de cada época.

Los movimientos celestes impulsaron lo grandes cambios, las grandes revoluciones y las terribles guerras que libramos, a pesar de ello, todos estos fenómenos sociales nos han permitido llegar hasta el presente otorgándonos el tiempo necesario para que nuestra conciencia pueda evolucionar.

En la vida se manifiestan ciclos que permiten transitar de la niñez a la adultez, de igual manera, cada planeta tiene un ciclo que ha marcado los grandes momentos de la historia, las grandes invenciones artísticas, científicas y espirituales. Los cambios sociales que han permitido a la civilización expandirse y todo lo que caracteriza la trama social de cada época está marcado por fuerzas anímicas que brotan desde el interior de cada ser y nos motivan a realizar grandes hazañas. Esto está representado en la mitología como el camino del héroe solar. Cada héroe es la forma en la cual el universo se conoce a sí mismo.

Tanto la evolución tecnológica, como la evolución humana, han sido pautas para la evolución sociocultural de cada época. La evolución tecnológica posibilitó la conformación de una ciencia sólida, la evolución humana configuró el bagaje cultural, así que hoy se puede gozar de grandes comodidades y derechos humanos que posibilitan la expansión de nuestra especie hacia escalas inimaginables.

Los tránsitos planetarios tienen una variable correlacional con los grandes momentos que han marcado la historia de la civilización. Al estudiar la historia desde una perspectiva astrológica, se pude señalar una compleja correspondencia entre configuraciones astronómicas, experiencias humanas y fenómenos sociales. Al moverse en sus receptivos ciclos, los planetas crean formas diversas, relaciones geométricas con respecto a la tierra. Se ha observado que estos alineamientos coinciden con momentos claves de la historia como revoluciones, inventos culturales e incluso, los momentos más oscuros de guerras.

Consecuentemente, pasamos de ser una sociedad que quemaba brujas en la hoguera, a una sociedad que lucha por la igualdad de todas las mujeres, hoy todas las personas sin importar su color de piel gozan de los mismo derechos y garantías individuales. Gracias a la ciencia dejamos de estar a merced de los dioses para comprender que el conocimiento de las leyes naturales permite anticipar la destrucción.

La sincronicidad es un orden configurador que permite la experiencia humana en este plano dimensional: Si Einstein viajara a la época de la Inquisición, probablemente, hubiera sido perseguido y su teoría jamás hubiera sido creada; igualmente, si Hitler hubiera tenido éxito como pintor la historia que se cuenta hoy sería totalmente distinta. Para bien o para mal, lo que se es hoy es consecuencia de una serie de sucesos a través del tiempo.

El cosmos está configurado e integrado a través de un principio ordenador. Los arquetipos planetarios reflejan de modo inteligible la experiencia humana. Por ejemplo, existe una relación medible entre la fase lunar y el comportamiento de las bolsas mundiales. El escritor suizo Richard Tarnas, en su obra *Cosmos y psique* hacen una revisión histórica de los grandes pensadores y momentos de la historia que marcaron la evolución sociocultural. El espíritu de la profundidad es la expresión de la estructura arquetípica que brota desde el ser y tiene su origen en conceptos cósmicos que trascienden el tiempo-espacio y van más allá de la consciencia.

El espíritu del tiempo es la manifestación de estas fuerzas anímicas operando dentro de los márgenes temporales proyectando una realidad que define la actitud de cada época. Es por ello que es prácticamente imposible volver a la época medieval o revivir los 70, 80, 90. Cada época tuvo su propia configuración planetaria que marcó la manera de vivir y expresarse dentro de un contexto sociocultural. En toda sociedad existe una tendencia al cambio a lo largo de su historia, la aprehensión de los contenidos de los productos culturales son la expresión de estos movimientos celestes; son la conjunción del tiempo y el espacio expresándose a través del espíritu humano. Jung refiere el espíritu de la época (*Zeitgesit*) para conceptualizar el contexto del artista en los márgenes dentro de los que actúa, piensa y siente. En tal sentido Jung afirma:

> *Cada época tiene su unilateralidad, su prevención y su padecer anímico. Una época es como un alma individual, presenta su peculiar y limitada disposición consciente y necesita por ello una compensación que lo inconsciente colectivo propicia al confiar a un creador o a un visionario la expresión de lo innombrado en la disposición de la época y que conjura, en hecho o imagen, lo que la necesidad incomprendida de todos esperaba, ya sea bueno o malo, para la sanación o la destrucción de una época.* (Jung, *Sobre el espíritu el arte y la ciencia*, 1966, p. 91).

El espíritu de la época y la profundidad nos plantea una perspectiva sobre cómo la actividad del cosmos se manifiesta en la consciencia humana mediante arquetipos, es gracias a estas fuerzas que el hombre encuentra un movimiento hacia la evolución y de este modo el mundo se encuentra siempre en una actualización constante marcando la singularidad de cada época. Jung ve la época en relación con el inconsciente colectivo, reconoce una fuerza e identidad que dejan su huella profunda en cada uno de los actos del ser humano.

Teoría sobre la sincronicidad

Albert Einstein dijo en alguna ocasión: «La casualidad es la manera que tiene Dios de mantenerse en el anonimato». La perspectiva de Einstein vislumbraba que más allá del azar existe una transferencia de información entre cosas relacionadas entre sí, por lo cual todo tenía una causalidad. Jung conceptualizó la sincronicidad para describir aquella fuerza ordenadora que permitió unificar las cuatro fuerzas fundamentales que operan a través de la cuaternidad como expresión del alma del mundo. Por lo que esta fuerza contraria al azar posibilitó una serie de coincidencias altamente significativas que permitieron manifestar la vida y la consciencia mediante la configuración de ciertas variantes cósmicas (tamaño del átomo, el peso del protón, velocidad de la luz, dinámica de opuestos, etc.). Dichas variantes estaban configuradas desde el primer segundo de la existencia para permitir la manifestación de vida inteligente en el cosmos.

Por lo tanto, su expresión se manifiesta a través de constantes universales que permiten estructurar los arquetipos como formas de energía en las cuales la dinámica de opuestos puede expresarse a través de dualidades: unidad-vacío, positivo-negativo, materia-antimateria, luz-oscuridad, línea recta y curva, números pares y nones, etc. De este modo las cristalizaciones del espacio-tiempo son capaces de materializar la energía en forma de símbolos e imágenes arquetípicas.

El espíritu es una expresión del cambio y de la evolución que caracteriza cada época, es una frecuencia que sintoniza la psique con el cosmos y permite la integración del hombre con el alma del mundo potenciando la totalidad de la que todos estamos destinados a formar parte, de aquí surge lo simbólico como una fuente de conexión con esa fuerza universal que opera a través de toda la creación tanto en el universo físico, como en los sueños, la imaginación y los mitos.

Cuando un individuo accede a este nivel de consciencia logra concebir el vínculo de unión existente entre lo individual, lo colectivo y lo universal.

En ese preciso momento la noción de comunidad, humanidad y civilización toma relevancia para el individuo, pues todos somos parte del todo y por ello responsabilizarnos por el bien común es un acto que surge desde un nivel de conciencia superior y esto podría ser la finalidad de la gran trama cósmica y, en última instancia, el gran salto evolutivo que necesitamos para construir un mejor futuro.

Jung halla en el *I Ching: El libro de las mutaciones* una fuente de inspiración, ya que opera bajo el mismo principio que sustenta su psicología, el principio sincronístico le permite explicar la influencia no causal que ejercen las configuraciones astrales sobre el destino individual, así como las similitudes en los arquetipos míticos y religiosos presentes en diversas culturas, incluso aquellas separadas por grandes periodos de tiempo y lejanas distancias geográficas. En una carta a Abram en 1957, Jung expresaba su deseo de captar el *unus mundus*, donde la materia y la psique ya no fueran magnitudes inconmensurables; estaba convencido de que la física y el estudio de los fenómenos psíquicos eventualmente convergirían.

Para Jung no solo la psique y la física se entrelazan, sino también la imaginación y la razón. Gracias a Jung, el presente y el pasado se conectan, proporcionándonos la llave para comprender el rico legado de dioses, mitos y leyendas. En *La interpretación de la naturaleza y la psique* Jung describe la sincronicidad como: «La coincidencia temporal de dos o más acontecimientos, no relacionados entre sí causalmente, cuyo contenido significativo es idéntico o semejante».

A través de sus experiencias personales Jung nos narra cómo en terapia; una joven paciente cuya vida estaba regida bajo la racionalidad y la lógica, soñó que le regalaban un escarabajo pelotero de oro. Mientras la paciente le relataba el sueño, Jung notó que algo golpeaba suavemente la ventana, Jung abrió la puerta y capturó un insecto. Cuando la paciente le preguntó qué era lo que había atrapado, Jung la informó de que el insecto era un espécimen similar al que había soñado. Este suceso hizo que su paciente pudiera liberarse de ese encadenamiento racional, comenzando así para ella un reconocimiento de las dimensiones espirituales que se encuentran más allá de la lógica, en términos simbólicos para la paciente comenzaba un renacimiento espiritual.

¿Una simple casualidad? Puede ser si se tratara de un caso aislado, pero los estudios sistemáticos de Jung dejaron claro que no es posible que tales fenómenos se deban a la casualidad. La teoría de la sincronicidad está influenciada notablemente por la relación personal de Jung con Wolfgang Pauli (1900-1958), uno de los físicos teóricos más destacados del siglo pasado. A pesar de diferencias filosóficas, Albert Einstein expresó un profundo respeto por Pauli. Sin embargo, la perspectiva extremadamente racional de Pauli se vio desafiada por una serie de eventos dramáticos en su juventud, lo que provocó una crisis que él mismo describió como una «gran neurosis». Junto con tragedias personales, como el suicidio de su madre en 1927 y su divorcio en 1930, esta crisis interna llevó a Pauli a buscar ayuda.

Siguiendo el consejo de su padre, Pauli acudió a Carl Gustav Jung en busca de orientación. Desde el primer momento Jung quedó impresionado por la brillantez científica y el intelecto de Pauli. Jung analizó los sueños de Pauli, en 1935 Pauli había registrado más de 1500 sueños de los cuales al menos 400 fueron empleados por Jung para el material de sus lecturas en el círculo de Eranos, los cuales también quedaron documentados en su obra *Psicología y alquimia*.

Aunque Pauli publicó pocos artículos sobre problemas filosóficos, compartía seriamente la idea de Jung sobre la sincronicidad y colaboró en la exploración de conexiones que desafiaban la explicación causal. La correspondencia entre Jung y Pauli proporciona una visión detallada de un intercambio mutuo que ha sido invaluable tanto para la Psicología Analítica como para la física cuántica, dos campos que aparentemente no tenían puntos de conexión.

La contribución de Pauli al volumen publicado junto con Jung, titulado *La influencia de los arquetipos en las teorías científicas de Kepler*, explora el papel del inconsciente en el desarrollo científico. Pauli argumenta que las imágenes interiores, especialmente el símbolo religioso de la Trinidad en el caso de Kepler, motivaron y guiaron el proceso de formulación de teorías científicas.

La sincronicidad es una fuerza que nos recuerda que todas las situaciones y personas con las que interactuamos tienen un propósito en nuestra vida, aunque a veces no lo comprendamos en el momento, estamos involucrados en una red de acontecimientos entretejidos, en los cuales conforme el tiempo transcurre vamos descubriendo significados ocultos.

Jung sostenía que, para el inconsciente, el espacio y el tiempo son relativos, se preguntaba entonces si sería posible encontrar una ley para los sucesos sincrónicos que pudiera oponerse a la ley de causalidad de la física. Al parecer la sincronicidad explicaría la relación entre la materia y energía, dos polos en aparente oposición. El problema fundamental de todo esto era que la sincronicidad requería de acciones instantáneas. Estas acciones instantáneas es algo que la física no permite ya que según la teoría de la relatividad especial de Einstein nada puede viajar más rápido que la luz.

Es entonces aquí cuando la física cuántica entra en escena. En 1935, los físicos Einstein, Podolsky y Rosen plantearon un experimento llamado la paradoja EPR basado en los principios cuánticos donde se generaba una comunicación entre partículas más veloz que la luz, sus resultados proponen que el mundo cuántico está sostenido por una realidad invisible sin intermediarios que permite la comunicación a una velocidad mayor que la de la luz, en términos técnicos esto significa que la física cuántica no es local y por lo tanto es posible el fenómeno del entrelazamiento cuántico. Además, Miguel Alcubierre, un físico mexicano también planteó un modelo matemático para viajar más rápido que la luz, sin contradecir las leyes de la relatividad general.

Dentro del campo de la psicología el investigador Jacobo Grinberg realizó un experimento para intentar demostrar la interconexión entre consciencias; para ello, pedía a dos personas que interactuaran durante 20 minutos para después separarlos en una habitación aislada electromagnéticamente. Posteriormente a uno de los participantes lo estimulaban con un *flash* de luz; el análisis de datos arrojó como resultado que el 25 % de los participantes que lograban mayor interacción en el registro del electroencefalograma se mostraba en el momento exacto en que la otra persona era estimulada por el *flash*, esto suponía la comunicación inmediata entre dos cerebros. Jung refiere en *La interpretación de la naturaleza y psique*.

> *Los fenómenos de la simultaneidad, es decir, la sincronicidad, parecen estar ligados a los arquetipos. La extraordinaria orientación en el espacio que se observa en algunos animales, tal vez apunte también en el sentido de una relatividad psíquica del espacio y del tiempo.* (Jung, 1964, p. 30)

El concepto de sincronicidad desafió uno de los principios básicos de la física de ese entonces: el principio de localidad. Este principio sostiene que los procesos físicos no pueden tener un efecto inmediato en elementos físicos separados en lugares distintos. En otras palabras, no pueden ocurrir cambios «al instante» en lugares remotos. Sin embargo, la sincronicidad es un fenómeno real que no sigue esta regla de localidad.

En el libro *Sincronicidad*, Jung aborda los experimentos de Rhine J. B. (1934), uno de estos experimentos fue realizado por la propia Marina estadounidense con una baraja de cartas Zener[8]. En dicho experimento realizado en 1958

---

8   Rhine J. B. (1895-1980) fue un parapsicólogo que realizaba experimentos de percepción extrasensorial (ESP) o clarividencia, mediante las cartas Zener, las cuales son tarjetas o naipes diseñadas a principios de la década de 1930 por el psicólogo de la percepción Karl Zener (1903-1964).

durante la travesía que realizó el submarino atómico Nautilus por debajo del casquete polar del norte se observó que las pruebas telepáticas (entre la ciudad de San Francisco y el submarino) dieron un resultado elevado en los aciertos con las cartas Zener. Estos datos proporcionados por la oficina de prensa del *Pentágono* exploraron la posibilidad de que los fenómenos parapsicológicos fueran reales.

Rhine además utilizó también otro método, quizá más espectacular: «la transmisión de dibujos». El emisor realizaba un dibujo y, en otro lugar, el receptor intentaba reproducirlo. También por este procedimiento se obtuvieron, en ciertas personas, resultados estadísticos muy elevados. A través de estos experimentos, Jung señaló la conexión entre la estructura de la psique y la de sus productos creados a través del tiempo. En *La interpretación de la naturaleza y la psique* mencionó;

> *La sincronicidad espacial puede concebirse asimismo como una percepción en el tiempo, pero es realmente notable que no sea factible comprender con igual facilidad como espacial la sincronicidad en el tiempo, puesto que nos es imposible imaginar un espacio donde los acontecimientos futuros existan ya objetivamente y puedan ser vivenciados como actuales por una reducción de esa distancia espacial. Pero como la experiencia ha demostrado que en ciertas circunstancias el espacio y el tiempo pueden reducirse casi a cero, con ellos desaparece también la causalidad, ya que se halla ligada a la existencia de espacio y tiempo y de los cambios físicos y consiste esencialmente en la sucesión temporal de causa y efecto.* (Jung, 2003, p. 39-40)

Por otra parte, la idea de que el gran principio o firmamento (macrocosmos) está presente en el hombre (visto como el microcosmos), adquiere gran resonancia en el pensamiento del filósofo y médico Agripa von Nettsheim (1486-1535). Jung en La *interpretación de la naturaleza y la psique* expresa que el concepto de simultaneidad de Schopenhauer constituye el referente más acabado de la teoría de la sincronicidad. Los acontecimientos simultáneos son explicados en su obra *Parerga y paralipómena* como lo casualmente no conexo, resultado del azar. Para Schopenhauer estos hechos son causados por la aparente intencionalidad del destino en la vida del hombre.

Según Jung y Pauli, la sincronicidad revela una conexión profunda entre eventos diversos en el mundo, que no están vinculados por una causalidad directa y mecánica. Tanto Pauli como Jung estuvieron de acuerdo en que la materia y la psique deben considerarse como aspectos complementarios de una misma realidad, regidos por principios comunes de orden conocidos como arquetipos. Esto implica que los arquetipos son elementos de un dominio más allá de la materia y la psique, y su influencia se extiende simultáneamente a ambos dominios.

Como se ha referido a lo largo de este texto, la realidad psíquica es una gran proyección individual propia de cada persona, única e irrepetible; sin embargo, existe una dimensión universal de la cual todos forman parte. La existencia es la gran caja contenedora de todas las casualidades que nos permitieron estar aquí, dicha caja tiene una estructura que permite la interacción entre todos los elementos visibles e invisibles. Estos sucesos de grandes significados aparecen ante nosotros como eventos interconectados, sincronicidades que nos hacen suponer un orden contrario al azar.

Las grandes colisiones interestelares que dieron forma a los planetas, y los pequeños organismos que permitieron transformar el dióxido de carbono en oxígeno son todos parte de una serie interconexiones que permiten al universo tejer sus propias historias. La propia existencia se define por aquel momento en que, por error o acierto, los propios padres tuvieron la oportunidad de coincidir en el tiempo y el espacio.

La sincronicidad muchas veces se manifiesta en nuestra vida como un tipo de destino influenciado por extrañas coincidencias, como tomar el autobús equivocado, tropezar con alguien en la oficina, o simplemente, sentir una corazonada por algún desconocido que termina convirtiéndose en una gran confidente; por ello, se puede comprender cómo el ser humano es una pieza de un gran rompecabezas. El simple hecho de poder leer esto, es posible gracias a los primeros pensadores que desafiaron a la Iglesia, pero esto ha sido también posible únicamente gracias a personas que por su Fe sacrificaron todo para que hoy se tenga algo en que creer; así mismo, la propia Nacionalidad se levanta sobre el derramamiento de sangre de los rebeldes que decidieron luchar y brindar patria.

¿Cómo sería la vida actual si el primer mago de la historia no hubiera sentido curiosidad por su entorno o si el primer humano que sintió asombro por el fuego hubiera estado distraído? ¿Cómo sería la historia si aquel primer acto de altruismo hubiera sido suprimido por el egoísmo? ¿Qué hubiera pasado si el rayo que causó la primera fogata hubiera caído simplemente en un lugar apartado y solitario?

Estas son grandes interrogantes, sin embargo, el que el rayo cayera justo en ese momento y lugar representó un acto sincrónico que desencadenaría toda una serie de posibilidades inimaginables. Así el hombre primitivo aprovechó el fuego por primera vez, en un momento innovador que cambió para siempre el rumbo de la historia. El asombro de estos primeros seres pensantes encendió la chispa de la imaginación iluminando a través de la oscuridad el camino hacia inventos cada vez más avanzados. Hoy todavía sigue ardiendo el fuego sobre el cual se reunieron nuestros antepasados por primera vez para contar historias de caza, estos mitos del pasado continúan guiando nuestra búsqueda de progreso.

Todas las historias, las épocas de luz y oscuridad, son tan solo el resultado de una configuración evolutiva surgida en el tiempo y el espacio, un puente entre la individualidad y la colectividad, entre el mundo interior y el mundo exterior, entre el espíritu y la materia; por lo tanto, la mente influencia a la materia y la materia, a su vez, influencia a la mente, en una constante danza entre el tiempo y el espacio, creando un puente (ciclos) por el cual la humanidad avanza hacia un destino o propósito.

Así, el orden sincrónico a través de los ciclos del tiempo recuerda que todo gran árbol alguna vez fue una semilla, todo adulto alguna vez fue un bebé. El ser humano transita por los ciclos de la vida hasta que tiene la fuerza para ser consciente del entorno, desde el inicio lleva en su interior toda la información de los antepasados codificados en su ADN, lleva en sí mismo la historia del universo entero en su interior; no obstante, siempre tiene la posibilidad de cambiar la realidad, a cada paso que se da, en cada decisión que toma. Vida y muerte son un acto meramente sincrónico. Desde el primer latido hasta el último respiro el ser humano está conectado con el «Todo».

Los seres humanos experimentamos una multitud de eventos que a menudo consideramos simples coincidencias. Sin embargo, al descartarlos como tales, corremos el riesgo de perder valiosa información y terminamos el día con la mente cerrada o incrédula, especialmente si nos encontramos con un símbolo recurrente durante el día. Los sueños son mensajes de nuestro mundo interior y actúan como maestros que revelan aspectos importantes de nosotros mismos y del mundo que nos rodea.

El concepto sincrónico junguiano es un tema que resulta difícil encontrar su aplicación dentro del campo terapéutico. La mayoría piensa en el orden sincrónico como un patrón numérico o sucesos místicos que pueden revelar información sobre el futuro; por ende, se buscan coincidencias significativas que ayuden a tomar mejores decisiones, de tal forma que se pierde de vista su aplicación más tangible en la vida cotidiana. Solo al ser conscientes de lo que se es, una serie de circunstancias altamente significativas que unen la realidad interna y externa mediante un significado contrario al azar es que se puede comprender el papel fundamental de la sincronicidad.

Para encontrar un propósito trascendental a nuestra vida es esencial enfocarnos en el «para qué» de nuestras experiencias en lugar de obsesionarnos con el «por qué». Las sincronicidades son indicios del destino que nos guían hacia una evolución personal y, en lugar de analizar las causas, es beneficioso reflexionar sobre el mensaje que nos están transmitiendo. Mantenernos presentes y vivir conscientemente nos permite percibir estas señales con claridad. Debemos liberarnos de nuestro pensamiento lineal y reconocer que todo está interconectado a través de distintas vibraciones. Nuestros pensamientos y sentimientos tienen un poderoso impacto en el mundo que nos rodea, por lo que debemos aprender a enfocarlos positivamente.

Todas las personas y situaciones que se presentan en la vida tienen la finalidad de ayudar al propio crecimiento interno, entre la luz y la sombra se revelan los aprendizajes del alma; por lo cual, todo es un «maestro»; el vagabundo de la acera, el accidente automovilístico, el empresario más exitoso, la mujer más atractiva; e incluso, el músico callejero que toca por algunos segundos su hermosa melodía, mientras se avanza por el camino.

Las sincronicidades son eventos que despiertan fascinación y se originan en el ámbito psicológico y filosófico. Uno de los relatos más conocidos involucra al actor Anthony Hopkins, quien buscaba el libro *La chica de Petrovka* para prepararse para un papel cinematográfico. Después de una búsqueda infructuosa en varias librerías de Londres, Hopkins, frustrado, regresó a casa en metro. Para su sorpresa, encontró un ejemplar del libro abandonado en su asiento, que resultó ser el mismo ejemplar lleno de anotaciones que había perdido el autor, George Feifer, dos años antes. Este incidente dejó a ambos completamente atónitos.

La sincronicidad nos permite abordar la existencia de sucesos en la psique que son acompañados de acontecimientos objetivos de gran significado. Esta perspectiva nos permite comprender cómo es que ciertos sueños se vincularon con grandes descubrimientos que marcaron el rumbo de la historia y por qué ciertas ideas creativas parecen manifestarse en determinados momentos de la historia a través de distintos individuos.

La relación entre ánima *mundi*, *unus mundus*, sincronicidad, arquetipo, símbolo, mito, sueño e inconsciente colectivo nos orienta hacia una idea en la cual el universo parece estar interconectado con un propósito que apenas empezamos a comprender. La psique humana participa profundamente en el orden de este universo a través del propio proceso individual. Cada individuo puede ser testigo del creador y de las creaciones desde su interioridad, para ello solo necesita ser consciente, y ser consciente consiste en últimos términos en descubrir que todos tenemos el poder de rescribir nuestra historia y crear nuestro propio y único mito como diría Jung: «Tal como es dentro, así es fuera».

Sobre los mitos

Los mitos ejercen un poderoso impacto en nuestra realidad. Estos relatos ancestrales, lejos de ser simples narrativas, representan profundas reflexiones de la psique humana y constituyen fuerzas fundamentales en la formación de culturas y sociedades desde tiempos inmemoriales. Los mitos han servido como pilares esenciales en diversas culturas alrededor del mundo, actuando como narrativas que explican los orígenes del cosmos, los fenómenos naturales, así como los valores y creencias de una comunidad. Su influencia trasciende la mera transmisión de historias; los mitos constituyen una parte integral de cómo percibimos el mundo y a nosotros mismos.

Los mitos son estructuras que nos permiten comprender un orden universal. A través de sus personajes arquetípicos, símbolos y tramas, configuran nuestra percepción y ejercen una gran influencia en nuestras decisiones y comportamientos. No se puede hablar del «mito» sin hacer mención al hecho de que aun en todo nuestro avance científico los mitos siguen siendo una de las únicas formas en las que podemos acercanos a una explicación sobre cuál es el origen y propósito de la vida en este universo. Los mitos están presentes en todas las diversas expresiones culturales de todos los pueblos antiguos y aún en la actualidad estos relatos se expresan a través del cine, teatro, literatura, pintura, etc.

El mito ejerce un poder magnético sobre la atención, evoca emociones intensas; esto, a su vez, tiene el poder de influenciar las actitudes hacia la vida. Cuando se asiste al cine suele suceder una identificación con un personaje, sobre el cual se proyectan los propios conflictos personales; y, en la medida que la trama llega a una resolución, se puede sentir un cierto grado de alivio, pues todos en el fondo atravesamos de manera particular nuestro propio viaje del héroe, el cual se refleja de manera universal en las diversas expresiones culturales. En específico el mito del héroe es uno de los ejes fundamentales de la teoría junguiana y, como abordamos en capítulos anteriores, representa una de las formas más certeras de explicar el origen de la propia consciencia.

En los mitos se encuentra un conocimiento profundo sobre la estructura existencial de la vida, son el orden que surge del caos y nos aportan claridad sobre la relación del ser humano con el universo. Los símbolos integran lo individual y colectivo permitiendo al humano posicionarse dentro de una cosmovisión integradora. Ya desde la antigüedad, se conocían los principios herméticos y las cualidades arquetípicas de los números.

En los versos de oro de Pitágoras (582-507 a. C.) se encuentra la concepción mitológica de los pitagóricos (siglo VI A. C.), en la cual los números son la clave de las leyes armónicas del cosmos; por lo tanto, son símbolos del orden cósmico divino. Como «arquetipos divinos», los números están ocultos en el mundo y se hacen evidentes pues mediante ellos se logra traslucir el universo. Para Jung: «Los números no fueron arrojados a ciegas en el mundo; encajan formando órdenes equilibrados, como las formaciones cristalinas y las consonancias en la escala de las notas, conforme a las leyes de la armonía que lo abarcan todo». Se los considera vínculos dominantes e increados de la eterna permanencia de las cosas intracósmicas. En los *Los versos áureos de Pitágoras* se lee lo siguiente: *Todo el sistema vital del universo, todas las verdades de la filosofía perenne tienen por clave los números vivientes. No solamente entre los pitagóricos, sino en todas las escuelas iniciáticas del mundo, así en oriente como en occidente, los números significaban la concreción y la abstracción, lo simple y lo absoluto, lo terreno y lo celeste y sobre todo, las leyes que rigen toda manifestación y toda volición, todo efecto y toda causa.* (Maynadé y Mateos, 1979, p. 85)

Además de ello, los símbolos geométricos eran un referente de conceptos metafísicos. Toda cosmogonía ha principiado con un círculo, un punto, un triángulo y un cuadrado, todo sintetizado en la línea primera dentro del círculo o cero, de la mística década pitagórica[9]. Esa síntesis maravillosa se halla estructurada en la imagen más perfecta, equilibrada y simple que ha conocido la humanidad: el llamado triángulo pitagórico-platónico. El triángulo no solo está presente en el arte y la ciencia, sino que simboliza cualidades básicas, formativas del carácter, del intelecto, de toda manifestación espiritual y física en la vida de sus educandos. El triángulo y el cuaternario constituyen, dentro del valor numérico, las vibraciones actuales del cosmos sobre el planeta y sobre el hombre terrestre.

---

9   Dentro del libro *Los versos áureos de Pitágoras: Los símbolos y el hieros logos*, de Josefina Maynadé y Mateos (1979), se ofrecen conceptos filosóficos sobre los números.
(Maynadé y Mateos, 1979, p. 90)

Jung habla de la función transcendente, definiéndole como la fusión consumada de las cuatro funciones, y la simboliza como la cúspide de una pirámide de base cuadrangular. Son los cinco sentidos a través de los cuales el humano conoce y aprehende su entorno. Al quinto elemento los alquimistas de la Edad Media lo relacionaban con la quintaesencia, puesto que conocían la quíntuple potencia de la materia. Según los pitagóricos, la música de las esferas se percibía merced a ese quinto elemento sutil o etéreo que se compenetra con el ser humano. Con el número cinco se clasifican las formas de evolución del planeta y sus reinos: mineral, vegetal, animal, humano y divino.

De acuerdo a los pitagóricos, la ausencia de tales principios se manifiesta como una ausencia de equilibrio, armonía, simetría y orden en la sociedad a través del pensamiento y la conducta. Esto a su vez se refleja en las organizaciones de gobierno, las públicas y las privadas, en la familia, en el individuo. La ausencia de estos principios filosóficos-matemáticos impone el desequilibrio, el desorden, la angustia, en todos los órdenes, por la falta de matices de sensibilidad. La sociedad se ha desconectado de la gran ley que rige el universo, por consecuencia el derecho y la moral decaen, las costumbres se corrompen y se tergiversan los fundamentos del orden y la obediencia a los procesos biológicos de la naturaleza.

Igualmente, las concepciones de la mitología judía en la Cábala refieren una correlación entre los arquetipos numéricos y planetarios. En la mitología judía «el árbol de la vida» simboliza un esquema cósmico del macro y microcosmos. Para los místicos antiguos, el símbolo permite comprender lo que se encuentra más allá de lo trascendente del humano y lo que se encuentra en el interior de cada ser para conectar con esa trascendencia. Desde esta cosmovisión, los planetas y números no solo ordenan el cosmos, sino que son centros de gravedad que estructuran la psique.

Cada *sefirot*[10] está relacionado con un planeta, un número, una letra, un color, un signo astral, una parte del cuerpo y una cualidad psicológica, como el entendimiento, la sabiduría, severidad, misericordia, esplendor, victoria. Los *sefirot* representan esquemas mentales por los cuales evoluciona el ser transitando los opuestos, en su centro existe el sol (belleza), luna (fundamento), Tierra (reino); estos centros internos de gravedad conectan directamente con el *keter* o la corona que simboliza la fuente primigenia de donde emana la energía creadora como símbolo de la unidad. Los *sefirot* dentro del Cábala

---

10 *Sefirot* son los 10 atributos de la Cábala, y se describen como los canales de la fuerza divina y creadora de la vida, a través de los cuales la esencia divina se revela a la humanidad.

representan los 10 atributos y las 10 emanaciones a través de las cuales el *Ein Sof* (el infinito) se revela a sí mismo para crear tanto el reino físico como los reinos metafísicos superiores.

Esta concepción mitológica judía tiene una enorme similitud con la mitología hinduista donde los chakras representan vórtices de energía que conectan la realidad física con la realidad metafísica. Para los hinduistas, el ser humano tiene además del cuerpo físico otros cuerpos energéticos que interactúan en su interior. Cada chakra es simbolizado en forma de una flor de loto invertida y se le asigna un color como una cualidad, es una parte anatómica que el ser humano debe equilibrar y armonizar para transitar por todas las dimensiones de la existencia, iniciando por todos los aspectos físicos, experimentando el placer, las emociones y desarrollando la creatividad, el poder personal y la intuición; además de ir manifestando amor para lograr una conexión espiritual con la fuente divina.

También, en la mitología del México antiguo se encuentran conceptos sobre sus divinidades asociados con los principios numéricos. El diálogo de los antiguos mexicanos con sus «dioses» consistía en entender el caminar de los astros (modelos cósmicos), para así poder crear sus ruedas calendáricas (modelos humanos) y, de esta manera, ajustar los ritmos sociales a los ritmos celestes. Toda esta información era plasmada de manera simbólica en imágenes, una de las conocidas es el *Códice Fejérváry-Mayer*[11]. La sabiduría del antiguo México concebía la división del universo en una figura cuaternaria simbolizando las regiones cardinales; la cual, al proyectarse en tres dimensiones, se transforma en una estructura piramidal, en la que hay cuatro regiones, cada una con sus dioses.

> *El número 4 domina toda la cosmogonía. Según lo Zuñís, una de las tribus de los indios pueblo. Los hombres buscaron, en el principio de los tiempos, el centro del mundo, único punto estable en el universo. Creencias análogas, en que el número cuatro desempeña el mismo papel central, se encuentra al norte*

---

11 El *Códice Fejérváry-Mayer* es un manuscrito prehispánico, en el cual convergen elementos de ámbitos culturales Nahuas del Altiplano, Nahua-Cholulteca, Mixteca y Maya. Está realizado sobre cuero de venado de 3,85 metros, doblado en forma de biombo, contiene 23 hojas plegadas con 44 folios pintados. Se piensa fue realizado a petición de los *pochtecas* —mercaderes— como un *Tonalámatl*. Esto es un libro en el que de diversas formas se hace el registro de la cuenta calendárica o adivinatoria de 260 días y los destinos de esta. Se propone llamarlo *Tonalámatl de los pochtecas*, pues es un calendario de la cuenta de los días y de los destinos que regían a los *pochtecas* o mercaderes. Se acostumbra a colocar el nombre Mayen en alusión al coleccionista que lo donó al Museo de Liverpool, Inglaterra, donde se preserva hoy día (signatura 12014/M).

de México, entre los Tarahumaras, hasta el sur, entre los Mayas-Quiches. (Sostenle, 1979, p. 98)

La cultura huichol de México creía que sus dioses se comunicaban con ellos a través de los colores, plasmando sus visiones en mándalas geométricos representados en su arte. También el pensamiento Maya atribuye cualidades humanas a la fauna, creando conexiones entre el individuo, el ecosistema y el cosmos. Un ejemplo de esto es el de el árbol de Ceiba. Las ramas y hojas superiores de este árbol simbolizan el mundo espiritual; sus raíces, el inframundo o Xibalbá, y su tronco, o superficie terrestre, representan el mundo en donde todos viven.

De acuerdo al historiador López Austin, los mitos de la cultura mexicana representaban los cuatro pilares que sostienen el universo. A través de su tronco tejido es que las influencias o númenes que cargan al sol a través del espacio llegan a la superficie de la Tierra desde los cielos y el inframundo para influir en el destino de los seres humanos. La impresionante cosmogonía matemática del México antiguo trasciende el entendimiento actual sobre el conocimiento ancestral. Los ceros, con más antigüedad de lo que se tiene conocimiento, son los que están esculpidos en la estela 18 de Uaxactún[12], fechada en el año 357 de esta era.

Por otra parte, los monumentos del 7.º baktún[13] ya utilizan la posición en los numerales, siendo, por tanto, los más antiguos en Anáhuac con esta característica. Además, con estas mismas características, se encuentran monumentos en la estela 2 de Chiapa de Corzo y la estela C de Tres Zapotes. Dentro de esta cosmovisión se puede señalar que los pueblos antiguos de México se consideraban los herederos de los «Señores del Cero y el Maíz».

Tal era pues, la representación general del espacio entre los antiguos mexicanos. El mundo está construido sobre una cruz, sobre el cruce de los caminos que conducen del Este al Oeste y del Norte a Sur. La cruz era símbolo del mundo en su totalidad, y los españoles se quedaron muy sorprendidos al encontrar figuras de cruces por doquier en los templos y los manuscritos. La

---

12 Uaxactún es un yacimiento arqueológico de una ciudad precolombina de la cultura maya, que se encuentra a unos 25 km al norte de Tikal, en el municipio de Flores, en el departamento de Petén, Guatemala.

13 7.º baktún es un monumento que se encuentra en el sitio denominado «El Trapiche», uno de los primeros sitios mayas, construidos a partir del 900 a. C. con fines ceremoniales. Allí destaca una pirámide principal (E3-1), de forma cónica y frente a ella se encontró un fragmento con la inscripción 7 baktún, la cual, según las pruebas arqueológicas, corresponde al período del 354 a. C.

vestimenta de Quetzalcóatl, estaba adornada de cruces, pues es el dios móvil por excelencia, el que atraviesa el espacio para morir y renacer. (Sostenle, 1979, p. 166)

Según Jung: «Si se toma un grupo de objetos despojando a cada uno de todas sus propiedades, quedará siempre, al final, su número; lo cual parece indicar que, el número es algo irreductible». Para Jung, los números son arquetipos que se han hecho conscientes, pero aún en casos en que no lo son, pueden surgir espontáneamente de la mente inconsciente. Así lo pudo atestiguar Jung, en reiteradas ocasiones, en base a los sueños de sus pacientes y según sus investigaciones sobre los mitos y sueños de tribus primitivas de diversas partes del globo.

Así, los números serían entidades autónomas no explicables a través de conceptos racionales, probablemente con cualidades aún no descubiertas. Los números representarían una forma de orden energético que permiten conjugar las fuerzas sincrónicas que interactúan en el universo para darle forma a todo lo conocido. Es posible que los números funjan como puente entre el tiempo y el espacio creando el código fuente del universo. Jung en *La interpretación de la naturaleza la psique* menciona lo siguiente:

> *El número parece ser el elemento de orden más primitivo del espíritu humano, correspondiendo la mayor frecuencia y la difusión más generalizada a los números del uno al cuatro, o sea, que los primitivos esquemas del orden son las más de las veces tríadas y cuatreadas. No será, por lo tanto, una conclusión demasiado aventurada si desde el punto de vista psicológico definimos el número como un arquetipo del orden, que se ha hecho consciente.* (Jung, 2003, p. 52)

Según R. Lawlor cuando analizamos las funciones irracionales podemos descubrir que son suprarracionales permitiéndonos acceder a un significado más profundo del número, por ejemplo, el 1 representaría algo más que simple cantidad, más allá del signo, como símbolo nos mostrarían la unidad absoluta por lo cual representaría a Dios. Los números a nivel cualitativo estarían impregnados de una «calidad», de manera que la « dualidad», la «trinidad» o la «tétrada» tienen un significado más allá de su valor cualitativo de 1, 2, 3 o 4 unidades.

Peter Deunov refiere que los principios ordenadores se expresan tanto en la música como en el arte, para este autor los números serían fuerzas y energías que actuarían sobre la consciencia, así el 1, 2 y 3 mantendrían una estrecha relación que puede representarse mediante el dibujo de una circunferencia y su diámetro. De acuerdo al autor el ser humano pasaría a través de los mismos números, ya que mediante el uno crearíamos nuestro mundo, mediante el dos lo limitaríamos y mediante el tres depositaríamos «contenido y sentido en él».

Los griegos pensaban que los números eran regalos divinos, los gimnosofistas fueron filósofos de la India que dedicaron sus vidas a la tarea de averiguar con números las cualidades del alma. Así fue cómo los antiguos sabios de todas las culturas encontraron en los números y la geometría un sentido que orientó su curiosidad hacia la construcción de un conocimiento sólido. Así fue como surgieron un gran número de mitos que permitieron abordar los grandes misterios del universo. Cuando analizamos estos mitos todos guardan grandes similitudes respecto a la importancia de la geometría y el número.

Todas estas narraciones fueron una descripción precientífica e ingenua del mundo y de la historia y, en el mejor de los casos, un bello producto de la imaginación poética. No obstante, se puede señalar que aún la ciencia no ha podido encontrar una explicación racional a ciertas interrogantes como el origen del universo o la evolución de la humanidad y, en muchos casos, aun con el gran desarrollo científico, el mito emerge como lo único capaz de dar un significado a sucesos demasiado complejos para la mente humana.

Según Chamberlain Sproul, escritora del libro *Primal Myths: Creation Myths Around the World* y quien fue alumna directa de Joseph Campbell[14], los mitos de la creación revelan valores arquetípicos que ayudan a comprender el crecimiento personal física, mental y espiritualmente. Por ejemplo, el biólogo molecular Reanney autor del libro *Music of the Mind: An Adventure Into Consciousness* sugiere que el tema común de unas aguas oscuras e informes preexistentes en las que aparece la luz y nace el universo podría explicarse por los recuerdos subliminales del feto que experimenta el nacimiento al emerger de las aguas oscuras, informes y nutritivas del útero. Por su naturaleza, es difícil comprobar su veracidad o su falsedad; no obstante, se encuentra en estos mitos una explicación a fenómenos que la ciencia no ha logrado explicar por completo.

Pero, aun en lo que respecta a los relatos mitológicos, se ha aprendido ahora a comprender que no es simplemente un producto de la imaginación fantástica de los pueblos primitivos, sino un recipiente de apreciados recuerdos del

---

14 Joseph John Campbell (1904-1987) fue un mitólogo, escritor y profesor estadounidense, conocido por su obra vasta sobre mitología y religión comparada. Las ideas de Campbell sobre el mito y su relación con la psique humana dependen en parte del trabajo pionero de Sigmund Freud, pero en particular de la obra de Carl Gustav Jung, cuyos estudios de la psicología humana influyeron enormemente en Campbell.

pasado. El cosmos es tan grande que no es posible contenerlo en nuestra mente, pero a la vez es tan pequeño que es posible guardarlo en nuestro corazón. Los mitos crean un espacio sagrado para la experiencia mística. Algunos de los mitos que forman parte de los cimientos de la civilización son los siguientes:

- El mito del huevo
- El mito de la creación
- El mito de Hermes y Morfeo
- EL mito de Eros y Psique
- El mito de Osiris e Isis
- El mito de Tseo y el Minotauro
- El mito de Sísifo
- El mito de Prometeo
- El mito de Edipo
- El mito de Hércules
- El mito de Atlas
- El mito de Lilith
- El mito de Adán y Eva
- El mito de la expulsión del paraíso
- El mito de la caída de Luzbel
- El mito de la Torre de Babel
- El mito de la caja de pandora
- El mito de Caín y Abel
- El mito de los Ángeles Guardianes- El mito de los Nefelim
- El mito de; Cristo, Buda, Mahoma, Quetzalcóatl, Krishna, Etc.

Las similitudes encontradas entre las imágenes y los mitos de individuos y grupos humanos pertenecientes a distintos periodos históricos y lugares no relacionados entre sí llevaron a Jung a plantearse la posibilidad de un punto de origen para las imágenes psicóticas, las imágenes oníricas y las fantasías personales. Estas interrogantes condujeron a Jung a intentar encontrar la correlación existente entre pensamiento e imaginación. Jung buscaba que sus pacientes realizaran su propio «libro rojo», los alentaba a que desarrollaran el material de sus fantasías a través del dibujo, la pintura, el moldeado. El resultado de esta técnica fue una enorme cantidad de complicados diseños.

Al analizar los trabajos de sus pacientes descubrió que del caos de las imágenes emergían temas y elementos formales bien definidos, que se repetían de manera idéntica y análoga en los individuos más variados. Destacó cualidades como la multiplicidad caótica y el orden; la dualidad, la oposición de luz y oscuridad, alto y bajo, derecha e izquierda, la unión de los opuestos en un tercero, la figura cuaternaria y la rotación.

El fantástico material producido por sus pacientes psicóticos, así como sus experiencias con paciente neuróticos, lo llevaron a pensar que los principales elementos formativos no los determinan la consciencia del Yo, ni son producto del intelecto, sino que este tipo de inteligencia imaginativa tiene sus raíces en el inconsciente colectivo. Es ahí en la profundidad de la imaginación donde surgen los mitos, por lo cual es probable que la humanidad beba de una misma fuente creativa conectada con un todo que trasciende los límites espacio-temporales.

La variedad mitológica es demasiado extensa y, prácticamente, todas las culturas del planeta tienen una mitología propia; sin embargo, sus elementos estructurales son los mismos. Se podría plantear que la mitología de los pueblos es una mitología del «héroe» que, no obstante, dependiendo de la región tiende a tener una peculiaridad específica. Sin embargo, la categorización de superhéroe implica ciertos rasgos y cualidades que otorgan a una persona no ordinaria ciertos dones, producto de un sufrimiento o accidente, el cual le proporciona un superpoder o una nueva forma heroica de ver la vida. Es decir, pasa por un proceso alquímico donde el trauma es convertido en fuerza que impulsa a la toma de responsabilidad ante los grandes retos que aquejan a la humanidad. Todos los superhéroes: Batman, Superman, Spiderman, Iron Man, Atman, La mujer maravilla, etc. Sufrieron grandes tragedias que les permitieron desarrollar sus más grandes poderes, los cuales utilizaron en favor de la humanidad.

Los mitos son formas elevadas por las cuales se transmite un conocimiento bastante complejo para ser contenido en simples enunciados. Si alguien expresara energéticamente: «¡Haz lo correcto, sé justo con tu prójimo!», probablemente ocasionaría risa o simplemente sería ignorado; porque sus palabras no tendrían un sentido relevante para quien las escucha, o sus palabras no inspirarían lo suficiente como para motivar a desafiar los propios intereses; razón por lo cual, la metaforización surge como una vía de acceso a los conceptos incomprensibles para el sentido común.

Actualmente, los dioses bien podrían representar las fuerzas de la naturaleza y el universo como lo son: la gravedad, el magnetismo, electricidad, etc. Pero también representan las fuerzas interiores que dan lugar a los complejos más variados y situaciones típicas que se repiten en todas las épocas. Parece ser que los viejos conflictos de los dioses son los nuevos conflictos de la humanidad, la barbarie de la guerra bien pudiera representar aquella incapacidad de negociación y autocontrol faltante en el mito de Caín y Abel, la desigualdad de géneros pudiera tener su causa en el mito Adán y Eva.

En el mito de «la expulsión del paraíso» hace surgir la noción del pecado original, por lo cual se suele adoptar la postura de víctimas o victimarios al no poder asumir la responsabilidad sobre el propio destino. Todo esto plantea una cuestión más importante: si los mitos han moldeado el destino de la humanidad, ¿se puede crear un nuevo mito para sanar desde la colectividad la terrible condición humana y estructurar un orden social? Tal parece que si y ese mito es el camino heroico de la individuación, el deber de la humanidad es contribuir a la gran trama cósmica mediante el desarrollo de la propia conciencia.

La noción de comunidad

Al analizar los mitos y símbolos de los pueblos originarios que aún conservan con orgullo el vínculo sagrado que los une a su comunidad, encontramos en su cosmovisión una conexión con la naturaleza y el cosmos. En nuestros tiempos aún quedan héroes que caminan con fortaleza y no se dejan intimidar por la modernidad, portan con orgullo sus trajes y honran el espíritu de sus ancestros manteniendo vivas sus costumbres. Ellos representan la cura a la irracionalidad de la época actual.

Estas comunidades que habitan de norte a sur, de este a oeste, nos muestran un camino hacia la reconexión con nuestras raíces, iluminando nuestros pasos hacia el conocimiento de nuestro pasado, como el verdadero tesoro que poseyeron nuestros ancestros. El espíritu de la profundidad aún habla a través de sus ritos recordándonos que somos parte de un mismo universo; hijos del sol y la luna descendientes de las estrellas, protectores del tiempo. Su legado aún perdura en la magnificencia de sus vestigios arqueológicos.

El modelo teórico junguiano representa un enfoque distinto respecto a la psicología tradicional. En su marco teórico define un camino que integra lo individual y lo colectivo, representando un método para lograr armonizar la psique individual. La finalidad de la terapia junguiana no se basa exclusivamente en llevar a uno a la curación de la sintomatología, sino que es en sí mismo un camino hacia el desarrollo individual de una conciencia planetaria, que permita tomar un papel central en la responsabilidad por guiar el progreso de la sociedad. Para tal tarea el modelo analítico de Jung plantea el poder que surge en los mitos de los pueblos originarios.

Como se ha descrito a lo largo de este texto, existen fuerzas anímicas que operan bajo el umbral de consciencia, y conducen a la irracionalidad; pero, de igual modo, existen fuerzas cósmicas que operan para conducir a la humanidad hacia un futuro mejor. Esto debe representar una esperanza para lograr superar la tendencia autodestructiva de la especie, y posibilita un punto de resolución para mejorar la condición humana actual. Existe la esperanza de un despertar de consciencia que finalmente nos permita trascender la dualidad conformando una unidad planetaria.

El proceso de individuación fortalece al Yo para tomar responsabilidad sobre su destino y dejar la patria potestad de los dioses. La ampliación de la consciencia es un camino para la integración y resolución de las fuerzas inconscientes que operan bajo el umbral de consciencia. Desde esta perspectiva, el desarrollo evolutivo de la consciencia (Sí-mismo) sería la respuesta para volverse responsable, respecto a los temas medioambientales y la mejora de las condiciones de convivencia social.

El rumbo actual del mundo está marcado por una falta de principios éticos que orienten el comportamiento. La luz moral que habita en cada persona; es decir, el arquetipo del *Self* que conduce al «Sí-mismo» es una fuerza anímica capaz de trascender el egoísmo patológico. El resultado final del camino es la conformación de un Ego colectivo donde se opera en congruencia con el verdadero beneficio personal y colectivo.

Un Ego saludable debe tener como prioridad el cuidado de su contexto, ya que un mundo sin aire, agua y alimentos limpios haría del planeta Tierra un lugar inerte. El ser humano necesita sobrevivir dentro de un ecosistema, para ello debe cuidar todas las especies. De igual modo, un mundo cegado por la avaricia, la violencia, marcado por la guerra y la destrucción, genera una existencia miserable que imposibilita el poder vivir plenamente.

Se necesita de la armonía entre el individuo, el ecosistema y la comunidad para poder manifestar la felicidad y el goce en todas las esferas de la vida humana. Solo la armonía y el equilibrio posibilitan el progreso. La inteligencia necesita de la sabiduría para trascender las fuerzas irracionales que aún dominan la voluntad del ser humano.

El problema de la psicología actual ha surgido debido a que el cientifismo materialista se ha desligado de todo concepto de alma, centrándose, casi de manera exclusiva, en las explicaciones racionales que definen la denominada «realidad». Para el cientifismo moderno, la fuerza anímica no crea un cuerpo, sino que la materia a partir de reacciones fisio-químicas engendra la psique. La consciencia se ha alejado de la infinidad de los fenómenos del mundo, por lo tanto, el humano carece de un sentido histórico, de un punto referencial que otorgue un lugar privilegiado dentro del espacio-tiempo. El actual espíritu de la época lleva a un materialismo extremo, en la antigüedad el mundo se explicaba con una formación del espíritu.

Debido a esto, la ciencia aún no ha encontrado maneras claras para explicar la gran tragedia humana de nuestro tiempo. La ciencia ha definido todo fenómeno psíquico como una consecuencia de la fisiología glandular, desde esta visión no es posible comprender «el espíritu de la época» con las categorías de la razón humana.

Solo cuando se comprenda la naturaleza del espíritu y la materia, el ser humano será capaz de recuperar el equilibrio; no obstante, esto no es posible sin una psicología científica que permita explicar el mundo desde una perspectiva espiritual. Los antiguos pobladores se sentían cautivados por la actividad creadora presente en los ritos. Sus mitos y tradiciones les proporcionaban un sentido de identidad y cohesión social, respecto a su imagen interna del mundo, el Yo y el cosmos. En épocas anteriores los sueños eran vistos como fuente de conocimiento superior, provenientes del reino del alma. Carol Pearson en *Despertando los héroes interiores* refiere lo siguiente:

> *En el mundo moderno nos falta frecuentemente categorías respetables para pensar en nuestra alma. Nuestra experiencia principal con el alma puede ser negativa, en el sentido de que algo falta en nuestras vidas. Debido a que nuestra sociedad niega el alma, la experimentamos principalmente por entre las rendijas de nuestra salud, nuestra moral y las crisis que afrontamos. Muchas personas, por ejemplo, experimentan el alma solo mediante adicciones y deseos autodestructivos, y comportamientos obsesivos. Sin embargo, es durante las grandes crisis de la vida que el individuo de repente anhela tener sentido y conexión cósmica.* (Pearson, 1992, p. 55)

Hoy se necesita, con urgencia, una psicología que posibilite las transformaciones del espíritu colectivo del tiempo, una visión comunitaria que fortalezca la participación de los actores sociales en sus propios entornos. Esto solo es posible con un modelo terapéutico que fomente el abandono de la competencia y la adopción de una actitud de cooperación mutua.

En este sentido, el resurgimiento de una «consciencia colectiva» expresada en los relatos mitológicos es una forma de restablecer la conexión perdida entre los humanos y el cosmos. Al final, es la verdadera necesidad del ser; formar parte de algo más, sentirse integrado dentro de un contexto. La obsesión por los bienes materiales, la fama, las cirugías estéticas, el poder y el control, son tan solo los síntomas de una sociedad que busca afanosamente una fuente de integración que le permita descubrir su verdadero valor a través de la mirada del otro.

Debido a ello, la civilización se ha dividido en estratos sociales, estatus económicos, creencias, y toda clase de divisiones que nos separan cada vez más los unos de los otros. La humanidad vive en un intenso combate entre unos y otros, en aras de lograr asegurar un lugar en esta sociedad. La compasión, la humildad, la fe, simplemente, quedan fueran de la ecuación del «éxito» y se consideran aspectos débiles, frente a un contexto hostil que requiere de una agresividad salvaje para conseguir salir triunfantes. Quien se atreve a pensar de un modo diferente resulta molesto e ilegítimo, y corre el riesgo de ser juzgado o exiliado socialmente.

> *Cuando creemos que nuestros periplos no son importantes y no enfrentamos nuestros dragones ni buscamos nuestros tesoros, nos sentimos vacíos por dentro y dejamos un hueco que lastima a todos. Muchos de nosotros tratamos de vivir una vida grande amasando posesiones materiales, o logros, o propiedades, o experiencias, pero esos métodos no funcionan. Solo podemos vivir grandes vidas si nosotros mismos estamos dispuestos a hacernos grandes y, en el proceso, abandonar la ilusión de impotencia y hacernos responsables de nuestras vidas. Demasiados psicólogos ven su trabajo como un método para ayudar a las personas a adaptarse a lo que son, no a que emprendan sus travesías y descubran lo que podrían ser.* (Pearson, 1992, p. 18)

La crisis actual de la humanidad es un conflicto entre lo físico y lo psíquico, un desequilibrio entre lo interno y lo externo, entre lo material y lo espiritual. Esto es tan solo la expresión de la falta de comprensión, pues la ignorancia ha traído como consecuencia un mal que genera sufrimiento. El olvido del mundo primitivo ha roto aquel lazo sagrado que unía a los seres humanos con la naturaleza. Las ideas místicas que formaron parte de nuestros orígenes son un componente indispensable para la vida psíquica, su ausencia o negación de los pueblos civilizados ha de interpretarse como un síntoma patológico.

Los seres humanos expresan una imperiosa necesidad de una vida anímica, subjetiva más allá del mundo racional, que es imposible obtener en la universidad, bibliotecas o iglesias. Por lo cual, solo se puede acceder a este conocimiento ancestral mediante la interacción vivencial con los pueblos originarios. Solo se puede experimentar un despertar consciente a través de la experiencia de lo «numinoso», un término que Jung utilizaba para describir un profundo sentido de lo sagrado que se asocia a la psique. La experiencia de lo «numinoso» nada tiene que ver con creencias religiosas, sino que es una percepción directa e inmediata de que se está ante algo que tiene una naturaleza divina.

La sabiduría milenaria se encuentra más allá de la lógica del razonamiento moderno. Cuando el individuo se deja cautivar por las experiencias místicas se suele producir una mejora de la salud emocional y física, una mejora en la vinculación con los demás seres humanos. Frecuentemente, la experiencia de lo numinoso se da cuando se tiene una percepción de algo exquisitamente bello; esto suele ocurrir al bucear en el océano, acampar en el desierto, escalar montañas, realizar caminatas por los bosques, explorar ruinas, etc.

Varios astronautas han tenido experiencias de este tipo durante los vuelos a la luna y al orbitar la Tierra. Otra fuente importante de estas experiencias es el arte, y otra, la contemplación del esplendor de las pirámides y monumentos antiguos; así como la contemplación y la práctica de la música, pintura o escultura. El amor, el romance y el éxtasis erótico también disparan con frecuencia poderosas experiencias místicas.

Maslow, en su libro *Religions, Value and Peak Experiences*, definió la experiencia cumbre como un estado de consciencia de unidad, donde a través de la experiencia mística o espiritual se encuentra un punto de resolución para la satisfacción de las necesidades humanas. Se trata, pues, de la experimentación de un vínculo de unión con la naturaleza y el universo, mediante la contemplación directa de una experiencia que va más allá de lo material. El conflicto de la dualidad se anula cuando se es capaz de contactar con la consciencia de unidad.

Las personas que experimentan una conciencia mística de este tipo tienen la sensación de dejar la realidad ordinaria, en donde el espacio es tridimensional y el tiempo lineal, para entrar en una zona mítica y sin tiempo, donde ya no caben esas categorías. Cuando se honra el pasado, se adquiere el poder para sanar el presente y construir un futuro en armonía. Aún es posible transformar el mundo en comunidad apelando a las fuerzas anímicas y espirituales que habitan en el interior de cada ser.

REFLEXIONES FINALES

Las obras de C. G. Jung nos dibujan un mapa apto para orientarnos en estos momentos dramáticos en que vive la humanidad, en el contexto actual existen grandes crisis tanto internas como externas. Jung creía profundamente en lo transcendente del mundo espiritual para subsanar la condición actual. No será seguramente el capital material sino el capital espiritual el que nos permitirá evitar nuestra propia destrucción. Entonces, si el ser humano despierta su potencial espiritual, será posible entrar en una fase nueva de la Tierra y de la Humanidad, una era ecoespiritual en armonía con el cosmos.

La espiritualidad es una exigencia arquetípica fundamental de la naturaleza humana la cual ha sido olvidada conforme nos adentramos en la modernidad. De acuerdo a Jung, durante más de 35 años de práctica analítica, no hubo uno solo paciente cuyo problema más profundo no fuera la cuestión de su actitud religiosa. Todos sus pacientes habían perdido aquello que una religión viva siempre ha dado, en todos los tiempos ningún paciente se curó realmente sin recobrar la actitud religiosa que le era propia. Este suceso no dependía de una adhesión a un credo particular, ni de hacerse miembro de una iglesia en específico, sino de la necesidad de integrar la dimensión espiritual y contactar con su propio *Self*. El drama del hombre actual es haber perdido la conexión con sus dimensiones internas (emoción, espíritu, mente) y su capacidad de vivir un sentimiento de pertenencia.

La función principal de la religión o de la espiritualidad es religarnos a todas las cosas y a la fuente de donde fuimos creados, Dios, el *Self*, la creación, la inteligencia cósmica o como queramos llamar a esta fuerza omnipresente en el cosmos. Ese es el propósito básico del *Mysterium Conjunctionis* que Jung consideraba su *opus magnum*. Pues en él se da la conjunción del hombre integral con el *unus mundus*, el mundo unificado, el mundo del primer día de la creación cuando todo era uno y no había aún ninguna división ni diferenciación. Era la situación plenamente urobórica del ser.

Esa reconexión con la creación es el anhelo más profundo del ser humano y el permanente llamado del *Self*. Todos vivimos, aun sin saberlo, buscando esta fuente de acceso a través de modas, alcohol, drogas, poder, fama, experiencias extremas, etc. Sin embargo, ni el prestigio social, ni las cirugías plásticas, ni ningún producto comercial que pueda comprar el dinero es nunca suficiente para lograr religarse con la creación entendida como el cosmos, la comunidad y el propio *Self*. Hoy las personas están fragmentadas, vacías, divididas, desconectadas de su propia alma, viven en las ilusiones del Ego intentando compulsivamente ser «exitosos» por encima de todo y todos, pero esta necesidad es tan solo un medio para lograr encontrar un lugar privilegiado dentro del universo y de ese modo poder ser parte de algo que trascienda su vida individual.

La Psicología Analítica plantea un camino de autoconocimiento para reflexionar sobre sobre qué es el éxito y la felicidad, es un planteamiento que va más allá de un método de adaptación al contexto social de la época mediante técnicas psicológicas o fármacos. En su génesis, el modelo junguiano busca una ampliación de la consciencia que conduzca hacia la autorrealización del ser, para ello es necesario afrontar la propia oscuridad, confrontar las grandes crisis existenciales y encontrar un glorioso propósito.

El gran aporte de C. G. Jung, a la psicología y la ciencia, parte de su alineación con la sabiduría del presente mito. El «principio de individuación» como el viaje arquetípico del héroe es un proceso de unión e integración. Definitivamente, Jung habló sin miedo del alma como un tema central para el progreso humano.

El viaje del héroe es un proceso de ascenso y descenso por la altura y la profundidad de la psique, una integración de opuestos que permite recobrar el equilibrio emocional y paulatinamente conduce hacia el devenir del alma. Este proceso es un motivo que aparece, recurrentemente, en los símbolos de los sueños y en la mitología de los distintos pueblos alrededor del mundo. La autorrealización es un viaje arquetípico. La crisis actual que se enfrenta como sociedad es tan solo el síntoma de la falta de desarrollo de consciencia.

La esperanza de salvación de la especie humana radica en la posibilidad de adquirir un compromiso colectivo con el planeta Tierra, para ello es necesario contactar con las energías vitales, psíquicas y espirituales que confieren a los individuos el poder de transformarse en mejores seres humanos. Esto es la piedra angular del método junguiano; el proceso de individuación, donde el *Self* sería la verdadera esencia del ser.

Finalmente, es importante ratificar que el objetivo de este libro ha sido recorrer la vida y obra de Jung y, a través de su mirada, entender sus visiones y sueños sobre la psique, por tal motivo hemos recorrido sus principales conceptos teóricos integrándolos con diversas áreas de la ciencia para dar respuesta a la hipótesis aquí planteadas sobre los grandes retos que afrontamos en la actualidad. El desarrollo interno como tema prioritario puede contribuir a unir las comunidades por medio de la educación, pues se parte de que: «A mayor educación, menor irracionalidad». Así, las inversiones en educación ecológica, espiritual, artística se reducirán en costos en policías, cárceles, ejércitos, etc.

La difusión de este tipo de información, mediante diferentes estrategias educativas comunitarias (medios de comunicación, tv, radio, redes sociales, prensa escrita, instituciones escolares estatales y privadas, organizaciones no gubernamentales, fundaciones civiles, entre otras fuentes de educación, formación e información) buscaría fomentar en cada individuo la voluntad y compromiso hacia temas de mayor relevancia como la conservación ambiental y de las especies animales, plantar árboles, limpiar los ríos, playas y montañas, etc.

Ciertamente, se podrá cambiar el rumbo apocalíptico en el que se encuentra esta civilización. Obviamente, para ello, es importante redefinir el sistema educativo con ayuda de la Psicología Analítica, más allá de la simple repetición del modelo tradicional aún vigente en la actualidad, es necesario cambiar hacia modelos educativos holísticos y complejos, que permitan superar los retos de la era actual a través del desarrollo integral del ser humano.

El mito dentro de la sociedad y en los propios modelos de enseñanza cobra validez para lograr una educación más humana. En la antigüedad la función del hemisferio derecho tuvo mayor peso, mientras que en la era actual tal parece que ha sido relegada su importancia y gran parte del conocimiento se basa en la simple interpretación de información. Históricamente el cerebro derecho permitió la evolución de las actitudes que nos permitieron acceder a la humanidad, mientras que el cerebro izquierdo permitió el desarrollo técnico que nos posibilitó construir la civilización. No obstante, ambos necesitan razón e intuición y deben integrarse para unificar estas dos formas de procesar la información, la ciencia debe ir acompañada de un progreso espiritual, y el progreso espiritual debe ir guiado por un desarrollo de consciencia.

El símbolo apela un proceso en la consciencia donde convergen los aspectos más profundos surgidos del inconsciente colectivo (matriarcado, patriarcado, masculino, femenino, etc.), el lenguaje metafórico posibilita alcanzar la experiencia de la sabiduría contenida en los mitos. El ser humano tiene una necesidad vital de completarse, por lo que solo puede alcanzar el estado de plenitud mediante la integración de los hemisferios cerebrales.

En este contexto el mito es un conjunto de símbolos que permite unificar los distintos tipos de procesamiento de información, desde lo más instintivo, pasando por lo emocional, hasta alcanzar la mente racional, apelando para ello a la sensibilidad e intuición, permitiendo que este procesamiento de la información retorne al propio individuo a través del lenguaje.

Es aquí donde la Psicología Analítica de Jung toma relevancia al recobrar el conocimiento antiguo que permite unir la razón y el mito a través de un antiguo lenguaje simbólico olvidado por la modernidad. Esta clase de conocimiento nos permite acceder a la sabiduría que concibieron nuestros antepasados y les permitió vislumbrar la unión del hombre con la naturaleza y el cosmos. Si logramos integrar este tipo de conocimiento profundo con los grandes avances de nuestra época podremos encontrar soluciones creativas a los retos globales que afrontamos como humanidad. En palabras de Stephen Hawking:

> *Si descubrimos una teoría completa, con el tiempo habrá de ser, en sus líneas maestras, comprensible para todos y no únicamente para unos pocos científicos. Entonces todos, filósofos, científicos y la gente corriente, seremos capaces de tomar parte en la discusión de por qué existe el universo y por qué existimos nosotros. Si encontrásemos una respuesta a esto, sería el triunfo definitivo de la razón humana, porque entonces conoceríamos el pensamiento de Dios.* (Hawking, S. 1988, p. 165)

REFERENCIAS BIBLIOGRÁFICAS

Bezanilla José M & Miranda María A. (1916). "La estructura del alma en Jung", C. En Dinámica de lo inconsciente, Vol.8. Trotta.

Boeyens Jan & Thackeray Francis. (2014). "Number theory and the unity of science". South African Journal of Science, *110*(11/12), 2. https://doi.org/10.1590/sajs.2014/a0084

Cabai, O., & Felipi, L. (2000). "Sobre la naturaleza humana: explicación y comprensión de la conciencia". Revista colombiana de Psiquiatría,29(4), 375–384. http://www.scielo.org.co/scielo.

Calviño, (1997). "Vygotsky desde la parcialidad de la consciencia individual". Facultad de Psicología, Universidad de la Habana, Revista Cubana de psicología. Vol 4. No 2.

Campbell, Joseph. (1949). "Héroe de las mil caras". México, España: Fondo de Cultura Económica.

Cassirer, E. (2020). "Antropología filosófica. Introducción a una filosofía de la cultura". Editorial Fondo de Cultura Económica.

Colman, W. (2006). "Imagination and the imaginary". The Journal of Analytical Psychology, 51(1), 21-41. https://doi.org/10.1111/j.0021-8774.2006.00570.x

Correa Tellez, J. (2020). "Escuchar (y callar): sobre la "llamada de la conciencia" y la "voz del amigo" en Ser y tiempo de Martin Heidegger". https://repositorio.uchile.cl/handle/2250/185397

Della Mirandola, P. (2019). "Discurso sobre la dignidad del hombre". Ediciones Winograd.

Dieterich, Albrecht, (1903). "Eine Mithrasliturgie". Editorial Kessinger Publishing.

Ejilevich Horacio (2011). "Alguimia". http://www.fundacion-jung.com.ar.

Francois, J. (2014). "De la metafísica a la antropología. Reinterpretando el dualismo de Descartes". Pre-Textos. Editorial Pre-textos.

Frankl Víctor, (2020). "El hombre en busca de sentido". Editorial Herder.

Grinberg, J. (2022)." Luz Angelmatica". Ediciones Vitruvio 2022

Grinberg, J. (2021)." El Yo como idea". Ediciones Vitruvio 2021

Freud, S. (2010). "El malestar en la cultura". Editorial Alianza.

Freud, S. (2011). La Interpretación de los sueños. Volumen 1. Editorial Alianza.

Freud, S. (2012). "El yo y el ello y otros ensayos de metapsicología". Alianza.

Fromm, Eric. (2012). "El lenguaje olvidado". Paidós. Paidós.

Gómez Gray, Alana. (2017). "Carl G. Jung y Edmond Cros: el espíritu de la época y el sujeto cultural." La palabra, 31, 77-88. https://doi.org/10.19053/01218530.n31.2017.7281

González, A. L., Novoa Cota, V. J., & Maisterrena Zubirán, J. J. (2019). "Psicoanálisis y antropología en el proyecto de autonomía. Encuentros con Freud y Castoriadis". El Colegio de San Luis

Hawking Stephen (1988). "Historia del tiempo. del big bang a los agujeros". Editorial Alianza.

Helder, et al, (2017). "¿Ven los ciegos cuando sueñan?" OrCam. Techologies (2018, agosto 15). https://www.orcam.com/es-es/blog/ven-los-ciegos-cuando-suenan

Hillman, J. (2017). "El pensamiento del corazón". Editorial Atalanta.

Hannah Barbara (2019). Jung: vida y obra: una memoria bibliográfica. Editorial Scola de Vida, S. L.

Jung Carl (2006). "La práctica de la psicoterapia" Obra Completa Vol. 16. Trotta

Jung Carl. (1955). "El secreto de la flor de oro". Editorial Paidós, Buenos Aires.

Jung Carl. (1992). "El libro rojo". Edita El Hilo de Ariadna.

Jung Carl. (1995). "El hombre y sus símbolos", p. 120. Editorial Paidos Ibérica. México.

Jung Carl. (2002). "Mysterium coniunctionis", Obra completa volumen 14. Trotta.

Jung Carl. (2007). "Sobre el fenómeno del espíritu en el arte y en la ciencia", vol. 15, Editorial Trotta.

Jung Carl. (2011). "Dinámica de lo inconsciente". Obra Completa Vol. 8. Trotta.

Jung Carl. (1963). "Símbolos de transformación". Vol 5. Editorial Trotta

Jung Carl. (2014). "Recuerdos, sueños, pensamientos". Seix Barral. Pág *381*. México.

Jung, Carl. (2013). "Los complejos y el inconsciente". pág. 24. Alianza Editorial Sa.

Jung, Carl. (1952). "Sinchronicity: An Acausal Connecting Principle". Traducción: Pedro José Aguado Saiz. Editor digital RLull.

Jung, Carl. (1953). "Symbolik des Geistes", 2da edic, Edita Rascher 4-6.

Jung, Carl. (1964). "Psicología Aplicada. Psicología de la Transferencia". Editorial Paidos. México.

Jung, Carl. (1985). "Tipos Psicológicos". Tomo I. Editorial Sudamericana Buenos Aires. Buenos Aires.

Jung, Carl. (1995). "El hombre y sus símbolos". Editorial Paidos. México.

Jung, Carl. (1999). "Estudios psiquiátricos sobre la psicología y patología de los fenómenos ocultos". Obra Completa Vol. 1. Editorial Trotta.

Jung, Carl. (2004). Los complejos y el inconsciente. Libro Segundo: los complejos. Teoría de los complejos. (2012, febrero 27. P. 77, 101. https://www.psicopsi.com/jung-complejos-inconsciente-libro-segundo-teoria-complejos/

Jung, Carl. (2007). "Dos escritos sobre psicología analítica". Obra Completa Vol. 7. Editorial Trotta.

Stein, Murray (2005) "El mapa del alma según Jung". Editorial Luciernaga S L.

Jung, Carl. (1986). "Aion: Contribuciones al simbolismo del sí-mismo". Editorial Paidós Ibérica.

Jung, Carl. (1970). "Arquetipos e inconsciente colectivo". Editorial Paidos. México.

Jung, Carl. (2002). "Obra completa volumen I4. Mysterium Coniunctionis". Páginas 444-448, Madrid: Editorial Trotta.

Jung, Carl. (2003). "La interpretación de la naturaleza y la psique. Paidós Ibérica Ediciones S A; Edición Translation

Jung, Carl. (2007). Sobre el fenómeno del espíritu en el arte y en la ciencia (vol. 15). Madrid: Trotta.

Jung, Carl. (2005). Psicología y alquimia. Madrid: Trotta.

Jung, Carl. (1988). Sincronicidad. Málaga: Ediciones Sirio S.A.

Kant Immanuel. (2002). "Crítica de la razón pura". Trad. de Manuel García Morente. (primera edición en 1781). Madrid, Edita Tecnos.

Koch Christof (2005). "La consciencia: una aproximación neurobiológica". Editorial Ariel.

Konrad Lorenz, (2003). Sobre la agresión. El pretendido mal. Siglo XXI editores.

Leontiev, A. (1984). "Actividad, consciencia y personalidad". Cártago de México, S. A.

Limón, Á. L. L. (2019). "Clemente de Alejandría. De la clínica del logos para la virtud del alma". Voces de la Educación". https://hal.science/hal-02516481

López Austin & Solís Olguin, (2004), "Cuerpo y Cosmos". Edita lunWerg, 200

López Austin (1997) "El árbol cósmico en la tradición mesoamericana". Instituto de investigaciones antropológicas de la Universidad Nacional Autónoma de México, Cuidad universitaria, 04510.

Lorenz, K. (2017). "Hablaba con las bestias, los peces y los pájaros". Tusquets Editores S.A.

Luria, A. (2002). "Consciencia y lenguaje". Editorial Visor.

Mark, M., & Pearson, C. (2001). "The Hero and the Outlaw". McGraw-Hill Companies.

Maslow Abraham. (1964). "Religions, Value and Peak Experiences". Editorial Important Books.

Maynadé & Mateos, (1979). "Versos de Oro: Los versos áureos de Pitágoras: Los símbolos y el hieros logos". Torre de Babel Ediciones.

Moreno, Jakob Levy. (1995). "Psicodrama". Editorial Horme.

Neumann Erich. (2017). "Los orígenes e historia de la consciencia" Traducciones Junguianas.

Pearson, C. (1992). "Despertando los Héroes Interiores". McGraw-Hill Companies.

Peat David, (2022). "Sincronicidad, puente entre mente y materia". 1ra edic. Editorial Kairos

Pico della Mirandola, (1486). "De dignitate hominis". www.seminariodeFilosofiadelderecho.com

Real Academia Española- RAE, (2023). Vocablos "consciencia" y "conciencia". https://dle.rae.es/conciencia

Reanney Darryl. (1995). "Music of the Mind: An Adventure Into Consciousness" Souvenir Press.

Rhine. J. B. (2008). "Extra Sensory Precepción". Easy Reading series. Edita Forgotten Books

Rodríguez del Álamo., A. (2004). "Terapia psicodinámica con técnicas de Ensueño Dirigido". https://psiquiatria.com/article.php?ar=psicoterapias-144&wurl=terapia-psicodinamica-

Sánchez-Quintana, D., & Yen Ho, S. (2003). "Anatomía de los nodos cardíacos y del sistema de conducción específico auriculoventricular". Revista española de cardiología, (El haz de His) 56(11), 1085–1092. https://doi.org/10.1157/13054255

Sartre Jean Paul, (1960). "El hombre y las cosas", Editorial Losada, Buenos Aires, Pag 27

Savater, F. (2021). "Las preguntas de la vida". Ediciones Culturales Paidós S. A. De C. V.

Sofía Torallas Tovar. (2001). "El libro de los sueños de Sinesio de Cierne". En Sueños, Ensueños y visiones en la antigüedad pagana y cristina. Coordinador. Teja Ramón Fundación Santa María Lareal. Edita Centro de estudios del románico.

Strassman Rick. (2001)." DMT: The Spirit Molecule: A Doctor's Revolutionary Research into the Biology of Near-Death and Mystical Experiences". Park Street Press

Sostenle, Jacques (1974). "El universo de los Aztecas". https://redpaemigra.weebly.com//soustelle-jacques-el-universo-de-los-aztecas-completo.pdf

Soto Posada, G. (2012). El Maestro Eckhart: Filosofía y mística. Estudios de Filosofía, (46), 165-187. Redalyc.org. https://www.redalyc.org/journal/2911/291160577008/html

Sproul, Chamberlain (1979), "Primal Myths: Creation Myths Around the World". Harper One.

Tagliagambe S. & Malinconico Á. (2019). "Pauli y Jung: Un debate sobre materia y psique". Traducciones Junguianas.

Kast, Verena (2019). "La dinámica de los símbolos". Editorial sirena de los vientos.

Tarnas, Richard (2017). "Cosmos y Psique" (4.ª ed.). Editorial, Atalanta.

Valenzuela, L. M. (2021). "Axioma de María". https://psicologosenlinea.net/14010-axioma-de-maria.html

Vizuett Salas Alicia (2022). "Yaaxché-Ceiba. Mitos y leyendas del árbol sagrado del pueblo Maya". https://www.gob.mx/cms/uploads/attachment/file/762466/Libro-Yaaxche-Ceiba-INPI.pdf

Von Franz, Jung, C., M. L., Hannah, B., & Tauber, C. (2017). "Imaginación activa, imaginación musical". Bitland Producciones S.L.

Wilhelm, D. (2008). "Structure and Dynamics of the Jungian Psyche Model. Com.ar. https://www.centrojung.com.ar/Carl_Jung_Jungian/Model_Daniel_Wilhelm.htm.Buenos Aires.

Zoroastro, (2003). "La ciencia oculta de los sacerdotes magos de Persia". Berbera Editores.